Mes an

Couverture : Hugues Drouot
Caspar David Friedrich : Les Trois âges de l'homme (détail)
Titre original : *Meine Kinderjahre*

ISBN : 2-87711- 154-7
ISSN : 1269-8741

Theodor Fontane

Mes années d'enfance
Roman autobiographique

traduit de l'allemand
par Éliane Kaufholz- Messmer

Chambon-Poche

BRÈVE PRÉSENTATION

Rares sont les écrivains allemands qui, au XIXe siècle surtout, ont raconté leurs « années d'enfance ». Et Fontane (1819-1898) ne nous aurait peut-être pas laissé ce récit si des circonstances particulières ne l'y avait incité. Déjà célèbre comme journaliste, mémorialiste, poète, historien, à partir de la soixantaine, il se consacre essentiellement à l'écriture de romans. En 1891, il a soixante-douze ans, frappé par la maladie, il est bloqué dans la rédaction d'*Effi Briest*, un de ses chefs-d'œuvre. Son médecin, estimant que l'état dépressif dans lequel il était tombé résisterait à toutes les médications, a la bonne idée de lui suggérer d'écrire ses souvenirs. Et Fontane lui-même reconnut plus tard que cette plongée dans son enfance et le récit qu'il en fit l'avaient guéri de sa mélancolie.

Fontane est passé maître dans l'évocation et la description de certains milieux de la société prussienne, qu'il admirait et dont il critiquait en même temps le conformisme et l'étroitesse d'esprit, non sans humour d'ailleurs. Dans les *Années d'enfance,* l'homme mûr se plaît à faire revivre, sur le mode mi-grave, mi-souriant de ses romans, les personnages qui ont marqué son âme d'enfant et l'atmosphère particulière du monde dans lequel il a grandi. Mais son génie d'écrivain éclate surtout dans l'évocation de la ville de Swinemunde, située à l'extrême nord-est du Brandebourg, qu'il aima tant et où il passa cinq années. La population de ce petit port ouvert sur la Baltique était bien entendu cosmopolite : armateurs, négociants en produits exotiques, navigateurs à l'esprit aventureux, tous étrangers au conformisme petit-bourgeois qui régnait à « l'intérieur des terres ». Ces hommes au caractère entier parfois ombrageux fascinaient le petit garçon autant que la rude beauté de la côté sauvage et les rigueurs du climat qui déterminaient et modulaient les jeux des enfants.

De la famille, le lecteur découvrira surtout les parents, descendants d'immigrés huguenots français. Une mère dure, moralisatrice, souvent injustement sévère — en qui semblaient se marier la rigueur du protestantisme cévenol et les principes de discipline et de morale chers à la Prusse. L'auteur pourtant ne lui en tient rigueur qu'en souriant. Quant au père ! Rien à voir avec la traditionnelle image du *pater familias* « prussien ». Il est léger, bon vivant, buveur, joueur. Son insouciance fait de lui un mari décevant, mais pour les enfants, c'est un parfait compagnon, amusant, tolérant, presque complice. Il remplit un certain temps les fonctions de maître d'école auprès du petit Fontane et ses « leçons » hautement fantaisistes mais si vivantes, en apprendront plus au futur écrivain que l'enseignement savant de ses professeurs. Car le père sait frapper l'imagination du futur écrivain en mettant en scène l'histoire contemporaine et tout particulièrement les campagnes napoléoniennes et ses généraux plein de panache. Ayant atteint une certaine sagesse, le vieux Fontane saluera ce père peu commun parvenu au soir de sa vie, dans une belle étude de caractère, d'une émotion contenue, rare dans la littérature allemande.

« Tout est pris sur le vif » dit Fontane. C'est exact, et la magie du souvenir, une écriture légère, soucieuse surtout de restituer le charme de cette enfance pleine de liberté et de poésie enchanteront le lecteur et à fortiori tous les admirateurs de Fontane.

Éliane Kaufholz- Messmer

PRÉFACE DE FONTANE

Lorsque je fus certain que j'écrirais l'histoire de ma vie je fus tout aussi certain qu'avec ma prédilection pour l'anecdote et plus encore pour le détail intimiste, qui prend beaucoup d'espace, j'allais devoir me limiter à une tranche déterminée de ma vie. Car il ne me paraissait guère opportun de publier plus d'un volume. Si bien que se posa tout simplement la question de savoir quelle tranche j'allais privilégier.

Après une brève hésitation, je décidai de dépeindre mes années d'enfance, donc « *to begin with the beginning* ». Un défunt ami (inspecteur d'école, de surcroît) avait pour habitude de conseiller aux jeunes mariées de son entourage de tenir un journal sur la première année de leurs enfants, cette première année *recelant l'homme tout entier**. J'ai pu vérifier la justesse de cette assertion et, même si elle prétend plus ou moins valoir pour tous, cette histoire de mon enfance pourra bien compter pour l'histoire d'une vie. Dans le cas contraire, il me reste l'espoir d'avoir esquissé dans ces écrits le tableau d'une époque : la peinture d'une petite ville des bords de la Baltique durant le premier tiers du siècle et, dans celle-ci, la description d'une famille issue de la colonie française, encore

* Toutes les expressions marquées d'un astérisque sont en français dans le texte.

toute pénétrée des traditions des émigrés, dont mes parents ont été les protagonistes et les représentants. Tout est pris sur le vif. Si j'ai néanmoins donné à mon livre, par mesure de prudence, le sous-titre de « roman autobiographique », la raison en est que je n'aimerais pas que certaines personnes de cette époque, peut-être encore en vie, me chicanent, quant à l'authenticité de ce que j'écris. Que les éventuels sceptiques considèrent donc ce récit comme un roman !

PREMIER CHAPITRE

Mes parents

Un des derniers jours de mars 1819, une chaise de poste s'arrêta devant la pharmacie du Lion à Neu-Ruppin[1]. Un jeune couple, qui avait acquis cette pharmacie en mettant en commun ce qu'il possédait, descendit de la voiture et fut accueilli par le personnel de la maison. Le monsieur — on se mariait très jeune à l'époque (aussitôt après la guerre) — n'avait que vingt-trois ans, la dame vingt et un ans. C'étaient mes parents.

Voici pour commencer les grandes lignes de leur biographie.

Mon père Louis Henri Fontane, né le 24 mars 1796, était le fils de Pierre Barthélemy Fontane, peintre et professeur de dessin. Les travaux de ce dernier se limitaient essentiellement à des copies au pastel de modèles anglais, mais sa réputation de professeur de dessin devait être remarquable car, au début du siècle nouveau, il fut appelé à la cour et chargé d'enseigner le dessin aux aînés des princes royaux. Cela lui porta chance. La reine Louise[2] assistait parfois aux leçons de ses enfants et, trouvant de l'agrément à la compagnie de cet homme fin qui parlait un très bon français, elle le prit à son service personnel comme secrétaire de son cabinet. Peut-être le fit-elle aussi sur l'avis de Lombard, le conseiller au cabinet, qui était extrêmement influent à l'époque, et qui espérait sans doute, en trouvant appui sur des personnes proches de la cour, renforcer sa politique d'alliance avec la France. Les adversaires n'apprécièrent guère cette nomination et le nationaliste Gottfried Schadow[3], qu'on n'appelait pas encore le « vieux Schadow », nota dans son Journal : « Un M. Fontane, peintre de son état, est devenu secrétaire de cabinet de la reine ; il peint mal mais il parle bien le français ». Je ne saurais dire si Pierre Bathélemy, mon grand-père, eut quelque influence du fait de sa position, mais si tel est le cas, elle fut de courte durée ; en effet la chute de Lombard, qui ne tarda pas, fut suivie de la catastrophe d'Iéna qui contraignit la cour à fuir pour se réfugier à Konigsberg, et Pierre Barthélemy, dont les services n'avaient plus de raison d'être, obtint à Berlin où il était resté, le poste de gardien du château de Nieder-Schönhausen, sans doute à titre de compensation. C'est là qu'il s'installa et c'est de là que mon père, pendant trois ans, donc sans doute jusqu'à l'automne 1809, se rendit au collège du monastère Gris[4]. Ce furent de dures années pour l'écolier, car le long chemin, une heure et demie au moins jusqu'à Berlin, l'obligeait à se lever tous les matins, au plus tard, à six heures. « L'hiver nous souffrions amèrement du froid et les choses s'améliorèrent seulement lorsque mon frère aîné et moi reçûmes pour Noël des manteaux bleus doublés de cotonnade orange, la couleur des malles-poste. Mais cela ne nous fit pas vraiment plaisir. Chaque fois que le vent s'engouffrait dans le grand col doublé lui aussi de coton orange, celui-ci nous faisait une sorte d'auréole orange autour de la tête et les gamins nous suivaient en se moquant de nous. » C'était là une des histoires préférées de mon père qui la raconta jusqu'à la fin de sa vie et refusait de la voir comparée à une aventure pourtant très semblable qui m'était arrivée. « Moi aussi, papa, commençais-je parfois, j'ai connu les mêmes tourments que toi à cet âge. À l'époque, je venais d'arriver à Berlin avec maman, elle me fit faire un veston, un gilet et un pantalon dans un drap d'un blanc laiteux, c'était un reste de coupon bon marché et, à l'école de Kloden, on m'a appelé toute l'année le fripier de la vieille poste. Celui-ci portait en effet un costume de la même couleur de lait et d'ailleurs avait tout d'une caricature. — C'est bien possible, répondait mon père, un peu ironique, tout cela est parfois héréditaire ; mais l'orange de la malle-poste était tout de même pire, je n'en démordrai pas. C'était une véritable provocation. »

Après ce trajet de deux lieues qu'il fallait parcourir tous les jours, il ne pouvait guère être question, de l'avis même de mon père, de faire une bonne scolarité. Mais si, toute sa vie, il tint lui-même à rappeler les lacunes de sa formation scolaire, cela ne veut pas dire qu'il en ait conçu des regrets. Au contraire. Il préconisait en effet, comme bon nombre de ses contemporains, le solide sens commun et l'art de vivre ou, comme l'on disait chez nous, le *bon sens** et le *savoir faire** et, sauf à de rares exceptions, il n'accepta jamais de s'incliner avec bonne grâce devant les *homines literati*. Cela lui arrivait, quand il avait ce qu'il appelait son « jour d'honnêteté », un jour d'ailleurs où il oubliait la politesse habituelle dont il était coutumier, situation souvent très embarrassante pour nous les enfants, mais dans l'ensemble je dois lui rendre cette justice : lorsqu'il se trouvait en face de personnes ayant fait des études, c'était lui qui, dans dix-neuf cas sur vingt, avait raison. Il ne pouvait d'ailleurs guère en être autrement. En effet disposant de beaucoup de temps — beaucoup trop hélas, ce qui lui fut fatal — il fut, dès qu'il put mener une vie indépendante, un lecteur assidu de journaux et comme il avait pris l'habitude, quand quelque point lui paraissait obscur, d'aller vérifier dans les livres d'histoire et de géographie et le plus souvent dans l'encyclopédie, il faisait preuve d'une nette supériorité dans la plupart des conservations avec des médecins, des magistrats, des maires, souvent provinciaux au demeurant et qui, contraints de se démener du matin au soir dans leur profession, n'avaient pas le temps de lire. Lorsqu'il arrivait qu'on lui infligeât un démenti, il reconnaissait franchement sa défaite, il louait même celui qui l'avait vaincu, tout en affirmant que c'était là une exception.

Revenons maintenant à l'automne 1809, date à laquelle mon père entra comme apprenti à la pharmacie de l'Éléphant, à Berlin. Cette pharmacie se trouvait déjà, à l'époque, dans le haut de la Leipziger Strasse, pas exactement à l'emplacement actuel mais en face, juste à l'angle de la Leipzigerstrasse et de la Kommandantenstrasse. Il y a quelques années encore, on voyait l'éléphant sur le grand pilier d'angle au niveau du premier étage, maintenant il a disparu, et seuls les nombreux becs de gaz, suspendus à des trompes d'éléphant au-dessus des fenêtres du rez-de-chaussée, rappellent l'histoire de la maison d'autrefois.

C'est dans cette pharmacie que mon père resta quatre ans et demi et vécut sans doute tout ce temps ni bien ni mal, ainsi que m'incite à le penser le fait qu'il ne parlait jamais de cette période de sa vie. Mais peut-être ce silence trouvait-il simplement une explication dans les événements importants qui suivirent, de sorte qu'il n'accorda guère d'importance aux années antérieures, peu intéressantes. Son apprentissage aurait dû se terminer à l'automne 1813, mais l'appel du roi Frédéric-Guillaume III à son peuple[5] l'abrégea de six mois ; mon père en effet se porta volontaire : il n'avait, à l'époque, pas encore atteint ses dix-sept ans. De la guerre qui s'ensuivit, je l'ai souvent entendu parler, le plus souvent à ma requête, car je ne me lassais pas de l'entendre l'évoquer. « Tu étais donc un grand patriote, à ce qu'il semble, cher papa. — Non, moyen tout au plus. Pour être franc, je me contentais de faire comme tout le monde. Quand on a dix-sept ans, la vie libre d'un soldat a plus d'attrait que la vie d'apprenti. Et puis, comme dit la chanson : “Toutes les balles ne font pas mouche”. D'ailleurs, si j'avais pensé autrement, je n'aurais pas vraiment eu le choix. Dans le magasin de drap Koppen et Schier, dont tu te souviens peut-être, puisque tu as habité toi aussi dans la Burgstrasse, entra un jour une dame de l'aristocratie à laquelle un charmant garçon à petites moustaches blondes offrit ses services. “Je suis surprise de vous trouver ici derrière le comptoir. — Pas moi, Madame ; je préfère être ici plutôt qu'ailleurs. — C'est ce que je vois”, répondit la dame et, après avoir administré un soufflet au joli blondin, elle quitta le local. C'était l'état d'esprit de l'époque et, comme je n'avais pas envie que la même chose m'arrivât, je fus volontaire, je revêtis l'uniforme des chasseurs et on me donna un fusil. » Ce soi-disant fusil, qui traîna plus tard, rouillé et poussiéreux, dans un coin du vestibule de nos appartements successifs, était une vulgaire carabine, ce qui était d'ailleurs sans importance car mon père, ainsi qu'il l'attestait lui-même, n'aurait jamais fait mouche même avec un fusil rayé. Au début d'avril, il quitta Berlin, en même temps qu'une cinquantaine d'autres volontaires, en direction de la Saxe où se préparait le combat. Ces cinquante hommes avaient à leur tête le capitaine von Kesteloot, un remarquable soldat de l'ancienne armée. La formation et le commandement lui avaient été confiés. Le premier jour, ils entrèrent à Trebbin à la fin de l'après-midi ; la plupart d'entre eux souffraient des pieds, boitaient et paraissaient très abattus. Kesteloot les rassembla encore une fois et dit : « Si notre très gracieux Souverain et Maître compte sur vous pour battre l'empereur Napoléon, je le plains. » Mais l'état de la petite troupe s'améliora, et elle atteignit les environs de Leipzig avec un moral passable. Quatre semaines plus tard, le 2 mai, eut lieu la sanglante bataille de Gross-Görschen. Les chasseurs volontaires furent incorporés à un bataillon de la garde et participèrent ainsi à la bataille. Mon père prit une balle dans son havresac, elle traversa un paquet de linge de rechange et resta fichée dans les feuilles de parchemin d'un petit portefeuille. On m'a souvent montré ce portefeuille avec sa balle dedans.

« Il faut que tu saches, mon cher fils, que ce n'était pas une balle tirée dans mon dos ; nous montions à l'assaut d'un chemin creux, sur les bords duquel, à droite et à gauche, se tenaient des voltigeurs français. Un tir latéral, donc. » Il ne manquait jamais de préciser cela ; il n'avait rien d'un vantard, mais il tenait beaucoup à ce que cette balle fût celle d'un « tir latéral ».

La bataille de Gross-Görschen fut suivie de celle de Bautzen et celle-ci, d'une série d'escarmouches et d'engagements. « Ceux-ci devaient t'être parfaitement indifférents ? demandai-je. — Je ne dirais absolument pas cela. — Je pensais que la force de l'habitude... — Cette force de l'habitude, à la guerre, du moins d'après mon expérience personnelle, n'est d'aucune consolation et ne signifie rien. C'est plutôt le contraire. Quand on s'en est tiré trois ou quatre fois, on se dit qu'on pourrait bien y passer la prochaine. Une carte qui est sortie gagnante quatre fois a toutes les chances d'être perdante la cinquième. »

Après l'armistice, lorsque les hostilités reprirent, la position de mon père avait considérablement changé ; entre-temps, je ne sais si ce fut de son fait ou à la demande de son père, il avait été rappelé du front et affecté à la pharmacie d'un hôpital de campagne. C'est là qu'il passa le restant de la guerre, mais il n'en parlait jamais.

En été 1814, il se trouvait de nouveau à Berlin et se fit engager ou, selon l'expression technique, mettre en condition. D'abord à Danzig, qu'avec la diligence de l'époque, ainsi qu'il aimait à le raconter, il mit six jours et six nuits à rejoindre. Le temps passé là-bas lui laissa toute sa vie un souvenir particulièrement cher. Après son engagement à Danzig suivirent des postes analogues à Berlin même, jusqu'à ce qu'en

1818 fut venu pour lui le temps de se présenter à l'examen pour l'obtention de son diplôme. Tandis qu'il s'y préparait, il rencontra ma mère, dans des circonstances que j'évoquerai dans les pages suivantes, et il se fiança avec elle.

Ma mère, Émilie Labry, est née le 21 septembre 1797[6], fille aînée du négociant en soierie Labry, de la firme Humbert et Labry. La firme ne faisait pas le commerce des soieries tissées, mais des écheveaux de soie, ce qu'aimait préciser ma mère. Elle estimait en effet que les écheveaux faisaient plus distingué que la marchandise mesurée à l'aune. Je ne saurais dire jusqu'à quel point elle avait raison en la matière, mais ce dont je me souviens très bien c'est que, peut-être parce qu'elle avait un sens très aigu de la représentation, elle parlait avec un respect assez amusé des habitudes de son père, à vrai dire bien plus que de son caractère et son comportement en général. Lorsque dans notre enfance ou plus tard, durant notre adolescence encore, nous allions prendre un chocolat avec elle chez Josty[7] et que nous y trempions avec précaution les petits biscuits au coriandre, grillés à point, qui s'émiettaient si facilement, elle n'omettait jamais de nous dire : « Eh oui, voyez-vous, mes enfants, ces biscuits au coriandre, votre grand-père Labry les aimait beaucoup lui aussi. Mais le chocolat, il n'y tenait pas. Il préférait boire chaque jour à onze heures et à six heures un verre de vin rouge français toujours accompagné de deux de ces biscuits, qu'il saisissait d'un mouvement de main des plus élégants ; il était d'ailleurs très sobre. Vous n'avez rien hérité de lui, ni l'élégance des gestes, ni la sobriété. »

Cette dernière remarque était effectivement très juste car, tandis qu'elle parlait, je calculais le nombre de tasses que je serais encore capable de boire.

Ma grand-mère maternelle, la mère de ma mère donc, était née Mumme, je ne sais pas si, en dépit de ce nom à consonance allemande, sa famille n'appartenait pas elle aussi à la colonie française. Toujours est-il que ma mère était particulièrement fière des relations avec les Mumme, peut-être simplement parce qu'« oncle Mumme » était propriétaire d'un domaine seigneurial à Klein-Beeren et semblait mener un brillant train de vie. Je me souviens qu'en plus de toutes sortes de landaus et de cabriolets, il possédait un *char à banc** avec de longs sièges capitonnés de rouge cerise et, lorsque ce superbe attelage venait nous chercher à Berlin pour nous emmener à Klein-Beeren, c'était pour nous tous, mais surtout pour ma mère, une grande fête, à peu près comme si nous nous étions rendus à la Cour. Plus tard tout cela perdit un peu de son éclat. Je crois que l'étoile d'oncle Mumme pâlissait peu à peu.

Le magasin d'écheveaux de soie en question se trouvait dans la Bruderstrasse, si mes informations sont exactes, et c'est là aussi que demeurait la famille Labry dont le chef, mon grand-père Labry, était mort très jeune (âgé d'à peine quarante ans). Sa veuve s'installa dans une maison située près de la place Saint-Pierre, où elle occupa pendant plusieurs années le premier étage car ses ressources étaient assez conséquentes pour l'époque. C'est de cet appartement que ma mère put voir l'incendie de l'église Saint-Pierre, un événement qui l'impressionna profondément et qui resta pour elle, jusque dans les dernières années de sa vie, un sujet de conversation privilégié. Elle se souvenait du moindre détail de ce qui s'était passé. Sa mère, de santé délicate à cette époque déjà , mourut quelques années plus tard et comme la famille, par ces temps de guerre et de grande détresse, ne pouvait envisager d'adopter les orphelins, les plus jeunes des enfants furent mis à l'orphelinat français, et seule ma mère entra dans un pensionnat, dont les intérêts de sa fortune couvraient largement les frais. Elle fut bientôt l'enfant chérie du cercle qu'elle y trouva, ce qui n'était que justice, car elle fut toujours bonne et serviable. Ce n'est que tard dans ma vie que je compris en quoi elle était supérieure. Durant ma jeunesse bien des aspects de son comportement, en particulier envers mon père, m'ont paru trop durs et trop secs, mais plus tard je dus reconnaître combien était juste tout ce qu'elle faisait, et surtout ce qu'elle ne faisait pas et je regrette maintenant les doutes que j'ai pu nourrir à son égard. Elle était bien supérieure à tous les autres membres de la famille, ceux de jadis comme ceux d'aujourd'hui, non par ce qu'on qualifie de dons mais par son caractère, lequel, en fin de compte, est toujours déterminant. Peut-être pouvait-on parfois regretter sa violence toute méditerranéenne, qui prenait parfois des formes presque inquiétantes, mais ce n'était finalement qu'une énergie enviable qui lui permettait de s'indigner de tout manquement au devoir et de tout mode de vie extravagant, et je ne peux m'empêcher de penser que c'est un grand malheur que ces avantages, que j'entrevois clairement aujourd'hui, aient certes toujours été appréciés par nous, mais jamais reconnus à leur juste valeur. Beaucoup de ce que je dirai par la suite le confirmera d'ailleurs.

La pension déjà mentionnée, où ma mère entra à l'âge de dix-huit ans, était l'institution de Mme Lionnet et, parmi les amies qu'elle s'y fit, l'une des plus remarquables était Louise Rogée, une comédienne déjà très appréciée, presque célèbre même, mais qui continuait, semble-t-il, à vivre dans cette pension. Un jour, on apprit que Louise Rogée s'était fiancée avec un jeune architecte, fils aîné du secrétaire de cabinet Pierre Barthélémy Fontane. La nouvelle fut confirmée et, à l'occasion d'une visite que Louise Rogée, toujours accompagnée par une camarade de la pension, fit dans la maison de son futur beau-père, ma mère fit la connaissance du second fils de Pierre Bathélemy : mon père. On se plut bien vite et, comme les situations correspondaient, on en vint bientôt aux fiançailles, et la maison de mon grand-père abrita pour une brève période deux couples de fiancés[a].

Les fiançailles de mon père furent suivies du diplôme d'État, à l'époque guère plus qu'une formalité et, presque aussitôt après son obtention, ce fut l'achat de la pharmacie de Neu-Ruppin. Le 24 mars, jour anniversaire de mon père, eut lieu le mariage et, trois jours plus tard, le jeune couple s'installait dans son nouveau foyer.

a. Les notes de Fontane alphabétiquement numérotées sont renvoyées à la fin du volume.

DEUXIÈME CHAPITRE

La Gascogne et les Cévennes
Les cousins français
Notre vie à Ruppin

Dans leur pharmacie de Ruppin mes parents passèrent les sept premières années de leur mariage, des années heureuses dans l'ensemble, même si déjà se manifestait ce qui, tôt ou tard, allait mettre ce bonheur en danger. C'est de ces sept années que je vais parler maintenant, mais, avant de raconter le peu de choses que je sais encore sur cette époque, j'aimerais évoquer ce que le chapitre précédent ne m'a pas donné l'occasion de faire, c'est-à-dire les origines françaises de mes parents, leur pays et leur ascendance.

Non loin de l'embouchure du Rhône, dans la région située à peu près entre Toulouse et Montpellier, se rejoignent à l'ouest les confins de la Gascogne et, au nord et à l'est, les derniers contreforts des Cévennes ; c'est ce territoire relativement restreint, en gros l'actuel département de l'Hérault et sa périphérie, qui est le pays d'origine de mes ancêtres paternels et maternels. Des proches voisins, donc. Mais comme deux ethnies fondamentalement différentes cohabitent dans cet espace étroit, il n'est pas étonnant que *mes ancêtres** aient représenté ces origines différentes, une différence qui, nullement influencée par la transplantation dans le Brandenbourg, apparaissait aussi chez mes parents : mon père était un Gascon de belle prestance, plein de bonhomie, un être fantasque et un humoriste, un causeur et un conteur qui ne se refusait pas les gasconnades quand il se sentait en forme ; ma mère, quant à elle, était une enfant des Cévennes méridionales, une femme mince, délicate, aux cheveux noirs, aux yeux de braise, énergique, désintéressée et d'un caractère entier, mais, comme je l'ai écrit dans mon chapitre d'introduction, si passionnée, que mon père aimait dire, mi-sérieux mi-facétieux : « Si elle était restée dans le pays, les guerres des Cévennes continueraient à faire rage ».

Ce qui, disons-le tout de suite, correspondait bien à son tempérament passionné mais nullement à son ardeur religieuse. Nulle trace de celle-ci chez elle. Elle était plutôt une enfant de l'époque des Lumières qui l'avait vu naître même si, persuadée que ce qui venait de Genève était plus distingué, elle aimait affirmer : « Nous appartenons à l'église réformée ».

Pour mes parents, la Gascogne et les Cévennes remontaient déjà, au moment de leur naissance, à plus d'un siècle, mais tous deux n'avaient jamais renoncé aux liens avec leur pays, sinon dans leur cœur, du moins dans leur imagination. Ils incarnaient encore la fierté authentique des émigrés. Mais comme ils étaient sans doute conscients qu'il n'y avait guère lieu de se vanter d'ancêtres inscrits sur le registre d'état civil de l'imigration comme potiers en étain pour les Fontane et *faiseurs de bas** pour les Labry, ils oublièrent l'arbre généalogique officiel et se cherchèrent en échange des cousinages plus distingués mais plus hasardeux : une parenté réelle ou imaginaire avec des Français, restés au pays, qui avaient su par leur travail acquérir renommée et considération.

De ce point de vue, les choses étaient plus faciles pour mon père, car il pouvait se prévaloir de son nom. À Paris, en effet, vécut jusque dans les années vingt de ce siècle, Louis de Fontanes, à l'époque grand maître de l'université et ministre de l'instruction publique qui, sous Napoléon, avait toujours tenu les différents discours de circonstance lors des cérémonies officielles, un monsieur très intelligent, très fin, très distingué, dont la famille, ainsi qu'on pouvait le vérifier dans tous les livres, était originaire du sud de la France, si ce n'était de la région comprise entre Toulouse et Montpellier. Celui-ci fut décrété cousin sans autre forme de procès, le fait que son nom s'écrivit avec un « s » étant considéré comme une preuve absolument irréfutable de notre parenté. La tradition familiale rapportait en effet que mon grand-père aussi, le secrétaire de cabinet de la reine, écrivait son nom « Fontanes » jusqu'au début du siècle et n'avait renoncé qu'ensuite au « s », pour une raison jamais éclaircie. Cette tradition était confirmée par toutes sortes de documents, mais mon père allait plus loin et transformait, selon son bon plaisir, une preuve administrative en une preuve juridique, en d'autres termes, transformait l'homonymie attestée par les documents en un lien de consanguinité incontestable. Ce qui d'ailleurs pouvait être considéré comme une brillante astuce. Car si nous nous étions encore appelés « Fontanes », ce qui nous aurait quelque peu rapproché du grand maître même si ce n'était que d'un

« s », la preuve contingente aurait manqué dès le départ et la démonstration serait tombée à l'eau[b].

Que mon père cultivât ce genre de relations imaginaires n'avait rien de très étonnant ; ainsi que je l'ai déjà mentionné plus haut, il fut toute sa vie le type même du visionnaire plein d'humour et il se complaisait à faire les plus absurdes récits tout en sachant s'en moquer. Mais il était plus surprenant que ma mère, qui était le bon sens et le prosaïsme incarnés, l'égalât, voire le surpassât dès qu'il était question de notre lointain lignage français. C'était là une de ces contradictions énigmatiques qu'on rencontre dans toute nature humaine. Mais, quelle que soit la raison qu'on peut tenter d'y trouver, le fait est que ma mère — qui, chaque fois que le sujet venait sur le tapis, laissait même tomber l'« oncle Mumme » si fêté habituellement — ne manquait jamais de rappeler sa proche parenté avec le cardinal Fesch qui fut, jusqu'à la restauration des Bourbons, archevêque de Lyon. Le cardinal Fesch, né à Ajaccio et mort à Rome en 1839 seulement, était le demi-frère de Laetizia Bonaparte, donc rien de moins que l'oncle de Napoléon, à qui il dut d'ailleurs sa brillante carrière. Je n'ai jamais pu savoir ce qui amena ma mère à établir cette flatteuse parenté ; tout ce dont je me souviens c'est que le spectacle était digne des dieux lorsque, même dans leur grand âge, nos parents se querellaient plus ou moins sérieusement sur ce point comme sur tant d'autres en se lançant habituellement dans la comparaison du rang d'un grand maître de l'université avec celui d'un cardinal archevêque. Inutile de préciser que nous les enfants restions très sceptiques sur ces sujets.

Je reprends le fil de mon récit.

Mes parents étaient arrivés à Ruppin le 27 mars 1819, c'est là que je naquis le 30 décembre de la même année. Ma mère faillit perdre la vie à ma naissance, aussi lorsqu'on lui reprochait de me préférer, elle répondait simplement : « C'est lui qui m'a donné le plus de mal ». Je conservai longtemps ce statut privilégié jusqu'au jour où, dix-huit ans plus tard, naquit une tard venue, ma plus jeune sœur, dont je fus le parrain et que je tins donc sur les fonds baptismaux. Ce fut un grand honneur pour moi mais, par la même occasion, cette petite sœur me détrôna. Étant la benjamine elle fut bientôt la préférée.

C'est à Pâques de 1819, que mon père avait pris possession de la pharmacie de Neu-Ruppin, et, à Pâques de 1826, qu'après la naissance de trois autres de mes quatre frères et sœurs, il revendit ce bien. Cette vente précoce d'un magasin acquis seulement quelques années plus tôt dans les meilleures conditions, « pour une bouchée de pain » pouvait-on dire, fut considérée, chaque fois qu'on l'évoquait, comme une catastrophe pour mon père et pour toute la famille. Mais à tort. La catastrophe qui survint de nombreuses années plus tard — sous une forme supportable, heureusement, car mon père était, en vérité, né coiffé — ne découlait pas de l'acte isolé que fut cette vente, mais tenait au caractère de mon père, qui dépensait toujours plus qu'il ne gagnait et, qui, même s'il était resté à Ruppin, n'aurait pas renoncé à cette habitude. Il me l'a bien souvent avoué lorsqu'il eut pris de l'âge et que moi j'eus vieilli, avec cette franchise qui le caractérisait. « J'étais presque un gamin quand je me suis marié », lui arrivait-il de dire alors, « et cette autonomie trop précoce explique tout le reste ». Avait-il raison en cela, c'est difficile à dire. Il n'avait pas le moindre don pour les affaires, il prenait pour argent comptant de soi-disant aubaines imaginaires et se lançait dans ses « nobles passions » sans penser que, même dans les périodes les plus favorables, les moyens dont il disposait étaient pourtant modestes. Il commença par les chevaux et les attelages mais succomba bientôt à la passion du jeu et dissipa ainsi, durant sept ans, de 1819 à 1826, une petite fortune. Le principal bénéficiaire en fut un voisin, propriétaire d'un domaine seigneurial. Lorsque, trente ans plus tard, le fils de ce propriétaire me prêta une petite somme d'argent, mon père me dit : « Tu peux l'empocher en toute tranquillité, son père m'a dépouillé petit à petit de dix mille thalers au whist. » Peut-être ce chiffre était-il exagéré, quoiqu'il en fût, la somme était en tout cas suffisamment importante pour compenser à ses yeux crédit et débit et le rendre peu soucieux d'en acquitter les intérêts. Dans des circonstances habituelles, on aurait pu recourir, par exemple, à une hypothèque ou à une procédure similaire, et tout aurait encore pu s'arranger, mais le malheur voulut que le principal créancier de mon père fût son propre père, qui profita de l'occasion pour manifester sa légitime mauvaise humeur soit par écrits soit de vive voix. Pour accroître encore le caractère accablant de la situation, ma mère se rangea entièrement du côté de son beau-père, le soutint, pire, elle redoubla ses reproches. Bref, plus l'affaire se développait, plus mon père se trouva pris entre deux feux et c'est simplement pour se tirer de cette situation blessante pour son amour-propre qu'il décida de vendre un bien, dont la rentabilité, même s'il était le contraire d'un homme d'affaires, lui était aussi évidente qu'à quiconque. Tous ses calculs s'avérèrent d'ailleurs parfaitement exacts et avantageux — du moins à première vue et de son point de vue à lui. Il tira en effet de la vente de la pharmacie le double de ce qu'elle lui avait coûté et fut à même de satisfaire en une seule fois ses créanciers qui étaient en même temps ses censeurs. Il remboursa à son père la somme que celui-ci lui avait avancée, proposa à sa femme, sur un ton mi-badin, mi-moqueur, de placer ses avoirs de façon « plus sûre et plus avantageuse » et obtint ce à quoi il aspirait depuis sept ans : la liberté et l'indépendance. Libéré de toute tutelle, il se trouva soudain dans la situation « de n'avoir plus à rendre de comptes à personne ». Et c'est en vérité ce qui compta pour lui tout au long de sa vie. Il aspira à cet état dès sa jeunesse et jusque dans sa vieillesse, mais comme il ne sut jamais s'organiser, il ne connut cette liberté et cette indépendance que durant quelques jours ou quelques semaines. Il était, pour utiliser une de ses expressions favorites, constamment dans la *bredouille**, constamment inquiet quant à ses finances, aussi se souvint-il, jusqu'à la fin de sa vie, de cette brève période entre Pâques 1826 et la Saint-Jean 1827 avec un bonheur particulier. Ce fut la seule période en effet pendant laquelle la « bredouille » lui laissa quelque répit.

Il me faut raconter cet heureux intérim de cinq trimestres.

Nous avons passé cette période intermédiaire dans un appartement de location proche de la Porte de Rheinsberg, un spacieux premier étage composé de toute une enfilade de pièces. Si cet échange satisfaisait passablement mes parents quant au confort domestique, il en allait de même pour mes frères et sœurs qui disposaient d'un large espace pour leurs jeux. J'étais le seul à ne pas éprouver de satisfaction, et cette maison de rapport m'a laissé de mauvais souvenirs. C'était la maison d'un boucher, ce qui ne fut jamais de mon goût. La longue cour sombre était traversée par une rigole dans laquelle stagnait toujours du sang, tandis qu'à l'extrémité d'une des ailes latérales, sur une large échelle appuyée contre le mur, pendait un bœuf qu'on venait de tuer la nuit précédente. Je n'ai heureusement jamais été témoin de ce qui se passait alors, sauf lorsqu'on tuait un cochon. Il était parfois difficile d'éviter la scène. Je me souviens encore nettement d'un certain jour. J'étais dans le vestibule et, par la porte de derrière restée ouverte, je vis dans la cour plusieurs hommes couchés en travers de l'animal qui hurlait. Je restai pétrifié d'horreur, puis retrouvant enfin la possibilité de me mouvoir, je m'enfuis, descendis la rue en courant et dépassai la Porte en direction du « Weinberg », un cabaret qu'aimaient beaucoup les habitants de Ruppin. Mais avant même d'y arriver, je m'arrêtai sur un tertre afin de reprendre mon souffle. Je restai absent toute la matinée. Plus tard, au repas, on me demanda : « Pour l'amour de Dieu, où donc es-tu resté si longtemps, mon garçon ? » Je racontai alors en toute franchise que j'avais pris la fuite à la vue de ce qui se passait en bas dans la cour et, qu'à mi-chemin en direction du Weinberg, je m'étais assis sur un tertre en m'adossant à un pilier vermoulu. « Alors tu es resté assis en toute quiétude sur la colline du gibet », dit mon père en riant. Mais moi j'eus l'impression que le nœud coulant me serrait le cou et je demandai la permission de quitter la table.

C'est à cette époque précisément que je commençai à fréquenter l'école Klipp, ce qui était dans l'ordre des choses, car j'entrai dans ma septième année, L'instituteur qui s'appelait Gerber, ne faisait pas d'autre usage de son nom[8] et était d'ailleurs un très bon maître. Quant à moi, je faisais preuve d'application et progressai ; mais ma mère estimait néanmoins qu'il était de son devoir de m'aider, notamment pour la lecture, et c'est ainsi que, chaque après-midi, je me tenais debout à côté de sa table à ouvrage et lui lisais, dans le *Brandenburgischer Kinderfreund,* un bon livre avec, hélas, d'effroyables illustrations, toutes sortes de petites histoires. Je devais faire cela de façon très convenable, car savoir bien lire et bien écrire, ce qui, accessoirement, est très important dans la vie, est une sorte de tradition familiale ; ma mère n'était pourtant pas facile à satisfaire et, considérait d'ailleurs que les louanges et les manifestations d'estime gâtaient le caractère, ce que je conteste aujourd'hui encore. À la plus petite faute, elle montrait qu'elle avait la « main vive », et elle ne manquait pas une occasion. Il ne s'agissait nullement de mouvements d'humeur, elle agissait simplement conformément au principe, « surtout pas de mollesse ». Un soufflet de trop ne pouvait pas faire de mal et s'il arrivait qu'il ne fût pas entièrement mérité, il comptait pour toutes les sottises que seul le hasard avait empêché de découvrir. « Surtout pas de mollesse. » C'est là sans aucun doute un excellent principe, et je me garderais de le condamner, mais dans mon cas, il n'a servi à rien et n'a nullement contribué à m'endurcir ; quoiqu'il en soit, en ce qui concernait la dureté, ma mère allait parfois un peu loin. Je portais de longues boucles blondes, moins pour mon plaisir que pour celui de ma mère, car, pour conserver à ces boucles leur prétendue beauté, elle m'infligeait des séances de peignage sans fin, les plus douloureuses étant celles où l'on utilisait ce qu'on appelait le peigne fin. Si on m'avait demandé à l'époque de désigner les instruments de torture du Moyen Âge, j'aurais placé le peigne fin en tête.

Tant qu'il n'y avait pas de sang, l'entreprise n'était pas terminée ; le lendemain, l'endroit à peine guéri était examiné d'un œil suspicieux, et c'est ainsi qu'à une torture en succédait une autre. Il est vrai que c'est peut-être grâce à ce traitement que je possède encore une modeste quantité de cheveux et dans ce cas je n'aurai pas souffert inutilement, et je fais humblement amande honorable. Outre ces soins apportés à mon cuir chevelu, il y avait aussi les soins attentifs apportés à mon teint. Mais là aussi on eut recours à des moyens trop rudes. Lorsque le vent d'est ou la grande chaleur de l'été crevassaient la peau, ma mère ne connaissait pour tout remède que la rondelle de citron. J'aurais préféré du Coldcream ou tout autre produit similaire et j'en aurais plus volontiers usé. Maman était d'ailleurs tout aussi impitoyable envers elle-même et celui qui prend courageusement la tête du combat a le droit d'exiger qu'on le suive.

Ainsi que je l'ai déjà évoqué, j'eus sept ans à l'époque où nous vivions dans l'appartement en location, un âge suffisant pour retenir toutes sortes de choses, pourtant j'ai peu de souvenirs de cette période. Deux événements seulement me reviennent à l'esprit, sans doute à cause de la forte impression chromatique qu'en reçut ma rétine, sur laquelle s'appuie ma mémoire. L'un de ces événements fut un grand feu qui détruisit les granges situées près de la Porte de Rheinsberg. Je dois dire tout de suite que ce ne fut pas l'incendie lui-même qui se grava en moi mais une scène qui se déroula sous mes yeux et que le feu, dont je ne voyais même pas la lueur, occasionna par hasard. Mes parents se trouvaient ce jour-là à un petit dîner, à l'autre bout de la ville. Lorsque les convives apprirent soudain que les granges étaient en flammes, ma mère, toujours impulsive, fut aussitôt convaincue que ses enfants allaient brûler eux aussi ou que leur vie pour le moins était menacée et, tout entière sous l'emprise de cette conviction, elle quitta la table précipitamment, descendit en courant la longue Friedrich-Wilhelmstrasse et entra, sans chapeau, sans manteau et les cheveux à demi défaits par sa course folle, dans la grande pièce de notre appartement qui donnait sur la rue et où nous les enfants, déjà tirés de notre lit et enveloppés de couvertures, étions assis sur des coussins et des tabourets. En nous voyant, elle poussa des cris de bonheur et de joie, puis elle s'évanouit. Lorsque, l'instant d'après, différentes personnes, parmi lesquelles nos logeurs, arrivèrent en portant des lampes, le tableau qu'offrait la pièce, l'éclairage cru, la robe de brocart rouge foncé de ma mère et ses cheveux noirs tombant dessus, et ce rouge et ce noir et les lumières qui vacillaient autour, tout cela est resté gravé en moi jusqu'à maintenant.

L'autre image, ou je préfère dire la seconde petite histoire qui vit encore dans ma mémoire, n'avait absolument rien de dramatique, mais là aussi, c'est la couleur qui me vient à l'aide. Sauf que c'était du jaune au lieu de rouge. Pour cette seconde histoire, il me faut malheureusement remonter assez loin. Durant l'année d'intérim, mon père fit plusieurs voyages à Berlin. Un jour, ce devait être un soir octobre et le soleil couchant étincelait déjà entre les arbres des remparts, je me trouvais sous notre porte cochère et regardais mon père qui, l'air glorieux, mettait ses gants de voyage avant de sauter d'un bond sur le siège de son cabriolet. Ma mère était présente elle aussi. « Au fond, le garçon pourrait bien m'accompagner », dit mon père. Je dressai l'oreille, tout heureux dans ma petite âme, déjà très avide à l'époque de découvrir tout ce qui touchait aux frayeurs nocturnes. Ma mère approuva aussitôt la proposition de mon père, ce que je ne m'explique que par l'espoir qu'elle mettait en son enfant chéri aux belles boucles blondes pour faire bonne impression sur mon grand-père, but de ce voyage. « Bon, dit-elle, emmène le petit. Mais il faut lui mettre une veste chaude. — Pas la peine, je vais le fourrer dans la chancelière. » Et effectivement, on me souleva et on me fourra tel que j'étais dans la chancelière posée à l'avant du cabriolet, le tout ouvert, sans même une capote de cuir pour me protéger. Il suffisait que nous heurtions une pierre ou recevions un choc, pour que je sois tout bonnement éjecté. Mais pas un instant cette idée ne gâcha ma joie. D'un trot rapide nous traversâmes Alt-Ruppin en direction de Cremmen, et, bien avant que nous eussions atteint cet endroit qui était à peu près à mi-chemin, les étoiles s'allumèrent dans le ciel, de plus en plus scintillantes. Ravi, je contemplai cette splendeur et aucun sommeil ne me ferma les yeux. Je n'ai jamais refait un voyage pareil ; c'était comme si nous étions en route pour le ciel. Vers huit heures du matin, notre attelage s'arrêta devant la maison de mon grand-père lequel, ajoutons encore cette parenthèse, était passé grâce à trois femmes épousées à intervalles convenables de l'état de professeur de dessin à celui de secrétaire de cabinet et pour finir à celui bien plus enviable de propriétaire d'un immeuble bien situé à Berlin, dans la Hamburger Strasse. Un art de vivre que ses fils et petits-fils ont tous perdu.

Nous gravîmes les marches de l'escalier et entrâmes. Nous fûmes accueillis par un tableau idyllique, qui nous était familier. Pierre Barthélemy et sa troisième épouse — une dame remarquable, par ailleurs, qu'il me fut donné de vénérer plus tard — prenaient leur petit déjeuner. Tout était extrêmement plaisant. Un service de Meissen était posé sur la table et, entre les tasses et les petits pots, je remarquai une corbeille au dessin également bleu et blanc, délicatement ajourée et remplie de petits pains au lait berlinois. Ces derniers étaient naturellement différents à l'époque, beaucoup plus grands et ronds, dorés à point et croustillants. Au-dessus du sofa était suspendu un portrait à l'huile de mon grand-père, peint récemment par le professeur Wach. Il était bien peint et plein de vie mais j'aurais oublié la tête expressive, et peut-être toute la scène de cette visite, s'il n'y avait eu le gilet à rayures noires et jaune soufre que Pierre Bathélemy, ainsi que je l'appris plus tard, portait habituellement et qui, de ce fait, occupait une part considérable du tableau suspendu au-dessus de sa tête. Nous partageâmes naturellement le petit-déjeuner et les grands-parents, avec délicatesse et courtoisie, ne laissèrent pas trop paraître que cette visite, avec ses probables discussions financières, ne les réjouissait guère. Et il faut bien dire que ce jour-là on ne se montra guère tendre avec moi, si bien que je fus très content lorsque, le soir, nous reprîmes le chemin de la maison. C'est bien plus tard seulement que je compris que l'indifférence qu'on me manifesta ne s'adressait pas à moi mais, comme je l'ai déjà laissé entendre, à mon père. Il ne me restait qu'à souffrir avec lui. Mon grand-père, en apparence si solide, était tellement mal à l'aise et peiné du ton assuré et désinvolte de son fils qui, grâce à la fortune tirée de sa bonne vente, se sentait soudain indépendant et riche, que mes boucles blondes, dont ma mère escomptait un si bon effet, ne servirent absolument à rien.

Je remarquai bien que ces expéditions à Berlin étaient assez fréquentes à l'époque, mais les voyages en province étaient encore plus fréquents, car mon père cherchait à acquérir une nouvelle pharmacie. Si cela n'avait tenu qu'à lui il, n'aurait sans doute jamais rien changé à cette situation et aurait éternellement fait durer l'intérim ; car, si son amour du jeu ne lui venait que du besoin de passer le temps, il éprouvait une authentique passion pour le cheval et les voitures et son idéal aurait sans doute été de parcourir le monde à la recherche d'une pharmacie, sans jamais la trouver. Mais il reconnaissait volontiers que c'était impossible — quelques années de voyage auraient épuisé son capital — aussi se contentait-il de ce qui était à sa portée : éviter un achat précipité. Plus il se montrait difficile, plus il prolongeait ses déplacements et pouvait offrir chaque soir un nouveau gîte à son cher cheval blanc, un animal charmant d'ailleurs. J'évoque son cheval blanc, car il attachait plus d'importance au confort de celui-ci qu'au sien. Ainsi jusqu'à Noël 1826, il a passé sur les routes les trois quarts de l'année, pour ne pas dire l'année tout entière, parcourant un assez vaste territoire qui englobait, outre la province du Brandenbourg, la Saxe et la Thuringe et, à la fin, la Poméranie. Cette saison de voyages devint plus tard un des sujets de conversation préférés de mes parents, même pour ma mère généralement assez réservée à l'égard des sujets de prédilection de mon père. Si elle faisait une exception c'est que, durant ces mois de voyages, mon père avait adressé à sa jeune épouse de nombreuses « lettres d'amour », qu'elle prit grand plaisir à railler tout au long de sa vie. « Il faut que vous sachiez, mes enfants, lui arrivait-il de dire, que j'ai encore les lettres d'amour de votre père, quelque chose d'aussi charmant, on le conserve et il y en a même une que je sais par cœur, du moins son début. Elle venait d'Eisleben et il m'écrivait : "Je suis arrivé ici cet après-midi et j'ai trouvé à me loger très bien. Le cheval blanc aussi, qui s'est d'abord montré un peu réticent. Mais je ne veux pas te parler de cela aujourd'hui et me contenterai de te dire que c'est ici que Martin Luther est né le 10 novembre 1483, neuf ans avant la découverte de l'Amérique..." Vous avez là votre père en amoureux. Vous voyez qu'il aurait pu publier un manuel de correspondance. »

Tout cela était dit sur un ton assez badin mais amer aussi, hélas, car, bien que mon père l'aimât profondément, il était totalement incapable de lui marquer la moindre tendresse, et elle en souffrait.

Les voyages durèrent neuf mois et le conduisirent finalement vers l'est, en direction de l'embouchure de l'Oder. Peu avant Noël, afin de ne pas exposer son cheval aux rigueurs de l'hiver, il prit la malle-poste pour Swinemünde, où il arriva par une température de 26 degrés au-dessous de zéro. Le cognac de sa bouteille s'était transformé en bloc de glace. L'accueil de Mme veuve Geisler parut d'autant plus chaleureux. Son mari était décédé l'année précédente et elle souhaitait vendre sa pharmacie le plus rapidement possible. Ils firent donc affaire. La lettre qui en annonçait la conclusion disait ceci : « Nous avons désormais une nouvelle patrie, la province de Poméranie, la Poméranie dont on se fait souvent des idées fausses ; car c'est en réalité une province splendide et beaucoup plus riche que la Marche. Et là où les gens sont riches on vit aussi beaucoup mieux. Swinemünde n'a pas de rue pavée, il est vrai, mais le sable vaut mieux qu'un mauvais pavé sur lequel les chevaux se blessent constamment au cou-de-pied. Notre installation ne se fera à vrai dire que dans six mois, à mon grand regret. En attendant, il va falloir se remettre à faire quelque chose, trouver de quoi s'occuper. »

Trois jours après l'arrivée de cette lettre, il était lui-même de retour. On nous tira de nos lits tout ensommeillés, et nous fûmes sommés de nous réjouir de notre départ pour Swinemünde. Pour ma part, ce nom me fit un effet plutôt étrange.

TROISIÈME CHAPITRE

Notre départ pour Swinemünde
Arrivée sur les lieux

Les six mois qui précédèrent la reprise de la nouvelle affaire passèrent lentement, mais ils passèrent. Vers la fin mai, commença l'emballage et le chargement de notre mobilier, accru entre-temps par la mort de mon grand-père et, lorsque nous apprîmes, quatre semaines plus tard, que tout était bien arrivé dans notre nouvelle patrie, nous partîmes, le jour de la Saint-Jean 1827. Ma mère n'était pas avec nous. À la mi-juin, elle était allée à Berlin suivre une cure auprès du conseiller privé Horn, le plus réputé des neurologues de l'époque. Horn lui conseilla ce qu'on conseille encore aujourd'hui. « Alimentez-vous bien, chère madame (dans les milieux bourgeois de cette époque on ne disait pas encore *meine gnädige Frau*) et essayez d'éviter autant que possible les contrariétés. » Et tout comme aujourd'hui, le conseil du médecin fut efficace aussi longtemps qu'il fut possible de le suivre. À Berlin, parmi les amies de la pension Lionnet, c'était faisable ; mais lorsque, quelques semaines plus tard, ma mère arriva à Swinemünde, et trouva les choses bien différentes de ce qu'elle aurait souhaité, il ne fut plus question d'« éviter les contrariétés », et les crises nerveuses réapparurent.

Pendant ce temps nous avions commencé notre voyage qui devait durer trois jours et nous mener à Uckermarkt, Mecklenburg-Strelitz, puis en Poméranie. Nous étions, grands et petits, en tout six personnes : mon père, quatre enfants et la nourrice du dernier né, une Wende[9] à l'allure de bohémienne, laide, dont le mauvais caractère se révéla plus tard et que seul sauvait un zèle professionnel tout particulier envers mon plus jeune frère âgé d'à peine six mois. Le premier jour nous atteignîmes Neu-Strelitz où nous fûmes rejoints par un commis de pharmacie engagé par correspondance, M. Wolff, un très bel homme aux cheveux bouclés et, bien que Mecklenbourgeois, d'un type très brun. Il fut utile à notre maison, notons-le dès à présent, grâce à son adresse et à ses bonnes manières et sut ainsi se faire pardonner pendant deux ans ses amourettes riches de succès et de « conséquences », jusqu'à ce qu'une jeune dame jolie à croquer et très estimée de mes parents, lui tombât dans les bras. Ce qui le fit tomber lui aussi, comme il se devait. Mais, à l'époque dont je parle, tout cela était encore bien loin. Pour le moment, bien que nos places déjà étroites le devinssent davantage, il se révéla un très agréable compagnon de voyage, s'entretint avec nous, les enfants, avec autant d'habileté que de gentillesse et se montra envers la nourrice d'une correction, qui ne laissait guère présager l'ardeur de son « faible ». Le deuxième jour nous amena à Anklam. « Ici nous sommes déjà en Poméranie », dit mon père qui ne laissait pas volontiers passer une occasion de placer une information historico-géographique. « Anklam possède la plus haute tour de toute la Poméranie et Gustave Adolphe, pour autant que je sache, est passé par ici. Mais il se peut que ce soit Charles XII. » D'Anklam à Swinemünde, le trajet était des plus courts, six lieues seulement. Un bac nous fit traverser de je ne sais plus quel endroit vers l'île d'Usedom, puis nous nous dirigeâmes vers le but de notre voyage. Le dernier village s'appelait Kamminke. À mi-chemin entre ce village et Swinemünde, nous passâmes sur un pont de madriers, en pleine forêt, des deux côtés duquel s'étendait une eau d'un noir sombre sur laquelle flottaient des nymphéas blancs ; le soleil se couchait déjà derrière les sapins et un reflet rougeoyant dans les cimes se reflétait dans le bel étang, un peu inquiétant toutefois. J'ai cela sous les yeux comme si je l'avais vu hier. Peu après ce pont, la forêt s'achevait sur un chemin court et empierré, d'où l'on avait une vue un peu en retrait sur un vaste marais ; semblables aux huttes d'Indiens que je connaissais par mon livre d'images, s'élevaient d'innombrables pyramides de tourbe. Le chemin empierré était bordé de peupliers argentés et lorsque nous eûmes parcouru ce court trajet, commença la ville dont la première maison, pas très loin à notre gauche, était située sur une petite hauteur. Un menuisier l'habitait. Le toit de chaume descendait très bas et permettait mal de distinguer la façade de torchis et de colombages percée de petites fenêtres, mais sur le côté de la maison s'étendaient une cour et un jardin tout en longueur, et sur un chemin qui coupait le jardin et montait en pente douce, nous vîmes un cercueil fraîchement verni qui étincelait dans le soleil couchant. Tel fut l'accueil. Mon cœur d'enfant fut saisi de frayeur et je montrai le cercueil à mon père, mais celui-ci, faisant fi de la crainte et des mauvais présages, dit : « Ne sois pas sot. C'est ce qui peut nous arriver de mieux. C'est comme lorsqu'on rencontre un chariot qui porte un cheval mort, c'est même encore mieux. Le cheval mort ne signifie que de l'argent mais le cercueil signifie la chance en général. Et malgré tout mon respect pour l'argent, je préfère la chance. La chance est tout. Nous aurons donc de la chance ici. Pas vrai, monsieur Wolff ? De la chance, dis-je. Et vous aussi. » M. Wolff approuva d'un signe de tête. La prophétie de mon père s'avéra d'ailleurs très juste. Tout alla bien pour nous et si, par moments, il semblait en être autrement, la chance n'y était pour rien, au contraire elle fit pour nous tout son possible.

La maison du menuisier marquait le commencement de la ville, mais je n'avais toujours pas l'impression d'arriver dans une ville. Il n'y avait pas de Porte, ni de pavés, pas davantage de gens. L'écart entre les rangées de maisons à gauche et à droite était extrêmement grand, chaque maison, petite et laide, et bon nombre d'entre elles étaient encore recouvertes de chaume. Par chance la plupart avaient un pignon qui, muni d'une hampe à sa pointe, saillait de la façade proprement dite. C'est ainsi que nous continuâmes à moudre le sable, coupant quelques rues latérales avant d'atteindre une grande place d'une forme surprenante, à moitié nue, à moitié couverte d'une herbe haute, tout à fait semblable au champ communal d'un village. Sur cette place totalement à l'abandon qui, ainsi qu'en témoignaient quelques troncs d'arbres posés sur de hauts tréteaux, servait aussi de place à scier le bois, se dressait une construction qui ressemblait à une grange avec de hautes fenêtres : l'église. En face, séparée d'elle par la seule largeur de la rue, se dressait une maison peinte en un rouge flamboyant, dont le toit qui n'en finissait pas était au moins cinq fois plus haut que la maison elle-même. Trois à quatre châtaigniers plantés dans un enclos ceint d'une barrière de bois à claire-voie ne laissaient guère apparaître que le grand toit. Notre voiture s'arrêta entre la maison et l'église et mon père, voyant sans doute mon air embarrassé, dit sur un ton de gaieté forcée : « Nous y voilà. Dieu bénisse notre arrivée ! Ici, la première pièce à droite, monsieur Wolff, c'est la vôtre. » M. Wolff s'inclina, mais il paraissait encore plus surpris que moi. Seule la nourrice ne laissait rien paraître.

Quelques personnes, sans doute désignées pour s'occuper tant bien que mal du ménage, se tenaient près de la porte d'entrée dont les deux battants étaient ouverts, et s'avancèrent vers nous, l'air un peu embarrassé. « Le dîner est prêt, j'espère », dit mon père mais, sans attendre de réponse, nous pénétrions déjà dans un vestibule peint en jaune et pavé de briques, qui traversait la maison dans toute sa profondeur. Cela aussi me fit une impression étrange. Par bonheur, il y avait toujours quelque chose qui finissait par réconcilier avec ce qu'on rencontrait de grossier et de rude. C'est ainsi que la porte grande ouverte au fond du vestibule pavé offrait une vue sur le jardin et sur le ciel nocturne où brillait un mince croissant de lune. Sa lumière blafarde tombait sur une tonnelle de chèvrefeuille et, devant son entrée à demi recouverte, était planté un jeune sapin. Ce spectacle me redonna quelque espoir et cet espoir ne fut pas trompeur. La vie fut merveilleusement belle dans cette petite ville, dont aujourd'hui encore je me souviens, à l'égal de toute mon enfance pleine de vie et de couleurs, avec une vive émotion.

Peu après notre entrée dans notre maison, nous passâmes à table pour le dîner. Pour nous les enfants, il y avait une soupe au lait qu'habituellement je n'aimais guère. Mais j'en mangeai une bonne partie et mon père dit avec un sourire satisfait : « Voilà qui est bien. Qui longtemps mange de la soupe vivra longtemps. Surtout ne pas faire le difficile. Et puis, nous finirons bien par nous plaire ici. Pourvu que cela plaise à maman. Ce maudit sable. Mais pour les chevaux c'est mieux ; je l'ai toujours pensé. »

Puis nous quittâmes la table et papa qui, faute d'un autre interlocuteur, devait se contenter de ma compagnie pour satisfaire son besoin de sociabilité, dit : « Et maintenant, sors et va voir l'église ; c'est la grande remise juste en face. Rien d'étonnant d'ailleurs qu'elle ait cet aspect ; le verbe protestant n'est ni lié à un lieu ni dépendant d'un ciel étoilé. Faire le bien, vivre dans la chasteté et la vertu. » Ces dernières paroles s'adressaient à M. Wolff qui ne lui inspirait pas vraiment confiance, bien qu'il n'eût encore rien à lui reprocher.

J'étais content de pouvoir satisfaire ma curiosité et je sortis. En arrivant dans la rue, je croisai un petit homme assez âgé et légèrement contrefait qui, après avoir conduit le cheval à l'écurie, était occupé à décharger nos bagages. Il s'appelait Ehm, comme je ne tardai pas à l'apprendre, sans doute une abréviation pour Adam et, bien qu'il ne comprît rien aux chevaux, il avait été choisi pour être notre cocher. Il le resta très longtemps.

« Comment t'appelles-tu ? demandai-je.

— Ehm.

— Ehm ? Je n'ai jamais entendu ce nom-là. Mais dis-moi, Ehm, qu'est-ce qui bruisse et tonne tout le temps ? Il n'y a pourtant pas de vent ni de courant d'air.

— C'est la mer.

— La mer ?

— Ouais, la mer.

— C'est loin ? Ça paraît si proche.

— Oh, une demi-heure. Et y arriv'qu'elle vienne tout près et remplisse ici toutes les rues. Et un p'tiot comme toi, y peut s'noyer. »

QUATRIÈME CHAPITRE

Notre maison, telle que nous l'avons trouvée

Le soir de notre arrivée notre maison ne m'avait pas fait une très bonne impression, je l'avais trouvée très laide et lorsque la lune brillait dans les fenêtres, un peu inquiétante même. Il apparut bientôt que cette inquiétante étrangeté était d'ailleurs parfaitement fondée, du moins dans la croyance des serviteurs. Lorsque la nuit on entendait une certaine agitation dans le grenier, ils disaient : « C'est encore le vieux Geisler qui fait sa ronde », ou encore : « il fouille de nouveau dans toutes ses caisses et ses armoires », et, en effet, on entendait distinctement les couvercles des grandes caisses d'herbes médicinales qu'on ouvrait et fermait. « Ce sont les chats », expliquait mon père plus tard, mais cette interprétation ne m'a jamais satisfait et je préférais m'en tenir à cette phrase : « C'est le vieux Geisler qui fait sa ronde ». Tout cela, je le répète, me laissa dès le premier soir un sentiment indéfinissable, qui m'épouvanta quelque peu et s'accrut encore lorsque le cerisier, devant la fenêtre de ma chambre, se mit à frôler doucement les vitres. Mais, fatigué par le voyage, je m'endormis pourtant et c'est de bonne humeur que, le lendemain matin, j'allai retrouver mon père dans son cabinet encore vide. C'est là qu'assis sur des tabourets et des chaises de cuisine (car à l'exception des lits on n'avait encore rien déballé) nous prîmes notre petit déjeuner, mon père était d'excellente humeur. Lorsque peu de temps après nous eûmes terminé, il me prit par la main et dit : « Viens, mon garçon, les autres sont encore trop petits, mais toi tu es déjà raisonnable, allons examiner tout ça de plus près. Lorsque je suis venu ici à Noël, il faisait si froid, tu sais, que le cognac a gelé, pas question de faire une inspection. J'ai un peu acheté les yeux fermés. Mais peu importe, dans la vie tout est incertitude, et les livres de comptes étaient en ordre. » Il se parlait surtout à lui-même, car toute sa vie, il a davantage adapté ses propos à ses convenances personnelles qu'à la nature de ses interlocuteurs. C'était le plus souvent des monologues. Il passa ses dernières années, avec une personne à l'esprit des plus limités, qui s'occupait de sa maison, mais cela ne l'empêchait pas de philosopher avec elle, c'est-à-dire de déverser sur elle tout ce qui lui passait par la tête.

Revenons maintenant à l'inspection projetée, nous nous mîmes en route dès le petit déjeuner fini. On appela Ehm afin que, le cas échéant, il nous renseignât au cours de notre tournée, ce qu'il savait très bien faire. Car il était depuis de longues années « chargé des feux » et il savait tout sur tout.

Notre premier objectif était les greniers ; il n'y en avait pas moins de cinq sous l'immense toit. Le premier grenier, où conduisait un escalier aux marches usées et craquantes, était superbe dans son genre, haut et frais et en même temps encombré de mille choses qui me séduisirent aussitôt : cheminées aux dimensions presque ridicules, réduits grillagés munis de cadenas, cordes tendues où pendait du linge, et même, du moins en cette première matinée, des hirondelles et des papillons qui entraient et sortaient sans relâche par les nombreuses fenêtres et judas. Mais à côté de la vaste cheminée, partait un second escalier, en réalité une simple échelle de meunier qui conduisait d'abord au second grenier et de là continuait tout droit jusqu'au troisième. Un cordage goudronné pendait à côté, auquel on pouvait se tenir. Quand nous arrivâmes à l'endroit où l'échelle, sans même un coude ou un palier, traversait le plancher du deuxième grenier, j'aperçus une roue pesante mais de faible diamètre, placée juste à côté de l'ouverture de l'escalier et je compris, je ne sais pourquoi, qu'il devait s'agir là de quelque chose de particulier. Mon père eut la même impression, mais il remit toutes les questions à plus tard, car nous continuions à monter et à grimper sur des échelles de plus en plus étroites, ce qui exigeait une extrême prudence. C'est seulement un peu plus tard, lorsque, après avoir examiné le grenier rempli de verres et de bocaux de plus près, nous redescendîmes et atteignîmes le sol du premier grenier, que mon père s'assit pour se reposer sur une des caisses d'herbes médicinales et dit : « C'est vraiment casse-cou, Ehm. Et cette roue là-haut ? Qu'est-ce que c'est ? Pourquoi se trouve-t-elle là ? »

Et Ehm raconta dans son bas allemand que c'était la roue avec laquelle le meurtrier Hannacher — mais c'était il y a très longtemps, l'année précédente, avant que les Français ne viennent dans le pays — avait passé de vie à trépas. Hannacher avait assassiné un berger tout près du village de Morgnitz et sur lui, il n'avait trouvé qu'une pièce de monnaie mais, lorsqu'il l'avait dépensée pour boire à l'auberge de Morgnitz, on avait tout découvert

« Un vrai coup de chance, dit mon père, plus tôt ce genre de chose est découvert, mieux cela vaut. Mais la roue ! Qu'est-ce que cela signifie ? Comment est-elle arrivée là ?

— C'est le vieux Geisler qui l'a prise, j'sais plus très ben quand. Y voulait sans doute qu'elle porte bonheur à sa maison. »

Mon père qui pensait peut-être à ce qu'il avait dit lui-même la veille en faveur de la charrette du bourreau, fut désagréablement impressionné par les paroles d'Ehm, estimant que trop de bonheur n'était pas non plus une bonne chose. « Bon, allons voir le cheval blanc, Ehm, pour nous changer les idées… Se passe-t-il souvent ici quelque chose comme ce qui est arrivé à Hannacher ?

— Juste de temps à autre. La dernière fois, y a eu ce qu'est arrivé à Muhr et à sa femme. »

Ehm tenait visiblement à poursuivre sur ce thème mais mon père n'écoutait plus vraiment, et il oublia finalement tout autant Hannacher que Muhr et sa femme lorsque, arrivé dans l'écurie, il découvrit à quel point elle était bien aménagée. « Eh bien, Ehm, il y a là deux mangeoires et deux râteliers. De la place pour deux chevaux, donc. À quoi a-t-il bien pu penser en installant cela. Je veux dire le vieux Geisler qui était, paraît-il, très avare. Après tout, ça m'est bien égal. On dirait vraiment qu'il avait tout prévu pour son successeur. Voilà la vérité. Il faut penser à ses successeurs. »

L'immense toit avec ses cinq greniers n'avait pas manqué de m'impressionner, mais la maison elle-même, tapie sous ce toit et que je tenterai de décrire plus loin, laissait beaucoup à désirer, à l'extérieur comme à l'intérieur. Au bout du vestibule, pavé de briques jusqu'en son milieu, s'ouvrait à gauche une imposante cuisine, à droite un laboratoire au plafond voûté, le tout formant une croix qui constituait la structure de base de la maison, à laquelle s'adjoignaient, aux quatre coins, quatre carrés contenant les magasins et l'habitation, le tout très primitif. Dans le premier carré se trouvait, outre la pharmacie, la salle des commis, tandis que le second carré n'englobait qu'une seule pièce, une salle à plusieurs fenêtres, l'orgueil de la maison. La pharmacie et la salle donnaient sur la rue. Les carrés trois et quatre de la façade arrière donnaient par contre sur le jardin et comprenaient d'une part le cabinet de mon père et de l'autre une pièce réservée aux enfants. Partout où cela s'y prêtait on avait aménagé les petits espaces restants en chambres à coucher ; seule la salle était préservée de cet environnement trivial. Pour le reste tout était petit et étroit. Pas la moindre trace de décoration plaisante sur les murs ou les plafonds, les poêles et les planchers étaient en mauvais état, mais le plus laid, c'était la couleur jaune verdâtre dont étaient peintes uniformément toutes les pièces à l'instar du vestibule. Seule la chambre des préparateurs — peut-être en hommage à la pharmacie attenante — n'était pas peinte de ce jaune verdâtre mais d'un vert de Schweinfurt, dont on sait qu'il contient de l'arsenic. Pour compenser autant que possible l'effet néfaste de cette couleur sur la santé, on avait incrusté dans l'une des vitres du haut une rosace de fer-blanc qui, tournant constamment, renouvelait sans doute l'air mais, en revanche, faisait un bruit insupportable. Oui, tout était laid, étriqué et à l'abandon, mais la pièce la plus négligée était la chambre des enfants, au beau milieu de laquelle manquait un grand morceau de plancher, de sorte qu'on apercevait le sable des dunes sur lequel la maison était construite, sans fondations. Plus tard, il est vrai, je me réconciliai avec ce trou dans le plancher car, lorsque le mauvais temps nous empêchait de sortir, ce coin de sable devenait un terrain idéal pour notre jeu favori qui se pratiquait à l'aide de quatre pierres cubiques. Ce jeu s'appelait « Knut », il était sans doute d'origine danoise et consistait à jeter une pierre en l'air et à la rattraper tout en ramassant les trois autres restées dans le sable.

Outre cette confortable aire de jeu, cette chambre présentait un autre avantage, susceptible de réconcilier un enfant fantasque avec l'indigence qui régnait par ailleurs. C'était dans cette pièce que le vieux Geisler, assis sur un fauteuil, était mort et lorsque le soir je m'asseyais juste à cette place, entre l'armoire et le poêle et qu'au-dessus de moi commençait le tapage et le mystérieux raffut, j'étais à ce point sous le charme, qu'il ne pouvait plus être question du caractère prosaïque du lieu.

Mais je ne ressentis cela que plus tard. Je reviens d'abord à la description des différentes pièces. Le laboratoire et la cuisine occupaient la première place. Tous deux pouvaient être considérés comme les pièces nobles, et si la cuisine, avec la hotte de sa cheminée pleine de suie luisante qui descendait très bas sur le fourneau, avait quelque chose d'une auberge espagnole, le laboratoire, de l'autre côté, avec ses alambics et ses appareils de distillation (au milieu desquels un turbot séché suspendu au plafond voûté), se présentait comme une pièce parfaite pour alchimiste et Faust aurait pu y déclamer son « Hélas, j'ai tout étudié...[10] » ; oui, dans sa grotesque désuétude, tout ici, en totale opposition avec le prosaïsme des pièces d'habitation, était terriblement intéressant, et je pourrais en rêver encore, si, la première fois que j'entrai dans cette rocambolesque splendeur, je n'avais été méchamment oppressé par l'air vicié. Rien d'étonnant. Au milieu du laboratoire se trouvait une pompe qui n'avait pas seulement pour objet d'alimenter toute la maisonnée en eau mais aussi d'évacuer les restes de feuilles et de racines provenant de décoctions et de toutes sortes d'infusions. Tous ces rebuts étaient entraînés par une rigole de pierre jusqu'à une fosse qui se trouvait à l'extérieur, dans la rue, mais dont les émanations ne se rabattaient pas moins dans le laboratoire. Cela ne devait pas être si terrible, car, tout au long des cinq ans que je passais à Swinemünde, il n'y eut aucun cas de typhus dans notre maison, j'étais le seul que cet air des marais incommodait fortement ; je fus secoué par une fièvre froide toute une année ; elle fut à l'origine d'un état chronique qui chez moi frisait la malaria. Tout cela m'aurait très probablement été épargné, si mon père avait fait l'effort d'acquérir vingt ou cinquante grammes de quinine. Mais à l'époque la quinine était encore très chère et je dus me contenter d'une décoction de quinquina et de concentré de jus de carottes. Elle n'était guère efficace, sans compter que c'était une torture de l'ingurgiter. J'y repense avec des sentiments curieux, mais à l'époque régnait ce principe éducatif très courant : « Allons, ce garçon résistera en avalant ça » et mon père qui, lorsque ça l'arrangeait, aimait justifier scientifiquement ce genre d'économies, ajoutait volontiers : « Le quinquina est à vrai dire ce qui convient le mieux parce que c'est un produit naturel ; la quinine c'est déjà du luxe et le luxe n'est pas pour les enfants. » À d'autres occasion je l'ai entendu s'exprimer maintes fois dans le même sens. Peu importe qu'il le pensât ou non, la quinine économisée à mes dépens, c'était dur, très dur et — ne voulant pas exprimer ici un sentiment qui n'a rien d'enfantin — j'aurais préféré me taire si je n'avais pu ajouter, à ma plus grande joie, que mon père, plus tard, a largement rattrapé tout ce qu'il aurait dû faire à cette époque. En effet, bien des années plus tard, alors qu'il était lui-même en mauvaise posture et que ses revenus étaient réduits au strict minimum, il m'a apporté une aide généreuse et émouvante. Il s'agissait pour moi d'un séjour en Angleterre assez long et onéreux. Il m'aida, sans hésiter et sans discours sentimentaux, en donnant ses derniers deniers. Et c'est ainsi que lui qui, durant les jours heureux avait négligé pas mal de choses, fut tout de même à l'origine du modeste bonheur que cette vie me réserva.

Quant à la maison, du moins à l'intérieur, le moins qu'on en pût dire c'est qu'elle était peu avenante, mais la cour et le jardin étaient délicieux.

Commençons par la cour. Celle-ci ressemblait plus ou moins à une cour de ferme, ce qui plaisait extraordinairement à mon père que ses goûts portaient sans réserve vers la vie campagnarde. Il y avait là naturellement des écuries, des étables et des porcheries, des chambres de domestiques (avec, par extraordinaire, un pigeonnier), un hangar à tourbe et un fenil, un hangar pour les attelages et un pour hacher la paille, enfin une immense remise qui servait en même temps de bûcher. À côté de la remise, se trouvait une cave, remplie de toutes sortes de bombonnes de verre ou de terre cuite pour la plupart, qui constituait notre terrain de jeux favori durant les jours de l'automne et du printemps. C'est à ces moments que montaient les eaux souterraines qui provoquaient pendant des semaines une petite inondation. Au début on s'aidait de bûches et de planches mais, si l'eau continuait à monter, nous les enfants descendions des tonneaux et des baquets à lessive dans lesquels, armés d'une spatule géante en guise de rame, nous naviguions comme des « pirates » avant d'accoster aux quatre « rives ». C'est alors qu'impitoyables mais débonnaires, nous portions à notre bouche, telles de grandes cornes d'hydromel, les cruches aux formes étranges remplies de jus de framboise et de groseille. « Où sont donc les jus de fruits ? » disait parfois mon père, perplexe.

Ah, cette cour ! Sur trois côtés, elle était entourée de bâtiments, mais le long du quatrième s'étendait une haute clôture de planches couronnée de pointes de fer, le long de laquelle, et la dépassant largement, s'élevait un tas serré de magnifiques rondins : spectacle qui, étant donné mon goût pour les jeux et les escalades, me fit penser dès le premier regard qu'ici on serait bien.

Et ce qui valait pour la cour valait aussi, plus encore si possible, pour le jardin qui, aménagé en angle droit, dessinait un coude qui le divisait en deux grandes parties identiques. La première moitié, avec ses parterres de réséda et de pieds-d'alouette, ses plates-bandes et ses corbeilles et toutes sortes de fruits en espaliers, était un véritable jardin, alors que la seconde ressemblait plutôt à la nature sauvage. Mais une nature très pittoresque, il faut le dire. Le long de quelques palissades déjà ployées par le vent et donc de travers, s'alignaient les buissons de framboisiers et de groseilliers en masses foisonnantes, jusqu'à l'endroit où, à la limite des jardins voisins, et presque aussi grand qu'un arbre, un buisson de béribéris penchait ses branches lourdement chargées de splendides baies rouges. Cette seconde moitié du jardin était notre royaume. C'est là que nous jouions des demi-journées entières et construisions des châteaux, ou faisions de la gymnastique à la barre fixe, ou bien arrachions des planches de la palissade et partions piller les jardins voisins. Mais plus merveilleuse encore, du moins à mes yeux, était la balançoire assez vétuste, installée entre deux montants de bois. La poutre horizontale était déjà vermoulue et les crochets auxquels était accroché le cadre n'étaient plus très solides. Et malgré cela, je n'arrivais pas à quitter cet endroit et mettais un point d'honneur à plier rythmiquement mes genoux étroitement joints, pour me redresser brusquement avec souplesse, en donnant tant d'élan à la balançoire qu'elle finissait par se trouver presque à l'horizontale de ses poutres latérales. Et les crochets rouillés grinçaient et tout menaçait de s'effondrer. Mais c'était précisément ce qui m'amusait, car j'étais rempli de ce sentiment exquis qui, à lui seul, marqua toute ma vie : la chance est de ton côté.

CINQUIÈME CHAPITRE

Notre maison, telle que nous l'avons aménagée

« Telle que nous l'avons trouvée », ce fut, sauf quelques rajouts et quelques digressions sur l'avenir, le contenu du chapitre précédent. Dans ce nouveau chapitre, je vais, tout en anticipant il est vrai sur des choses à venir, décrire les transformations qui s'effectuèrent dans notre maison en une période relativement brève. Le fait que cela se passa en si peu de temps s'explique surtout par l'arrivée de ma mère, prévue quatre ou six semaines plus tard, date à laquelle tout devait être en ordre. Mon père, qu'animait sans doute, outre une légère passion de bâtisseur, une certaine courtoisie à l'égard de sa femme, qu'il aimait beaucoup malgré leurs querelles, procéda suivant deux axes, l'extérieur et l'intérieur et se fixa pour tâche, à l'« extérieur », surtout le nettoyage de la maison tout entière et à l'« intérieur », l'ameublement et l'installation de deux pièces : le « salon » destiné à son épouse et son propre cabinet.

Cette double démarche connut des succès très divers. Quand il s'attaqua à l'« extérieur », c'est-à-dire au ravalement et au crépissage, ce fut un échec total. Les gens n'avaient guère à l'époque ce sens raffiné du style qui, le cas échéant, fait préférer la laideur à une beauté inadéquate, si bien que mon père, après avoir pris contact avec un artisan peintre, qui habitait presque en face de chez nous, se mit d'accord avec lui pour une peinture à l'huile bleu ciel. Pour le peintre, étant donné le nombre considérable de mètres carrés à couvrir avec cette peinture coûteuse, c'était une affaire rentable, mais pour la maison à laquelle était destiné cet embellissement, ce qu'elle avait de meilleur fut perdu : son caractère grotesque.

À l'extérieur donc, l'entreprise échoua.

Elle réussit mieux à l'intérieur, même si ce ne fut pas sur tous les plans, car les arrangements s'adaptèrent assez agréablement à la simplicité du cadre. Qu'il en fût ainsi relevait naturellement du pur hasard mais le fait que la plus grande partie du mobilier dont nous disposions pour installer les pièces en question fût en majorité ancien ou du moins pas très récent n'y était pas non plus étranger. Les meubles très anciens venus, ainsi que je l'ai déjà évoqué, de la succession de mon grand-père récemment décédé, convenaient merveilleusement et produisaient, partout où on les utilisa judicieusement, ce que j'ai depuis toujours apprécié dans l'aménagement des pièces : une impression d'intimité et de bien-être.

Il y avait d'abord la salle aux trois fenêtres en façade, destinée à servir de salon à ma mère. Le jaune verdâtre de son existence antérieure disparut bientôt et un bleu outremer foncé, couleur favorite de mon père, le remplaça, tandis que le long plafond laqué de blanc était orné d'une scène à moitié mythologique de la main même du peintre qui avait réalisé la peinture à l'huile de l'extérieur. Mon père avait une prédilection que je m'explique mal pour ces peintures de plafond à caractère mythologique, qui l'accompagnèrent sa vie durant (alors qu'il connaissait en réalité fort mal l'histoire de ces divinités). Partout où il s'installait, le simple motif à étoiles ou à rosaces de la décoration qu'il trouvait devait céder la place à un « sujet noble », dans lequel le rôle principal revenait le plus souvent à un cygne puissamment cabré, qui rappelait les représentations de Léda. Parfois (comme ici) les cygnes étaient plusieurs. À cette fresque du plafond, s'associait un décor digne de cette pièce, une décoration soignée des fenêtres, des rideaux retenus par de grandes embrasses de laiton et, devant l'une des fenêtres, une petite estrade avec un fauteuil en maroquin, sur lequel ma mère avait coutume de se tenir dans la matinée avec un ouvrage de broderie ou de crochet. La vue dont elle jouissait depuis cette estrade était très plaisante. À travers les branches d'un tilleul qui se dressait juste devant la fenêtre, elle voyait, en levant les yeux de son ouvrage, la place de l'église, de l'autre côté de la rue, avec ses troncs d'arbres de différentes essences et les chevalets des scieurs, où nous les enfants venions jouer chaque fois que c'était possible. Quand sonnait midi, elle quittait ce poste d'observation, rarement pour prendre part au repas mais pour se retirer dans le jardin ou de préférence dans la chambre située dans le pignon de la maison. Elle ne revenait à sa place de prédilection que vers quatre heures. C'était pour elle l'heure la plus agréable de la journée, celle où arrivaient les visites et où l'on préparait le café.

Tout cela était beaucoup plus charmant et pittoresque qu'aujourd'hui ; les tasses et les corbeilles de gâteaux se trouvaient déjà à côté d'une haute cafetière de cuivre où était placé le café et il ne manquait plus que l'eau bouillante pour le préparer. C'est alors que venait le moment le plus important, celui où maman tirait la sonnette et où était apporté un surprenant édifice que je n'ai jamais vu ailleurs. C'était un récipient de tôle rempli de braises ardentes qui, à cause de son aspect peu présentable, était recouvert par un cache en laiton plus grand, bien astiqué et percé de nombreux trous, à travers lesquels on voyait rougeoyer le récipient intérieur. Sur cet édifice un peu compliqué était posée une bouilloire presque sphérique dont le bec laissait échapper des volutes de vapeur. Alors, tout en continuant à causer avec grâce, ce que ma mère savait faire avec virtuosité lorsqu'elle le désirait, elle quittait son fauteuil en maroquin afin de tendre à chaque invité la tasse qui lui revenait. Aujourd'hui c'est le motif à oignons de Meissen ou quelque chose d'analogue qui prime, mais à l'époque les tasses constituaient une petite galerie de miniatures sur lesquelles un Amour s'appuyait contre le genou de Vénus ou le plus souvent bandait son arc afin d'atteindre de sa flèche le couple légèrement vêtu qui se tenait devant un buisson. Ensuite on m'invitait à présenter les corbeilles de gâteaux, un supplice de Tantale souvent très cruel car le tour animé de la conversation entre ces dames faisait oublier ce vieil adage « toute peine mérite salaire ».

Tout cela a repris vie en moi tandis que j'écris et, cette remémoration m'a fait oublier que ce ne sont pas les goûters de ma mère que je me proposais de raconter mais l'installation du salon à laquelle mon père œuvrait avec un zèle affectueux. Revenons donc à ma description. Contre le mur longitudinal, face aux trois fenêtres, étaient alignés un sofa et des chaises serrées les unes contre les autres, comme on ne les voit que dans les salles de bal ; le sofa, d'un style baroque affadi — si tant est qu'on puisse encore parler de style —, était recouvert d'une moire jaune, fixée au dossier par des centaines de petits clous à tête argentée. L'ensemble, à la fois pauvre et prétentieux, donnait une impression de lourdeur. Le trumeau, placé contre le mur étroit de la pièce et dont on avait retiré la plus grande partie du couronnement, la pièce n'étant pas assez haute de plafond, avait bien meilleure allure. Quasiment privé de couronnement, il n'en constituait pas moins la pièce maîtresse de toute l'installation, que nous admirions tous beaucoup. La haute opinion que nous en avions, en dépit de ce que cela a de comique rétrospectivement, était bien compréhensible. C'est que tous ces objets ennuyeux, nous les avions apportés à Swinemünde sans les mettre un instant en doute, sincèrement convaincus qu'ils étaient particulièrement beaux ; et, d'après l'opinion répandue à l'époque, ils pouvaient effectivement passer pour remarquables et raffinés. C'était ce qu'on appelait du « Schinkel ». Ce Schinkel (un enfant de Ruppin) avait offert, par amitié pour sa ville natale, à l'ébéniste de la ville, nommé Mohring, ses modèles et croquis d'ameublement ; peut-être les avait-il simplement recommandés plus spécialement, mais il en résulta que pendant des décennies toute la Prusse officielle se fournit à cet atelier réputé en meubles d'acajou de style Schinkel. Tout récemment encore, au château de Quedlingburg, j'ai revu ce mobilier dans une chambre aux dimensions moyennes, où Frédéric-Guillaume IV aimait descendre lors de ses visites, et j'ai presque sursauté devant le trumeau, le sofa, les armoires, les chaises : tout ressemblait ou, plus exactement, tout était du même style que ce que j'avais vu et admiré, soixante ans plus tôt, dans le salon de ma mère. Je les admirais à vrai dire surtout à cette époque. Aujourd'hui, même si la grandeur de Schinkel reste intacte, on estime, semble-t-il, qu'il n'est plus nécessaire de consacrer à la production de ce genre de choses beaucoup de travail et d'imagination. Cette dernière surtout fait presque entièrement défaut.

Voilà pour ce qui concerne le salon de ma mère. Il était acceptable (on ne pouvait, il est vrai, en dire davantage) alors que mon père, sans même s'en rendre compte au moment où il l'installait, réussit parfaitement son propre petit cabinet. Ici l'ancienne peinture avait été remplacée par un papier peint à motifs bruns et blancs et le poêle noir cabossé de partout avait cédé la place à une installation toute neuve, construite en carreaux vernissés gris vert sur lesquels coulaient deux, trois gouttes d'émail rouge qui s'épaississaient vers le bas — une décoration qui aurait assez convenu à un abattoir. Malgré cette extrême audace dans le maniement de la couleur, on pouvait cependant parler d'un réel embellissement.

Mais le plus beau fleuron de la pièce, c'étaient ses tableaux, presque tous des pastels : têtes d'anges, danse des Grâces et des Heures, mais aussi jeunes filles jouant avec des colombes et des lapins. Entre ces pastels, des gravures anglaises : la source d'Égérie, les cascades de Tivoli et d'autres gravures de cette sorte, des chromotypies qui, à mon avis, étaient nettement supérieures à la plupart des réalisations actuelles dans ce domaine. Elles semblaient du moins plus distinguées. Anciens et simples, mais de ce fait même largement supérieurs au trumeau et au sofa moiré, les meubles tout particulièrement adaptés à cette pièce provenaient presque tous de la succession de mon grand-père. À la crémone de la fenêtre du milieu, dans un cadre de bouleau madré, était suspendu un étroit miroir devant lequel mon père faisait habituellement sa toilette. Les jours ordinaires, elle était vite faite. Mais les soirs de dîner, et l'hiver cela se produisait au moins une fois par semaine, il s' y tenait devant, souvent pendant plus d'une demi-heure, afin de procéder à toutes sortes d'ajustements. Le jabot aux plis nombreux, une cravate blanche dans laquelle il piquait ensuite une épingle d'améthyste achevaient cette toilette qui débutait, tout aussi régulièrement, par une opération moins plaisante. Il portait en effet un « faux toupet » qui, chaque fois qu'il se préparait pour une soirée, devait être retiré, soigneusement remis en état et recollé à l'aide d'une solution de caoutchouc. Décoller le toupet était toujours une opération assez douloureuse, accompagnée de grimaces comiques, aussi aimait-il l'accompagner d'un de ses monologues : « En vérité cela est absurde. La plupart des gens ont la tête entièrement chauve et s'en accommodent très bien. Sauf moi, pourquoi faut-il que je m'y refuse et me torture ? C'est un sacrifice que je fais à la société. » Et nul n'était plus disposé à le faire, car chaque soirée était pour lui un véritable plaisir.

Durant ces soirées, sur lesquelles je reviendrai dans un autre chapitre, on appréciait beaucoup ses talents de causeur et son affabilité, mais plus encore les petites originalités qui accompagnaient ce talent. Ainsi avait-il, entre autres, une façon de déclamer bien à lui qui devenait très pathétique dans les citations et les noms propres. Il n'aimait pas dire « sur terre » mais préférait « en ce monde sublunaire » et lorsqu'il prononçait le mot *sort** dans une phrase qu'il affectionnait, par exemple : *un tel sera l'artisan de son sort**, beaucoup de Français auraient pu lui envier sa prononciation du « o ». Il plaçait au même niveau, sinon plus haut, l'expression « *la mort sans phrase** » ou même « *la garde meurt et ne se rend pas** », ce qui ne doit pourtant pas inciter à penser, en dépit de son attachement pour tout ce qui était français, qu'il était francophile. Ce qui le motivait, c'était simplement le goût de certaines sonorités, et toute langue qui flattait ce goût lui plaisait. C'était un plaisir de l'écouter lorsqu'il énonçait, par exemple, le titre d'un roman paru à l'époque : *Gustav Wasa ou le massacre de Stockholm* ou, quand il ajoutai, lorsqu'il était question de Schill : « Schill, qui est tombé dans les rues de Stralsund ». Tout ce qui correspondait à des allitérations ou des spondées avait ses faveurs. Il se berçait sur ce rythme. Mais là où il excellait, c'est lorsqu'il énonçait des mots inconnus qu'il prononçait de travers pour les avoir arrangés selon sa convenance, faisant fi des règles et de la correction. À cette époque, en 1830, les nouvelles venues d'Angleterre parlaient beaucoup d'un certain marquis de Londonderry (frère de l'ancien ministre Castelreagh) dont le nom, composé de Londres et de Derry, ne frappe guère lorsqu'il est correctement prononcé ; mais mon père saisissant le nom comme une vaste unité, au lieu de lui donner les deux accents qui lui reviennent, mettait un seul accent, sur l'« o » de la seconde syllabe, produisant ainsi l'effet d'un coup de tonnerre. Ce qui amusait beaucoup les habitants de Swinemünde, pour qui l'Angleterre et la langue anglaise n'avaient pas de secret.

Revenons au cabinet de mon père et à son installation.

Au mur à droite, à côté du miroir, se trouvait le secrétaire, également en loupe de bouleau, dont l'abattant recouvert de cuir vert lorsqu'il était ouvert lui servait de pupitre. Mais ce qui distinguait ce secrétaire, c'est qu'il craquait et grinçait à la moindre pression. Cela ne dérangeait pas mon père qui rédigeait dessus toute sa correspondance. À sa gauche, les lettres attendant une réponse, sur lesquelles une paire de ciseaux extraordinairement lourds faisait office de presse-papiers. Il n'écrivait pas tous les jours mais, lorsque le jour de correspondance arrivait, il rédigeait un pli après l'autre, lentement et avec une sorte de plaisir d'esthète, car il avait une très jolie écriture. Lorsqu'il s'agissait de lettres à valeur déclarée, ce plaisir était décuplé. Il se représentait alors non seulement l'importance de son acte mais il éprouvait aussi une certaine satisfaction morale d'être en mesure d'expédier cette lettre et de prouver ainsi qu'il était un homme de poids et de parole. Cette satisfaction apparaissait le plus nettement lorsque, après avoir achevé la rédaction proprement dite, il mettait la lettre sous enveloppe et cachetait celle-ci. Il possédait plusieurs cachets pour le courrier habituel, mais chaque lettre à valeur ajoutée était cachetée d'un sceau particulièrement bien ciselé qu'il avait rapporté de sa pharmacie du Lion, à Ruppin, à celle de l'Aigle, à Swinemünde, de sorte qu'à vrai dire il ne convenait plus. Frotter la cire, afin d'éliminer les parties noircies, cacheter, était un art qu'il pratiquait avec application et lorsque les cinq sceaux avec les petits lions étaient imprimés, il contemplait l'ensemble une fois encore et rayonnait de satisfaction. Il aimait s'asseoir à ce secrétaire et, s'il en aimait chaque casier et chaque tiroir, il entretenait une relation privilégiée avec un compartiment secret dissimulé derrière un petit péristyle à colonnes, où il rangeait son argent, quand la situation lui permettait de le faire. Même quand celle-ci était moins favorable, en d'autres termes quand le compartiment était vide, il continuait d'être l'objet de considérations affectueuses. Il écartait le péristyle et, regardant le vide qui s'ouvrait derrière, il lui tenait un de ses petits discours avec un sérieux teinté d'humour. J'ai souvent été témoin de scènes de ce genre. « Vois-tu, mon fils, je ne peux contempler sans émotion ce vide obscur. Il y a quelques jours, j'ai calculé combien d'argent a déjà pu s'y trouver et la somme était élevée, j'en ai éprouvé un certain réconfort. » Il riait tout en parlant, mais cela se voulait très sérieux ; il se consolait vraiment en pensant à tout cet argent qui s'était trouvé là. Chez lui, le Gascon montrait toujours le bout de l'oreille.

Le secrétaire à l'abattant grinçant était, je le répète, un des meubles favoris de mon père, mais celui qu'il préférait entre tous, c'était le grand sofa aux nombreux coussins qui se trouvait entre le poêle aux gouttes vernissées et la vieille horloge dans sa boite. Cette horloge est maintenant en ma possession. Mon grand-père et mon père sont morts au rythme de ses battements et moi je veux faire de même. Au-dessus du sofa recouvert d'un tissu de laine bigarré, était suspendue la pièce maîtresse, dont je n'ai pas encore parlé et qui provenait de la succession de mon grand-père, une grande gravure, exécutée d'après le célèbre tableau du peintre Cunningham et qui avait pour légende : « *Frédéric le Grand retournant à Sans-Souci après les manœuvres de Potsdam, accompagné de ses généraux** ». Que de fois suis-je resté planté devant cette gravure, regardant dans les yeux le vieux Zieten[11] sous son bonnet de hussard, pressentant peut-être qu'il serait mon héros préféré. C'est sous ce portrait de Frédéric le Grand, et enfoncé dans les coussins bourrés de varech, que mon père, dont l'une des plus merveilleuses qualités a toujours été d'être un solide dormeur, faisait sa sieste ; la durée de cette sieste ne l'inquiétait pas outre mesure, il lui arrivait de se lever alors que la nuit était déjà tombée. « Papa dort encore jusqu'à la nuit. » Quand tout allait bien, c'est-à-dire quand ils avaient fait la paix, on m'envoyait le réveiller, ce que j'aimais faire, non seulement parce qu'il était alors de très bonne humeur, mais qu'il me témoignait sa tendresse d'une façon tout à fait inhabituelle. Je devais m'asseoir à côté de lui, et il me parlait de choses qui me dépassaient complètement, des choses étonnantes qui, pour cette raison peut-être, m'enchantaient. Je reviendrai plus tard sur ces conversations singulières, que je n'ai jamais oubliées.

Oui, ce furent des heures de bonheur. Mais il y en eut d'autres. Ainsi, lorsque sans être chargé d'aller le réveiller, j'y allais de moi-même pour voir ce qu'il en était. Il était étendu sur le sofa, appuyé sur un bras et son regard s'évadait, entre les branches d'un beau noyer planté devant la fenêtre, vers le soleil qui se couchait au-dessus des maisons voisines. Quelques mouches bourdonnaient autour de lui ; par ailleurs tout était silencieux, sauf quand le préparateur jouait du pilon dans son mortier. Lorsque je m'approchais du sofa et que je caressais sa main, je voyais qu'il avait pleuré. Je savais alors qu'il y avait eu de nouveau une « grande scène », toujours à la suite de calculs extravagants ou d'invraisemblables tractations, pour lesquels on ne pouvait cependant jamais lui en vouloir. Car il savait tout cela et reconnaissait ses faiblesses avec la franchise qui le caractérisait. Du moins plus tard, lorsque nous évoquions le passé. Mais à l'époque, il en allait autrement et je restais près de lui, pauvre enfant, à tirer sur la nappe avec embarras, bouleversé, regardant cet homme grand et fort incapable de maîtriser son émotion. Il y avait là de l'amertume, mais plus encore de l'auto-accusation. Car jusqu'à sa dernière heure, il persista dans son amour et sa vénération pour la femme qu'il était destiné à rendre malheureuse.

SIXIÈME CHAPITRE

La ville, ses habitants et ses notables

Lorsque nous arrivâmes durant l'été de 1827, Swinemünde était un trou assez laid mais non dépourvu de charme, où régnait, en dépit de ses rues presque désertes, l'animation propre au commerce et à la navigation. Le jugement favorable ou défavorable qu'on pouvait porter sur la ville dépendait totalement de l'endroit où l'on se trouvait. Si l'on choisissait pour poste d'observation la place de l'église, déjà plusieurs fois évoquée, entourée de maisons dont notre pharmacie, il n'y avait pas grand bien à en dire, même si la rue principale y passait, mais si, renonçant au centre de la ville, on gagnait le « fleuve », comme on appelait couramment la Swine, l'opinion jusque-là défavorable s'inversait. Car le fleuve était longé par la « digue », une route côtière qu'on n'aurait pu imaginer plus poétique. Le fait même que tout ici restait mesuré et ne rappelait en rien la grandeur des comptoirs commerciaux, cette mesure en toutes choses précisément, avait quelque chose de plaisant, et seule une nature chagrine ou insensible à la magie des formes et des couleurs aurait pu y rester fermée. Il faut dire que cette route de la digue n'était pas partout la même, elle laissait parfois à désirer, notamment en amont, mais, à l'endroit où débouchait, à angle droit, une rue transversale qui partait du coin de notre maison, on pouvait, en suivant le cours du fleuve, savourer à chaque pas les images qui se présentaient. C'est ici, en effet, que de la rive en pente, des radeaux de planches s'avançaient dans le fleuve, des lavoirs flottants sur lesquels on voyait, dès l'aube, des jeunes filles battre le linge, bavardant gaiement entre elles ou avec les matelots qui, paisiblement appuyés sur la balustrade de la digue, les regardaient travailler. Ces radeaux très pittoresques, s'appelaient des ras et servaient de point de repère surtout aux étrangers et aux baigneurs, pour s'orienter. « Il habite au ras de Klempin ou en face du ras de Jahnke. » Entre ces différents lavoirs se continuait une partie du mur de soutènement de la digue et c'est là que mouillaient la plupart des bateaux qui, l'hiver, s'alignaient sur deux, trois, quatre files. À cette époque, l'équipage était absent et seule la fumée montant de la cheminée de la cuisine de bord ou, plus souvent encore, un loulou assis sur une montagne de voiles, voire sur sa niche, et glapissant contre les passants témoignaient que le bateau ne restait pas tout à fait sans surveillance. Lorsque le printemps libérait la Swine de ses glaces, tout s'animait comme par un coup de baguette magique et l'activité sur le fleuve indiquait qu'il allait être bientôt temps de quitter le port. C'est alors qu'on couchait les bateaux sur le côté afin de mieux vérifier les éventuels dommages et, lorsque ceux-ci étaient décelés, on voyait dès le lendemain, à l'endroit de la digue prévu pour cela, de petits feux entretenus avec des copeaux de bois et des bouts de câbles effilochés, au centre desquels la poix bouillonnait dans des pots de fer. À côté gisaient de gros tas d'étoupe. Puis commençait le calfatage. Lorsque l'heure de midi approchait, on posait une poêle remplie de pommes de terre et de morceaux de lard sur la braise et, bien des fois, venant à passer par là, j'en ai humé avec convoitise l'appétissant fumet. Aujourd'hui encore je me nourris, ou du moins je nourris mes nerfs, de préférence avec la fumée d'asphalte qui flotte parfois dans nos rues berlinoises en cours de rénovation.

Vers le printemps et l'été, il arrivait aussi que la drague à vapeur anglaise, amarrée au milieu du fleuve, reprît son activité ; elle avait pour mission d'améliorer le chenal, de déverser et d'accumuler à un endroit peu profond du fleuve les masses de terre et de vase tirées de ses fonds. Quelques années plus tard, la petite île ainsi formée disparaissait déjà sous les joncs et les roseaux et, maintenant, elle porte sans doute des maisons et des établissements balnéaires, témoignant pour ceux qui ont vécu dans les trente premières années de ce siècle des changements survenus et de l'accroissement de notre puissance.

Des demi-heures durant, quand j'en avais la possibilité, je regardais la drague anglaise au travail ; j'étais le protégé personnel de son ingénieur, un vieil Écossais du nom de Macdonald. Qui m'aurait prédit alors que je ferais, une trentaine d'années plus tard, le tour de son clan écossais et que, dans l'île d'Icolmskill, accompagné d'un Macdoland, je me trouverais à l'endroit où, selon la tradition, est enterré le roi Macbeth !

Et tout comme j'assistais au dragage, je regardais les bateaux qui accostaient ; certains rentraient de voyages lointains, comme le Konigin Luise, un navire de la Compagnie de navigation commerciale ; certains venaient de voyages tout autour de la terre, ce qui, à l'époque, signifiait encore quelque chose. Mais mon bateau préféré était le Mentor, dont on disait qu'il était sorti victorieux d'un combat avec des pirates chinois. Les pirates transportaient un canon de fer à tube long, qui tirait mieux que les canons de fonte grossière dont le Mentor était équipé. De plus, le navire des Chinois était beaucoup plus rapide, si bien que notre navire marchand de Swinemünde se trouva très vite en mauvaise posture. Mais le capitaine sut se tirer d'affaire. Il fit placer tous ses grands mortiers sur un bord du bateau et modéra délibérément la vitesse afin de permettre aux poursuivants de s'approcher plus aisément. Bientôt leur navire fut si près que les pirates se préparaient déjà à escalader le bateau sur un de ses flancs. C'est alors que le capitaine du Mentor donna le signal convenu et, avec toute la force et la rapidité dont ils étaient capables, les mortiers roulèrent d'un bord du bateau à l'autre et, traversant la mince paroi, allèrent tomber sur le navire déjà triomphant, immobilisé en dessous, qui, brisé par le poids des lourdes pièces, sombra corps et biens[c].

De telles histoires étaient toujours dans l'air et ne se rapportaient pas seulement aux navires mais parfois aussi aux maisons qui se dressaient en face d'eux, de l'autre côté de la digue. Mais plus bas, en aval, les maisons tout comme ces histoires perdaient de leur charme, avant que, tout au bout de la ville un grand bâtiment tout en retrait ne captivât de nouveau l'intérêt. C'était la « Maison des hôtes », lieu de réunion des baigneurs comme des notables, dont mon père était sans doute l'hôte le plus assidu. En vérité, ses fréquentes visites ne concernaient pas la Maison des hôtes, encore moins les concerts ou les pièces de théâtre qui y étaient donnés, sans parler des bals qui s'y déroulaient à l'occasion, ce qui l'y amenait, parfois dès l'apéritif, c'était un pavillon tout proche, où un vieux major, vêtu d'un impeccable frac bleu à boutons dorés et détenteur d'un nom historique, tenait avec une extrême courtoisie une petite salle de jeux. Celle-ci était trop souvent le but des promenades de mon père qui, lorsqu'il avait perdu là une somme importante et enrichi d'autant la caisse de la banque, au lieu d'être contrarié, se contentait d'en conclure que tenir la banque était une affaire rentable et que le vieux major, avec son écharpe blanche et son épingle ornée de brillants, était un homme extrêmement enviable, digne d'être imité. « C'est cela, la vraie vie ! » nous déclarait-il le soir, quand il rentrait en retard pour se mettre à table. Il le dit un jour devant une sœur de ma mère, une jeune femme qui venait de se marier et qui faisait un séjour chez nous pendant la saison des bains de mer.

— Tu ne ferais tout de même pas cela, s'exclama-t-elle.

— Pourquoi pas ?

— Parce que ce n'est pas honorable.

— Hum ! honorable », jeta-t-il en tambourinant sur la table.

Mais il n'eut tout de même pas le courage de la contredire et se contenta de détourner les yeux, puis il se leva.

***

La ville était très laide et très jolie, et ce contraste se retrouvait dans sa population, du moins en ce qui concernait la moralité. Il y avait ici, comme dans toutes les villes maritimes, une large couche populaire, ivre du matin au soir de rhum et d'arak, mais à côté, toujours à l'exemple des villes maritimes, une société d'un niveau intellectuel nettement supérieur, bien au-dessus en tout cas de ce qu'on rencontrait habituellement dans les petites villes provinciales de l'intérieur du pays. Le fait que les habitants fussent si totalement étrangers à tout esprit petit-bourgeois avait certainement diverses explications mais tenait surtout au caractère résolument cosmopolite de la population. Dans les villages environnants, importants et riches, habitaient peut-être encore des autochtones wendes et poméraniens dont les origines remontaient au temps de Julin et de Vineta[12], mais à Swinemünde même, du moins dans les couches supérieures, tout était tellement mélangé qu'on y rencontrait les représentants de tous les pays de l'Europe du Nord, des Suédois, des Danois, des Hollandais, des Écossais qui, un jour ou l'autre, avaient pris racine ici, la plupart sans doute au début du siècle, époque à laquelle la ville, jusqu'alors insignifiante, avait pris son essor.

Lorsque nous y arrivâmes, la ville comptait environ quatre mille habitants, mais à peine un dixième en constituait la bourgeoisie citadine, et une fraction encore moindre appartenait à ce qu'on appelait la « société ». On qualifiait plus ou moins ainsi à peine vingt familles. Celles-ci (quelques familles nobles des environs vinrent s'y joindre plus tard) composaient un « cercle » dont faisaient aussi partie, comme de la société en général, les parents ou la clientèle des familles les plus riches et les plus considérées. Cette clientèle composée de parents pauvres et de commerçants à demi ruinés n'était invitée qu'aux grandes réceptions assez importantes, où il fallait montrer son pouvoir et, au cours de la seconde moitié du banquet — la première se distinguait par une tenue irréprochable —, les malheureux devaient subir ce que les Anglais qualifient de *practical jokes*. Lorsque ce moment était arrivé, tous les freins cédaient et on se laissait aller aux plaisanteries les plus douteuses que ma plume elle-même se refuse à relater. Il arriva un jour qu'on extirpât à l'aide de la première pince venue une molaire à un de ces malheureux, malheureux parce que pauvre et dépendant. Il ne faudrait pas en conclure pour autant que ceux qui agissaient ainsi étaient des brutes, mais plutôt y voir l'arrogance d'une société qui, surtout sous l'effet du vin, se donnait libre cours et croyait pouvoir tout se permettre. À la campagne, dans les maisons riches et distinguées, on allait encore plus loin à l'occasion. J'y reviendrai à un autre moment.

Vingt familles constituaient donc les notables de la ville et j'aimerais qu'on me permette de présenter ici et dans les deux chapitres suivants un certain nombre de ces personnages.

***

Il y avait d'abord le vieux sous-préfet von Flemming, quinquagénaire à l'époque, le premier personnage de la ville par sa naissance et sa fonction, et peut-être aussi le meilleur des hommes. Le type du bon vieil aristocrate. Son sentiment aristocratique était de cette sorte particulière, heureusement assez courante, qui ne blesse jamais, de même qu'il existe des dévots dont la dévotion n'est jamais oppressante. Ces aristocrates et ces dévots ont simplement conscience d'une richesse intérieure, tranquille, sans rien de provoquant. Le vieux Flemming faisait partie des êtres privilégiés ; il était entièrement désintéressé, d'un naturel profondément modeste qui ne mésestimait pas ce qu'on appelle les dons, mais ne les surestimait pas non plus et attachait de l'importance à l'opinion de chacun. Ses relations avec les bonnes familles de la ville étaient les meilleures du monde. Dans d'autres conditions, il aurait sans doute préféré vivre avec ses pairs mais, à Swinemünde, il n'y en avait pas et, dans le voisinage, ils étaient peu nombreux. Si bien qu'il se joignait à ceux qui se trouvaient là. Sur un seul point, il persistait à se distinguer, sans doute avec quelque charmante petite arrière-pensée. C'était à propos du vin. Toutes les tables préconisaient résolument le vin rouge de Stettin, mais le vieux Flemming le faisait venir directement de Bordeaux, ce qui lui revenait très cher et ne lui valait aucune gratitude. « Si seulement il voulait se convertir au raisin de Stettin », disait-on souvent, mais en vain. Ses domaines de Poméranie orientale étaient affermés et ne furent repris par la famille qu'après sa mort. Il s'était marié tard et sa maison, riche de nombreux enfants, se distinguait autant par les bonnes manières que par la générosité. Sa femme et ma mère éprouvaient l'une pour l'autre une grande affection, fondée sans doute sur le respect réciproque des caractères. Aussi cette amitié particulière fut-elle à l'origine de la création d'un *cercle intime** dont la composition avait de quoi surprendre : le sous-préfet von Flemming (noblesse de vieille souche), le gentilhomme campagnard von Borcke (idem), le pharmacien Fontane. C'est bien là qu'existait, malgré la bonne volonté de part et d'autre, le germe d'une prompte discorde et, en effet, la première soirée fut aussi la seule. On s'était réuni chez les Flemming et, lorsqu'on passa à table, le vieux Fleming offrit son bras à la belle Mme von Borcke et von Borcke offrit le sien à Mme von Flemming ; mon père et ma mère furent laissés pour compte. « *Eh bien, madame, Dieu le veut**» dit mon père et tous deux suivirent les autres. Le lendemain on s'excusa, sincèrement en apparence, mais cela ne rétablit pas le « cercle intime ». Même sans celui-ci d'ailleurs, l'amitié resta et survécut quatre ans à notre séjour à Swinemünde, comme nous allons voir. Les noces d'argent de mes parents, en 1844, en furent un éloquent témoignage. Nous vivions à l'époque dans un grand et riche village de l'Oderbruch[13], à deux mille de Küstrin et nous les enfants avions préparé tant bien que mal une fête. Maman s'y était d'abord déclarée très hostile, mais elle avait finalement dû céder. Et le grand jour arriva. À la fin de l'après-midi, peu avant le début des représentations — certains d'entre nous étions déjà en costume — un courrier spécial arriva, le postillon souffla joyeusement dans son cor et, de la voiture brinquebalante sortirent, après qu'on eût approché un marchepied (car les chemins étaient une fois de plus défoncés), en premier le sous-préfet von Flemming et derrière lui un second monsieur, les deux mandatés pour présenter au couple qui célébrait ses noces d'argent l'hommage des anciens amis de Swinemünde. Ils ne venaient pas les mains vides, comme on peut l'imaginer et, lorsque les enfants eurent joué leur rôle et achevé leur représentation, Fleming s'avança au nom de la société des anciens, prononça une allocution solennelle et remit une coupe à mes parents. La joie était grande et sincère. Un petit dîner suivit, qui fut l'occasion de toutes sortes de discours mais ces discours et les répliques, bien que nombreux, ne purent suffire à remplir comme il convenait les heures de la soirée, de sorte que, vers 9 heures, on ouvrit la table de jeu pour organiser une partie comme par le passé. Cela se reproduisit le lendemain où, après le véritable repas de fête, on fut encore plus embarrassé quant à la façon d'occuper le temps. Le troisième jour, lorsque, Dieu merci, le moment de partir arriva, la plus grande partie du temps s'était passée à la table de whist. Et ce fut le moment des adieux. Nous suivîmes longuement des yeux ceux qui partaient, secouant nos mouchoirs, puis mon père me prit par le bras et dit tout en faisant les cent pas avec moi : « C'était charmant, *sans phrase**, mais tout de même un peu coûteux, notre whist compris. J'ai de nouveau perdu beaucoup. Je dois dire par ailleurs que j'aurais été gêné si j'avais gagné. Pense à la coupe et au voyage ! Il faut dire que c'est curieux… perdre, même le jour de mes noces d'argent ; c'est un signe du destin pour m'exhorter à m'arrêter de jouer ! »

Et il y renonça effectivement. Pas immédiatement, il est vrai, mais cette journée fut tout de même un tournant et, chaque fois que je lui rendais visite dans les dernières années de sa vie, il se félicitait de ce changement et disait : « Je dois cela au vieux Flemming ; te souviens-tu du jour où il m'apporta la coupe ? »

Mme von Flemming était née Koenigk. Son père mourut jeune mais son oncle vivait encore à cette époque. C'était le vieux conseiller fiscal Koenigk. À côté du sous-préfet von Flemming il occupait sans doute la position la plus importante, du moins en avais-je l'impression, peut-être fondée sur le fait qu'à la suite des nombreuses histoires, remontant à l'époque du blocus continental, j'éprouvais un profond respect pour tout ce qui était en relation avec les impôts et la douane. Une de ces histoires raconte qu'en l'an 1809, je crois, on avait tenté de faire rentrer clandestinement une cargaison de vanille, une marchandise d'une grande valeur, naturellement. Mais la douane découvrit l'affaire et confisqua toute la marchandise. Or, ce n'était pas tout, il fallut aussi la détruire et c'est ainsi que furent empilées sur la grande place du marché des centaines de caisses de vanille auxquelles on mit le feu. Le temps était brumeux ce jour-là, si bien que le brouillard, en rabattant les flammes, plongea la ville durant toute la journée dans des effluves de vanille. Lorsque de telles choses peuvent arriver, les finances jouent naturellement un rôle important.

Le conseiller fiscal Koenigk était un homme très distingué, à la fois sérieux et charmant, doué, de plus, de beaucoup d'à-propos. Alors qu'il assistait à une soirée, il fut invité à une table de jeu. La première chose qu'il vit ce fut que les cartes n'étaient pas estampillées. Il se contenta de quitter sa place et se rendit dans la pièce attenante afin d'y converser avec les dames. Naturellement les cartes disparurent aussitôt. Lorsque nous arrivâmes à Swinemünde, Koenigk était veuf depuis plusieurs années et vivait assez retiré. L'aîné de ses deux fils venait de temps à autre rendre visite à son père. Cet aîné, Karl, avait choisi de travailler dans l'industrie et occupait en dernier un poste de directeur au chemin de fer d'Anhalt. Il vécut les dernières années de sa vie dans une petite ville du Harz. Le frère cadet, Louis, mena une vie pleine d'étranges vicissitudes. Il fut impliqué dans le mouvement des Démagogues et dut purger une peine en forteresse. Lorsqu'il fut libéré, il vint passer lui aussi quelque temps dans la maison paternelle et je me souviens très bien de lui à cette époque. « Il était pour la liberté et connut la forteresse », telle est la façon lapidaire dont mon père résuma la situation et de mon côté je me sentais plein de sympathie, car je voyais dans tout cela quelque chose d'héroïque et un esprit de sacrifice qui, en tant que tel, m'en imposait. Plus tard, j'appris comment se termina sa vie. Au milieu de la trentaine, il entra comme précepteur chez le comte Bninski ; il y resta longtemps, devint l'ami de la maison et exprima souvent le désir d'être un jour enterré dans le cimetière de Swinemünde. Lui-même ne pensait guère que cela arriverait un jour. Mais cela arriva. Il fut atteint d'une maladie nerveuse et, sur le conseil des médecins, il dut se rendre dans une station balnéaire pour se rétablir. Il choisit naturellement Swinemünde. C'est là qu'il mourut et il repose maintenant là où il souhaitait reposer.

***

Le Dr Kind, conseiller aulique était un autre de nos notables et, si je ne me trompe, le neveu de l'auteur du *Freischutz*, Friedrich Kind. Il avait épousé une demoiselle Valentini, la sœur du professeur Valentini, qui vivait à l'époque à Berlin. La station balnéaire de Swinemünde, qui commençait seulement à se développer, devait beaucoup au zèle de Kind ; il entretenait d'ailleurs une vaste correspondance à cette fin. Il était de petite taille et menu, le type du Saxon mais, curieusement, cela ne provoquait aucunement les quolibets des habitants de Swinemünde, toujours prêts à la raillerie et si sévères. Jamais il ne fut l'objet d'attaques malicieuses et j'y vis toujours la preuve qu'on pouvait très bien échapper aux taquineries sans recourir à la grossièreté, à l'arrogance ou au duel. Car il est très rare que les moqueurs exercent leurs railleries en toutes circonstances, ils préfèrent chercher d'abord le point faible et ce n'est que lorsqu'ils l'ont décelé chez quelqu'un qu'ils se déchaînent, alors qu'ils laissent en paix ceux qui suivent tranquillement et sagement leur chemin et ne prêtent pas le flanc à la critique. C'était le cas du Dr Kind. Il était notre médecin de famille et ma mère le tenait en haute estime. « Les autres, disait-elle, sont des farceurs, mais le Dr Kind est un homme bien et quand je dois choisir un médecin, le choix est facile. »

Le conseiller aulique Kind prenait soin de nos personnes physiques. Le vieux pasteur Kastner en revanche prenait soin de nos âmes. Pas pour longtemps toutefois ; il mourut peu après notre arrivée. Son entrée en fonction semblait remonter aux dernières années du règne de Frédéric-Guillaume, en tout cas à l'époque de l'occupation française et, s'il avait écrit des Souvenirs, il nous aurait sans doute donné l'image la plus intéressante d'une petite cité maritime de Poméranie à la fin du siècle dernier et du début de ce siècle. Bien qu'en ces temps troublés, il ne fût pas facile de se comporter dans la vie et dans la société, sa réputation était restée intacte et, vers la fin de sa vie, ses paroissiens qui l'aimaient beaucoup offrirent à l'église son portrait grandeur nature, qui le représentait, dans la bonne tradition des portraits de vieux pasteurs à double menton, le type même du pasteur luthérien. Lorsqu'il nous arrivait d'aider le vieux sacristain Hahr, qui était aussi fossoyeur et sonneur, j'aimais me glisser du porche de l'église à l'intérieur, uniquement pour mieux voir le portait du vieux Kastner qui, à mes yeux, incarnait la respectabilité même. Je dois avouer que mon grand intérêt pour le vieux K. et, par conséquent, pour son portrait, tenait moins à l'apparence respectable du vieillard qu'au récit que m'avait fait mon père, selon lequel le pasteur Kastner, bien que pauvre, avait permis à ses trois fils de faire des études et de devenir professeurs ; l'un était même professeur de chimie à Kazan : « À Kazan sur la Volga, près de soixante mille habitants ». Mon père, ainsi que je l'ai déjà signalé, avait en effet le talent de prononcer non seulement les noms historiques mais aussi les noms géographiques d'une façon particulièrement emphatique, surtout quand il pouvait y accoler le chiffre imposant de la population.

À côté du presbytère, à la mairie, habitait le bourgmestre Beda. Comme Kastner, Beda était vieux et malade et ses fonctions, si tant est qu'il les assurait encore, ne durèrent plus longtemps. C'est à peine si je me souviens encore de son aspect, en revanche très nettement de celui de sa (seconde) femme. À la mort de son mari, elle était encore une beauté exceptionnelle, une beauté du sud, je dirais d'Espagne méridionale bien que, contrairement aux Espagnoles, plutôt petites et gracieuses, elle fût imposante, grande, grave, altière. Elle avait en tout cas quelque chose de totalement exotique et, lorsque je découvris quelques années plus tard les poèmes de Storm et les admirai, chaque fois que je lisais l'un d'entre eux, je voyais surgir devant moi la silhouette de cette belle femme. Ce poème avait pour titre « L'étrangère » et ses derniers vers sont les suivants :

« Jamais je n'entendis la bouche fière de cette femme si belle exiger son retour,
Ses joues pâles de méditerranéenne, et l'arc de ses sourcils
Gardaient encore l'éclat de la lune de Grenade qu'elle échangea contre nos rivages
Et ses yeux jamais n'ont oublié
La lumière de son pays natal. »

Tout cela cadrait parfaitement avec la belle Mm Beda. Sa fille aînée qui, bien des années plus tard, vécut dans notre maison et éleva ma sœur cadette, fut dans sa jeunesse aussi belle que sa mère, mais elle se fana plus vite. Un de ses fils cadets fut pendant des années mon compagnon de jeu, il partit plus tard pour l'Angleterre et devint consul de Prusse à Leith, près d'Édimbourg. C'est là que je le revis avec sa jeune femme en 1858, lors d'un voyage à travers l'Écosse. Sa femme était la fille de l'historien Alison, un des rares historiens anglais qui écrivaient dans l'esprit tory et (pour ce qui concerne Alison) partageaient les opinions de la famille des Stuart, dont ils prirent la défense. Nous évoquâmes cela aussi et passâmes d'agréables moments à converser.

Mme Beda et sa fille étaient des beautés, voilà qui me fournit l'occasion d'évoquer la gent féminine de Swinemünde. La petite localité était comme une vivante *galerie of beauties* et illustrait parfaitement la supériorité des populations maritimes sur le plan physique. Il peut arriver qu'une population de l'intérieur des terres, par exemple celle de la Franconie du Rhin et du Main, de certaines parties de la Souabe, et sporadiquement de Saxe et de Silésie, présente un pourcentage élevé de femmes et de jeunes filles charmantes, mais je pense n'avoir jamais rencontré dans ma patrie allemande autant de beautés féminines que dans cette petite ville. Dans les bonnes familles, elles étaient toutes jolies, mais la classe des domestiques les dépassait presque. J'ai mentionné plus haut le nom de Hahr, le fossoyeur ; sa fille travaillait dans notre maison, et elle était si belle qu'elle se maria bien au-dessus de sa condition et de son instruction. Je ne sais pas ce qu'elle est devenue. De plus, tout se passait comme si l'endroit, suivant l'adage qu'« on ne prête qu'aux riches », exerçait un pouvoir d'attraction sur les beautés des environs. C'est ainsi qu'un jour, venant de Basse Poméranie, un certain commandant Thomas vint s'établir à Swinemünde avec ses filles, trois jeunes personnes qui, durant des années, furent au centre de la vie sociale. Mon père, dans tous ses états, tenait des propos enflammés dans le style qui lui était propre, ce qui était toujours pour ma mère une source d'extrême amusement, tandis que de mon côté, lorsque les soirs de bal j'avais l'occasion de voir danser les trois Grâces, la salle du cercle d'Olthoffen se transformait en sanctuaire.

À peu près à l'époque où le commandant Thomas s'installait, arriva le directeur de la capitainerie, Bauer. Il n'avait pas de jolies filles, mais attachait lui-même beaucoup d'importance à la beauté ou, pour parler comme mon père, « à un extérieur attrayant ». Non sans raison, car il avait un teint florissant, de petites boucles blondes et portait des lunettes cerclées d'or. Dès avant son arrivée, une sorte de cabale s'était organisée contre lui, ce qui était tout naturel, étant donné la situation. Il n'y avait pas eu jusqu'alors, si je ne me trompe, de poste de directeur de la capitainerie et voici qu'on en créait un. Si l'on s'en tenait à l'intitulé, ce poste devait avoir pour fonction d'aider la navigation à se développer, et l'homme qui était désigné pour le faire devait savoir de quoi il retournait. Or celui qu'on annonçait y comprenait-il vraiment quelque chose ? On avait peine à l'admettre. C'était un homme de l'intérieur des terres et, en fait de bateaux, il devait tout juste connaître la flottille de barques entre Treptow et Stralau. Quelle aide et quel soutien pouvait-il bien apporter ! Telle était à peut près l'atmosphère à son arrivée. « Un bureaucrate », disait-on. Or, tout cela était exact sauf sur un point : l'homme qui venait d'arriver était tout sauf un bureaucrate. Il avait au contraire commencé sa carrière en s'engageant dans les chasseurs du régiment de Schill ou de Lützow[14] puis avait été appelé au service de l'État pour l'énergie et le patriotisme dont il avait fait preuve. De tels hommes, quoiqu'on ait pu en dire par ailleurs, n'avaient pas des âmes de plumitifs, et plaçaient beaucoup plus leurs espoirs et leur attente dans leur personnalité, forts de l'idée qu'un vrai courage et un solide bon sens — à condition que l'État assure les arrières, bien sûr — permettent de tout entreprendre. Pour les questions professionnelles et les écritures il y avait les secrétaires ; l'assurance dans la manière de se présenter, de bon nerfs et une humeur sereine, voilà ce qui importait. Telles étaient également les idées et les ambitions du nouveau directeur de la capitainerie. Lorsqu'il eut pris ses fonctions, on vit aussitôt qu'on s'était trompé sur lui, ce qui n'améliora pas cependant les dispositions à son égard. Il n'était pas un bureaucrate, il était au contraire un fêtard et s'arrangeait toujours pour faire tourner les choses à son avantage. Ce qui était fort différent, mais, aux yeux de la classe qui régnait, au moins aussi dangereux ou même davantage. Il importait donc de le tenir en échec, ce qui n'était pas facile étant donné son habileté et son esprit de repartie. Pourtant l'occasion se présenta enfin. Bauer, parfait autodidacte, avait, comme tous les autodidactes, la faiblesse de se référer sans cesse à la « culture » et de briller en utilisant des mots étrangers. Cela réussit pendant un temps. Mais un jour son heure sonna et le mot « triomphe » employé par erreur valut à ses adversaires de triompher de lui. Il fit en effet imprimer un appel à la bienfaisance où, à côté d'un hommage savamment calculé aux trois familles les plus riches et les plus considérées de Swinemünde, était évoqué le « *triomphirat* » de la ville. Cette fois, ils le tenaient, il s'était découvert. Le malheureux essuya un grand nombre d'escarmouches, et les notables, un instant inquiets pour leur prestige, purent passer tranquillement et sûrement le mors et la bride à ce cheval jusqu'alors si fier. On le laissa à ses rodomontades, satisfaits de l'avoir quelque peu fait tomber de son Olympe. Bauer — qui, paraît-il, vingt ans plus tard, brilla encore pendant une brève période comme bourgmestre démocrate de Krotschin — était simplement devenu un simple mortel et l'ancien bon ton de Swinemünde put régner comme par le passé.

Parmi ceux qui, à l'origine, donnèrent ce ton sous sa forme la plus énergique, le consul Thompson occupait la première place. Il habitait une grande maison sur la place du marché, une maison à trois façades; dans l'une d'elles s'ouvrait un petit magasin car, comme tous les consuls, il ne pouvait manquer d'en avoir un. Je ne sais pas pourquoi tous y tenaient tant ; à ce qu'il me semble, ces magasins ne rapportaient pas grand-chose. Thompson, la quarantaine à l'époque, ressemblait d'ordinaire à Tiefenbach, le « seigneur allemand » dans les *Piccolomini*, mais il savait, quand il le fallait, transformer le débonnaire Tiefenbach en brutal Illo[15]. Intelligent, doté d'humour et d'esprit de repartie, il était toujours estimé et avait de l'influence mais, dans la ville, il n'était plus le seul à donner le ton, un ton devenu plus amène depuis une quinzaine d'années, sous l'influence d'une autre famille formée à meilleure école. La seule supériorité qui lui restât fut la confection du punch.

En contraste avec lui, le commerçant Schulze de son côté réalisait en limonade fadasse ce que Thompson accomplissait avec ses grogs corsés. Mais c'était précisément pour cette raison qu'il semblait vraiment fait pour organiser des bals et des divertissements et, la partie la plus sentimentale du monde féminin le gâtait de façon tout à fait inacceptable, d'autant qu'il avait l'avantage d'être le seul ténor de la ville. Son visage toujours un peu las lui conférait comme un air de solennité. D'ailleurs, il se trouvait trop bien pour les gens de Swinemünde. Lorsque son image me revient aujourd'hui à la mémoire, j'ai l'impression qu'à certaines époques de ma vie j'ai eu une certaine ressemblance avec lui. — Ténor ou poète, la différence est infime.

SEPTIÈME CHAPITRE

Les Schöneberg et les Scherenberg

Parmi les familles brièvement évoquées au chapitre précédent, quel que fût le prestige dont jouissait l'une ou l'autre, aucune n'était susceptible de donner le ton dans la société. S'en acquittaient bien plus « les » deux familles de négociants auxquelles nous consacrerons ce chapitre : les Schöneberg et les Scherenberg.

Commençons par les Schöneberg. À Swinemünde même, ce nom aujourd'hui s'est éteint mais, dans ces années-là, le vieux Schöneberg était sinon l'homme le plus remarquable, le plus intelligent ou le plus distingué, du moins le plus riche de la ville. Vraiment le plus riche, il faut le dire. Car ses possessions étaient du solide, ce qu'on ne pouvait pas toujours dire des autres familles de notables de Swinemünde. Elles ne prétendaient d'ailleurs pas l'être ; tout ce qui se voulait solide était ennuyeux et petit-bourgeois. Pour nos joueurs à la merci d'un hasard heureux, l'heure sonna plus d'une fois d'aller demander de l'aide au solide Schöneberg, et cette heure aurait sans doute sonné plus souvent si le prudent vieux négociant, bien qu'il aimât habituellement à rendre service, n'avait gardé sagement ses distances avec les familiers de l'habituel *Va banque**. Sa réserve, faite de vertu intelligente et réfléchie, était sans doute liée au fait que les Schöneberg n'étaient pas des Poméraniens mais d'authentiques enfants de notre Marche, ce que j'ai découvert dans le journal intime tenu par un membre de la famille à la fin du siècle dernier. D'après ces notes, les Schöneberg étaient originaires de Berlin où habitait, du temps du premier roi[16] et sous ses successeurs, l'ancêtre de la branche échouée à présent en Poméranie. Celui-ci était président du consistoire de l'église Sainte-Marie. Son fils se rapprocha encore davantage de l'église en devenant prédicateur à Biesdorf, à quelques lieues de Berlin, où sa femme, née Meerkatz, lui donna quinze enfants. L'un des fils, devenu négociant, s'établit d'abord à Stargard puis à Swinemünde et il y acquit un comptoir dont la réputation était déjà bien assise au siècle dernier. Il réussit à conforter cette réputation, mais cette affaire ne connut son plus grand épanouissement que sous son fils Heinrich August, né en 1776 et mort en 1855.

Lorsque nous arrivâmes à Swinemünde en 1827, on appelait déjà cet Heinrich August le « vieux Schöneberg », ce qui se justifiait parfaitement car l'homme, âgé de 51 ans, avait déjà à ses côtés un jeune Schöneberg. Le comptoir était un grand bâtiment d'angle sur la place du marché et quand ma mère, lorsqu'elle allait y faire des achats, me permettait de l'accompagner, elle me faisait toujours un très grand plaisir. Je découvrais là tout un monde étranger. À Ruppin, il y avait bien sûr des magasins où l'on pouvait acheter, dans l'un toutes sortes de denrées alimentaires, dans l'autre des tissus ou de la toile et dans un troisième des poteries. Mais ces boutiques avaient toutes quelque chose d'étriqué et de petit-bourgeois qui ne faisait pas rêver et de plus, en hiver, les pauvres apprentis à demi gelés, avec leurs mitaines marron et leurs gants sans doigts vous gâchaient totalement le plaisir. Rien de toute cette laideur à Swinemünde. Le magasin de Schöneberg — qui se présentait au pluriel car il s'agissait d'une série de boutiques — recelait tout un univers de choses les plus diverses, qu'expliquait sans doute le trafic maritime animé de la ville. Lorsque le capitaine d'un bateau entrait ici avec l'intention d'équiper son brick pour une course autour du Cap Horn, il trouvait tout ce dont il avait besoin : le compas et le baromètre pour la navigation, des chemises de frise et des bonnets pour ses matelots, mais surtout toutes sortes d'objets raffinés pour lui-même, et aussi de la vaisselle pour la cuisine et pour sa cabine. Malgré mon jeune âge, j'avais un goût tout particulier pour la vaisselle de toutes les sortes et de toutes les couleurs, en partie pour ses formes et ses décors très élégants, en partie pour son matériau même. Dans l'intérieur du pays, en dépit des efforts de certains, ces choses restaient rares et le bleu de « Bunzlau » prédominait encore sur le marché, tandis que ce qu'offrait le magasin de Schöneberg c'était exclusivement de la vaisselle anglaise, beaucoup de faïence (ce qu'on appelait du Wedgevood ou du métal Britannia). J'étais plongé dans l'étonnement et l'admiration, pas seulement pour ce qui était à vendre mais aussi pour les vendeurs qui faisaient les honneurs de la maison, le père et le fils. Le père, encore bel homme, brillait autant par ses manières que par la blancheur de son linge, tandis que son fils qui avait hérité de sa mère une nature délicate presque maladive, tentait de compenser cette fragilité par quelque chose de très déterminé dans le caractère. Il était à la fois décidé et courtois, un mélange qui, plus encore que sa fortune, lui avait permis d'épouser la plus jolie fille de la ville, une blonde éclatante, de pur type germanique, fille unique de la maison Scherenberg, par ailleurs presque trop bien pourvue en fils.

Les Scherenberg, vers lesquels je me tourne maintenant, étaient originaires de Westphalie où, quelques siècles plus tôt, ils possédaient Siegerhof, toujours propriété d'une branche de cette famille. D'autres branches quittèrent leur province d'origine et s'installèrent, certains à l'ouest dans le duché de Juliers et de Clèves, d'autres à l'est jusqu'à l'Oder où ils s'établirent à Stettin et, plus tard, à Swinemünde.

À l'époque que j'évoque, le chef de cette branche de la famille de Stettin et de Swinemünde était Johann Friedrich Scherenberg, un sexagénaire, dont le fils aîné Christian Friedrich était déjà âgé de plus de trente ans alors que Hermann Scherenberg, le peintre, qui vit encore, venait à peine de naître. Cette grande différence d'âge venait de ce que le vieux Scherenberg s'était marié deux fois, en premières noces avec une demoiselle Courian, en secondes noces avec une demoiselle Villaret, toutes deux issues de la colonie française de Stettin. Ces mariages avec des dames au caractère spécifiquement français expliquent sans doute qu'à travers trois générations tous ou presque tous les Scherenberg issus de cette branche de Swinemünde eurent un goût prononcé, souvent accompagné de succès remarquables, pour les beaux-arts. Car, même si l'on peut considérer comme certain — j'ai plus d'une fois pu avoir des conversations très approfondies avec le défunt conseiller du consistoire Fournier, le meilleur connaisseur en ce domaine — que du point de vue des capacités intellectuelles en général on ne peut plus parler d'une supériorité ayant encore valeur de dogme parmi les membres de la colonie, il me plaît pourtant de penser que, sur le plan artistique (y compris l'habileté manuelle), les descendants de cette « colonie » avaient encore une bonne longueur d'avance sur les Berlinois de souche à l'encontre des populations venues d'autres régions d'Allemagne. Je pense avoir observé ceci maintes fois mais, il faut le dire, jamais de façon aussi frappante que dans le cas des Scherenberg. Sans parler des dames qui manifestèrent souvent un penchant artistique, si je considère cette famille depuis le début du siècle, je constate, alors qu'au départ tous étaient destinés à l'état de négociants, le résultat suivant : Christian Friedrich Scherenberg (mort en 1881), le poète de Ligny et de Waterloo, de la chevauchée de Zieten, d'Aboukir et de Hohenfriedberg ; Ernst Scherenberg, poète et écrivain ; Gustav Scherenberg, comédien et directeur de théâtre ; Hermann Scherenberg, peintre et illustrateur ; Hans Scherenberg (fils de Hermann, également peintre).

Un beau pourcentage d'artistes[d]. Sans compter ceux qui, dispersés de par le monde, sans renoncer à leur activité première de négociants, s'adonnèrent à l'art en dilettantes, privilégiant la poésie ou menant une vie qui ressemblait à une œuvre romantique, comme Theodor Scherenberg (le fils aîné de Christian Friedrich), patriote et attiré par l'aventure, qui partit en 1813, âgé d'à peine seize ans, pour la guerre et fut tué quelques semaines plus tard près de Dennewitz[17].

Les relations de mes parents, de ma mère surtout, avec la famille Scherenberg étaient très agréables ; mais nous les enfants, peut-être parce que le vieux Scherenberg était déjà gravement malade, nous franchissions rarement le seuil de leur maison. L'aspect extérieur de cette dernière s'est d'autant plus fortement gravé dans ma mémoire : une construction soignée à pignon surélevé et devant, de beaux vieux tilleuls. Lorsque venait l'été, on entendait le bourdonnement des abeilles dans les branches et les oiseaux, dans leurs allées et venues, semblaient plus joyeux qu'ailleurs. Comme s'ils savaient combien de joyeux compagnons ils allaient trouver dans la maison cachée derrière les branches en fleur.

HUITIÈME CHAPITRE

La famille Krause

Les Scherenberg devaient leur réputation à leur intelligence et leurs talents, les Schöneberg à leur fortune et leur solidité, mais les deux familles ne tenaient en réalité nullement le haut du pavé, les Thompson encore moins, même si le chef de famille déjà brièvement décrit, tantôt en Tiefenbach tantôt en Illo, avait conservé ses partisans et son influence comme par le passé. Ceux qui régnaient sur la ville, c'étaient les Krause, c'est à eux qu'on devait l'affinement du ton rude, hérité des temps de guerre. À cette époque, le chef de famille était le conseiller du commerce privé Krause, qu'on appelait généralement le « vieux conseiller privé » ou plus brièvement le « vieux Krause ». Tous lui manifestaient du respect et le mien lui était acquis avant même d'avoir vu de mes yeux cet homme tant admiré. Voilà pourquoi. À la digue était amarré un grand bateau qui portait sur la proue, au lieu d'un nom, la simple indication « 9 mars ». Je demandai ce que cela signifiait et j'appris, très impressionné, que le 9 mars était la date anniversaire du vieux Krause. Peu de temps après, je vis celui-ci pour la première fois au moment où il recevait un visiteur à l'embarcadère du vapeur de Stettin.

Bien qu'approchant les 70 ans, il était encore d'une brillante constitution, de sorte que je puis dire que je n'ai jamais rencontré au long de ma vie quelqu'un qui, à mes yeux, concrétisât à ce point les personnages du siècle dernier. Comparés à lui, les hommes d'aujourd'hui paraissent fades, car il leur manque ce que le présent ne permet guère de développer avec bonheur : une absolue conscience de leur valeur. Mais d'où venait donc cette supériorité ? On pourrait penser avec raison qu'à une époque, où la canne frédéricienne qui, le cas échéant, ne ménageait pas même les hauts dignitaires, hantait encore les esprits, cette conscience de soi aurait dû faire défaut, mais il se passait juste le contraire et il ne pouvait en être autrement, car chacun était précisément dans son propre milieu aussi despotique que le prince de ce pays. On croyait sincèrement en la pyramide de l'État où la loi voulait que la pierre du dessus reposât naturellement sur celle du dessous. Chacun dominait conformément au poids de sa position et de sa situation. Chez le vieux Krause, cette conscience de soi et la foi en lui-même nées d'une vie accomplie étaient encore renforcées par cette puissante virilité, à tout instant perceptible dans son maintien et sa mine, qui, à aucune époque sans doute, n'a joué un rôle aussi prépondérant qu'au siècle dernier, y compris dans le domaine de la politique, grande ou petite — qu'on se souvienne de la cour de Russie.

Ce siècle offrait encore de nombreuses occasions de démontrer, sur ce terrain précisément, ses talents naturels, surtout dans nos cités maritimes où le blocus continental rendait plus difficile une situation née de la domination étrangère. Cette situation était en tout cas celle de Swinemünde qui avait toujours eu une garnison française ou du moins ce qu'on appelait ainsi à l'époque. À y regarder de plus près, c'était le plus souvent des troupes des États de la Confédération du Rhin, la Hesse, Nassau, la Westphalie. Aux embouchures de l'Oder, à Swinemünde surtout, étaient cantonnés des Badois qui se conduisaient bien et avec lesquels, grâce à une bonne volonté réciproque, on vivait en d'excellents termes, jusqu'au jour où Fritz von Blanckenburg, le père ou l'oncle de celui qui fut plus tard député conservateur si je ne me trompe, captura, au cours d'une attaque-surprise habilement organisée, la garnison franco-badoise au grand complet. Sortir indemne d'événements de ce genre, tout en évitant de se voir reprocher des opinions déloyales, indignes d'un Allemand, n'aurait pu réussir sans le tempérament conquérant en même temps que diplomate du vieux Krause qui, avec intelligence et fermeté, mit un terme satisfaisant à toute cette affaire.

Oui, le vieux Krause ! Tant que les circonstances l'exigèrent il fut, comme beaucoup d'autres, un diplomate accommodant avec son temps, mais lorsque vinrent les jours où, pour la première fois, on respira librement, il se révéla meilleur patriote encore. À peine l'appel du roi fut-il proclamé, qu'il fut prêt à agir par amour pour son pays. Il ne se contenta pas de se présenter en chasseur monté avec tout son équipement, il proposa aussitôt d'armer vingt chasseurs à pied et de les entretenir pendant un an. Deux ans plus tard, après que Napoléon fut revenu de l'île d'Elbe, il fit admettre son fils aîné, devenu adulte entre-temps, comme volontaire et celui-ci fit en cette qualité la campagne de 1815.

Si tout cela apportait la preuve de sa loyauté, cela révélait tout autant la situation brillante de ses biens et de sa fortune encore améliorée par les années de guerre qui avaient précédé. Pas de doute à ce sujet. Et si une preuve avait encore été nécessaire, elle aurait été apportée lorsque le vieux Krause, une fois la paix rétablie, acheta des terres situées à proximité de Stettin, les domaines de Colbatz, Hoffdamm et Heidchen, pour la somme, considérable à l'époque, de 255 000 thalers. C'était en 1816 et cette période marque sans doute l'apogée du prestige de cette famille.

Durant l'été de 1837, je vis le vieux conseiller pour la dernière fois. Il s'apprêtait à revendre les propriétés acquises en 1816 — à les revendre à l'État. C'est dans ce but qu'il était venu à Berlin et s'était installé à l'hôtel du Portugal situé dans la Bergstrasse. Dans une enfilade de pièces, naturellement, au premier étage. Un après-midi, je résolus de poser au vieil homme, d'un commerce agréable lorsqu'il était de bonne humeur, une question concernant l'un de ses petits-fils qui était mon ami, mais mon projet échoua. Car à l'instant même où, venant de l'escalier, j'allais m'engager dans le corridor qui séparait les pièces de devant et celles de derrière, je vis, à l'autre extrémité de ce corridor, une haute silhouette éclairée par une applique au gaz qui, tout en frappant le sol avec une puissante canne de merisier (je reconnus de loin le pommeau d'ivoire) comme si c'était la crosse d'un fusil, appelait d'une voix de stentor : « Louis ». Louis était son serviteur, un galopin joli comme un ange, un peu effronté. Je compris aussitôt qu'il ne pouvait être question de l'interroger tranquillement, je fis donc demi-tour et entendis encore une seconde et une troisième fois ses appels qui ébranlaient tout l'hôtel. Mais peu lui importait de déranger. Il n'avait pas l'habitude de se soucier des garçons ou des portiers, ni même d'un représentant en vins en train de faire sa sieste.

Trois ans plus tard il mourait, lui, le « roi de Swinemünde ».

À l'époque de notre arrivée, en 1832, le vieux conseiller privé était encore, formellement, la principale figure de la ville mais comme, depuis 1816, il passait la moitié de l'année dans son domaine de Colbatz, il avait confié le pouvoir effectif à ses deux fils Wilhelm et Eduard, comme à deux lieutenants généraux. Eduard, encore jeune à l'époque, semblait être l'auxiliaire de son frère sensiblement plus âgé et ne compta vraiment que lorsqu'il eut la possibilité, quelques années plus tard, de recevoir à plusieurs reprises le jeune prince Adalbert[18], futur amiral, dans sa maison située près de la digue, sous de somptueux tilleuls. Je me souviens encore très bien de ce prince très attachant dont le profil était d'une ressemblance frappante avec celui du Grand Électeur, ainsi que de deux ou trois de ses aides de camp, parmi lesquels le capitaine von Bonin, futur commandant du premier corps d'armée en 1866.

***

Tout cela se passa au début des années trente, à un moment où mon séjour à Swinemünde tirait à sa fin. Mais pendant la période qui précéda immédiatement, la suprématie mondaine était déjà entre les mains du fils du vieux Krause, le conseiller de commerce Wilhelm Krause, que je viens de nommer et dont j'aurai encore à parler plus loin.

La maison qu'il habitait se trouvait à côté de celle de son frère, en un lieu particulièrement pittoresque. Construite avec beaucoup d'originalité et de sens artistique, elle se composait d'un rez-de-chaussée surélevé, ceint d'une allée dallée autour de laquelle couraient de petites bornes basses reliées les unes aux autres par des chaînes. Un escalier aux arches de grès, bordé d'une rampe élégante et galbée, conduisait jusqu'à un vaste hall qu'un long couloir coupait transversalement. L'espace était ainsi divisé en quatre, ce qui permettait une organisation aisée de l'ensemble : communs, chambres à coucher, salons et grande galerie. Les salons et la grande galerie donnaient sur le devant et faisaient mon admiration. Dans les salons me ravissaient les gravures sur cuivre et sur acier, les paysages et les scènes de genre, mais aussi les portraits d'hommes d'État anglais ainsi que des héros des guerres terrestres et maritimes, si bien que, dès cette époque, les têtes de Lord Canning, Lord Melbourne, Lord Palmerston et, plus encore, celles de Nelson, Wellington et Codrington, le « vainqueur de Navarin » se gravèrent dans ma mémoire. Mais l'impression la plus forte me vint de Bolivar, le héros et libérateur de l'Amérique du Sud — je l'aimais déjà en tant que pays de Cortez et Pizarro —, un très bel homme qui me fascinait autant par son allure que par son nom. Oui, les œuvres les plus marquantes de la maison me captivaient, mais ce qui provoquait surtout mon admiration, c'était la galerie sur la façade, qui, le plus souvent fermée, n'était accessible que lors des préparatifs de festivités, seuls moments où je pouvais y jeter un rapide coup d'œil. Des deux côtés étaient alignées en rangs serrés d'innombrables chaises, un énorme lustre de cristal pendait au plafond et, en face de l'entrée, tout comme chez nous, se dressait un trumeau qui montait jusqu'au plafond. L'ensemble comme le moindre détail me procuraient un sentiment de satisfaction et j'éprouve aujourd'hui une certaine fierté d'avoir, à cette époque, su ressentir la beauté et la supériorité de ce mobilier Empire, sans doute venu d'Angleterre. Comparées à cela, toutes les « somptuosités » de notre maison avaient, malgré une certaine ressemblance ou peut-être à cause d'elle, quelque chose de très petit-bourgeois.

Ici, pas trace de mesquinerie. Dans la basse-cour, séparée par une grille de la cour proprement dite, se dressaient des volières et des pigeonniers aux formes japonaises mais ce qui, plus que ces constructions charmantes et fantastiques, m'impressionnait davantage dans cette maison, c'était les grandes et les petites mansardes logées dans les pignons ainsi que le pittoresque couloir qui les séparait et qui servait de terrain de jeux aux enfants Krause. En été, ce terrain de jeux n'était guère fréquenté mais l'hiver, surtout entre Noël et le Jour de l'An, lorsque tous les cadeaux avaient été retirés de la table où ils avaient été exposés le soir de Noël et emportés là-haut, ce couloir se transformait en paradis pour les enfants. Un jour il se trouva parmi les cadeaux un moulin à vent hollandais qui était plus grand que moi et dont les ailes tournaient joyeusement. J'étais tellement ébloui que la tête me tournait. Mais le fait décisif, qui infligea le premier choc à mon enthousiasme guerrier (lequel se remit malheureusement bientôt de cette défaite), fut de constater parmi tous ces jouets l'absence totale de casque ou de schako, pas trace non plus de tambour ni de sabre. Le raffinement du maître de maison avait évité de telles banalités.

Il faut bien le dire, cette finesse du maître de maison le plaçait bien au-dessus de ses concitoyens, dont quelques-uns par leur intelligence, d'autres grâce à un savoir plus approfondi pouvaient lui être supérieurs. Il avait en revanche ces manières d'homme du monde que confèrent les voyages, les lectures, l'aisance et il incarnait, à un très haut degré, ce dilettantisme distingué si agréable qui, portant de l'intérêt aux nobles idées, se met, du fait même de cet intérêt, à les prendre au sérieux. Son exquise courtoisie sautait encore davantage aux yeux lorsqu'au lieu de le rencontrer dans les salons d'en bas on allait lui rendre visite dans les mansardes donnant sur la digue, dont il avait aménagé la plus grande en cabinet de physique. Aujourd'hui de tels cabinets sont chose assez courante mais, à l'époque, ce cabinet était sans doute unique en son genre. Il y avait là des instruments destinés à démontrer les lois sur la chute des corps, des instruments optiques, des bouteilles de Leyden et des piles voltaïques, des électrophores, des verres grossissants, des microscopes et surtout une pompe à air. Mais plus encore que la pompe à air nous intéressait un fusil à air comprimé, qu'on chargeait suivant le même principe que la pompe. Et quand des corneilles ou d'autres rapaces apparaissaient dans la basse-cour du conseiller de commerce, il prenait son fusil à air comprimé — sans doute parce qu'en ville il était interdit de tirer avec une arme à feu ordinaire — et il partait à la chasse, après quoi ces bêtes nuisibles, une fois abattues, étaient clouées sur la porte de la remise, à la plus grande joie de tous.

Voilà pour le cabinet de physique. Mais, au cours des années, celui-ci fut quasiment supplanté par un laboratoire de chimie, un peu plus petit, qui devait son existence en partie aux riches progrès de la chimie, en partie au fait que, parmi les estivants de plus en plus nombreux à Swinemünde, se trouvaient aussi quelques chimistes berlinois, en particulier le commandant Tourte, un ami intime du conseiller de commerce qui ne quittait pas ses fours et ses creusets et passait des demi-journées entières devant les cornues

Tel était celui à qui revenait, je le répète, la tâche de réformer la vie sociale de la ville. Il accepta cette tâche et en modela, c'est-à-dire en modéra, le ton ambiant. Mais il s'en tint à une certaine limite de sorte que, je l'ai déjà raconté ailleurs, la verdeur de ton s'atténua mais ne disparut pas complètement. Sous son influence, la vie mondaine continua à être le théâtre de vexations diverses, soit parce qu'il reconnaissait l'impossibilité de changer fondamentalement les choses, soit parce qu'il avait un certain goût pour cette étrange forme de sociabilité. Tout, dans la vie des commerçants de Swinemünde, amateurs de grotesque, visait à faire sentir à tout instant aux « élites » — bien que le conseiller de commerce pût à juste titre se ranger parmi elles — que pour ce qui était des choses de l'esprit et de l'idéal on était loin du compte. On aurait pu se croire revenu au temps du club des fumeurs, où les « intellectuels » qui en faisaient partie, les Gundling et les Morgenstern, en dépit ou précisément parce qu'ils étaient des hommes intelligents, devaient supporter bien des rebuffades. C'est exactement ainsi que se passaient les soirées à Swinemünde. Un jour parut à la table des Krause un célèbre professeur, théologien et philosophe (je crois que c'était Marheinke)[19] et il eut naturellement pour voisine la maîtresse de maison, une dame remarquable de beauté et d'intelligence, avec laquelle il s'empêtra, dès le *ragoût fin**, dans une conversation philosophique. Posant d'habiles questions, se contentant de laisser deviner avec une apparente modestie une légère familiarité avec ces choses, parlant de Fichte et Schelling comme de grands hommes qu'elle ne connaissait que superficiellement, la femme du conseiller réussit à surprendre par son savoir le célèbre professeur. Et pourtant tout cela n'était qu'un rôle que la dame, cédant aux souhaits de son entourage, avait préparé à l'aide d'une encyclopédie.

C'est à des aventures de cette sorte que mon père, par sa faute il faut le dire, se vit constamment exposé. J'y reviendrai plus loin. Je rappellerai ici simplement qu'un jour on lui annonça qu'on envisageait de l'admettre dans la franc-maçonnerie — dont en réalité aucun notable de la ville ne faisait partie, ce que mon père ignorait. Cela l'effraya un peu, car il avait entendu parler de « mise en bière » ou d'autres choses de cette sorte. Le jour fixé arriva finalement et tous les rituels, tels que les imaginaient à l'époque ceux qui n'avaient jamais été maçons de leur vie, lui furent imposés lors d'une réunion solennelle, dans une obscurité complète, accompagnés de discours et de serments. Il ne remarqua rien et ne voulut d'ailleurs rien entendre lorsque ma mère, le lendemain, lui déclara qu'on s'était moqué de lui. Il finit par l'admettre tout en faisant cette remarque conciliante : « Du moins ont-ils bien fait les choses ».

Je laisse à chacun la liberté d'approuver ou de désapprouver des plaisanteries aussi scabreuses ; mais quoi qu'on en pense, il faut reconnaître qu'il y avait dans tout cela quelque chose qu'on aurait vainement cherché dans des trous de quatre mille habitants à l'intérieur du pays. Il n'y avait pas trace d'esprit borné, d'étroitesse ni de mesquinerie. Et la vie entière n'était pas seulement pleine de charme et divertissante, elle acquérait, du fait de toutes ces folies, un cachet de plus. J'ai souvent retrouvé cet état d'esprit plus tard dans des cercles d'artistes et de poètes, mais jamais il n'a donné le ton à toute une ville.

NEUVIÈME CHAPITRE

La vie dans notre maison
Jours d'été et jours d'automne
La fête de l'abattage et de la pâtisserie

Comment vivions-nous dans notre maison ? Bien, dans l'ensemble, bien au-dessus de notre condition et de nos moyens. Toutefois, surtout dans le domaine de la cuisine, il y avait des exceptions, ainsi lorsque en été la production de lait était excédentaire, nous vivions pendant des semaines sous le signe de la soupe au lait. Alors, tous faisaient la grève, prétextant le manque d'appétit.

Mais ce n'étaient là que de brèves périodes d'exception, habituellement nous étions bien nourris et très raisonnablement, ce dont nous étions redevables, moins à ma mère, qu'à notre gouvernante, Mlle Schroder. Avant de poursuivre, je me dois de parler d'elle. Lorsque nous arrivâmes à Swinemünde, ma mère, ainsi que je l'ai déjà raconté, était restée à Berlin pour soigner ses nerfs et mon père se trouva aussitôt confronté à la question de savoir qui dirigerait le ménage entre-temps. Il n'y avait pas de journaux locaux, il fallut donc recourir au bouche à oreille et, quelques jours plus tard, un messager apporta une lettre du garde général des Eaux et Forêts de

Pudagla dans laquelle celui-ci demandait si sa sœur, qui avait appris à s'occuper du ménage dans sa maison, pouvait venir se présenter. Mon père répondit aussitôt affirmativement, et, pendant deux jours, il se félicita de pouvoir engager comme gouvernante la sœur d'un garde des Eaux et Forêts, de Pudagla. Cela avait du style ; il se sentait, pour ainsi dire, honoré. Puis le troisième jour dame Schröder se présenta chez nous et fut reçue par mon père. Il assura plus tard n'avoir pas perdu contenance mais je n'en suis pas si sûr, même si son bon cœur et sa bonne éducation lui permirent sans doute de rester maître de lui. Car cette bonne Schröder était le pendant exact de la « princesse à la tête de mort » qu'on vit apparaître à Berlin vers la même époque. Je ne sais pas ce qui provoqua le malheur de cette dernière (que Dieffenbach[20], grâce à sa cure devenue célèbre, remit en état au moyen de la « chirurgie plastique »), mais pour Schröder ce fut la petite vérole. Mais quelle petite vérole ! Chacun a rencontré un jour des personnes qui ont eu la petite vérole et a pu vérifier sur elles l'expression devenue proverbiale : « le diable a battu des petits pois sur leur visage ». Mais ici cette tournure était beaucoup trop flatteuse, car la bonne Schröder n'avait pas des trous de la taille d'un petit pois mais des surfaces cicatrisées larges comme la moitié d'une main. Je n'ai jamais revu cela. On l'engagea malgré tout, comme je viens de le dire, et jamais engagement plus heureux ne fut conclu. Schröder était un trésor et lorsque ma mère arriva six semaines plus tard, elle dit : « Tu as bien fait, Louis ; bien que défigurée, elle a gardé ses yeux et ils disent qu'elle est fidèle et digne de confiance. Et puis elle est à l'abri des amourettes et, par conséquent, nous aussi. Une femme comme elle ne nous donnera que des joies. » Et c'est ce qui arriva. Tant que nous vécûmes à Swinemünde, Schröder resta dans notre maison, aimée et vénérée de tous, mon père n'étant pas le dernier, car il appréciait son sens de la justice et sa franchise même si parfois il eut à en souffrir. Elle était en effet toujours en guerre contre lui, par affection pour ma mère, d'abord elle se faisait avec éloquence son avocat, bien que ma mère, conformément à l'adage qui veut que « la meilleure défense est toujours l'attaque », sût très bien se défendre, mais aussi parce qu'on lui avait donné les pleins pouvoirs sur le garde-manger, contre lequel mon père entreprenait de constantes razzias, pas tellement pour lui-même — ce qui, à la rigueur, aurait pu passer, même s'il venait d'engloutir à son déjeuner un demi-rôti de veau —, mais au profit de ses favoris : les poules, les chiens et les chats, qui étaient deux, Peter et Petrine. Peter, qu'on appelait aussi Peter le Grand, un gaillard de la taille d'un jeune jaguar, était son préféré et lorsque l'animal le suivait en ronronnant dans le garde-manger (et il le suivait toujours), il ne savait pas résister et le gavait de morceaux de choix. Ce qu'il y trouvait de meilleur était tout juste assez bon pour celui-ci. Ces saccages faisaient accourir notre fidèle Schröder qui voyait parfois remis en question le menu qu'elle avait prévu pour le déjeuner.

Oui, elle était le trésor de la maison, mais plus encore une bénédiction pour nous les enfants, en particulier pour moi. Notre éducation dont se chargeaient nos parents se faisait par à-coups, le reste du temps elle faisait totalement défaut, pas question de continuité. Mais notre Schröder veillait à la continuité. Elle n'accordait de préférence à personne, ne s'en laissait pas conter et savait prendre chacun par son bon côté. En ce qui me concernait, elle savait que j'étais une bonne nature mais délicat, vaniteux et atteint d'une certaine folie des grandeurs. Toutes choses qu'elle souhaitait combattre, et c'est ainsi que j'entendais bien souvent : « Certes, tu t'imagines être quelqu'un d'extraordinaire, mais tu es un garçon puéril tout comme les autres et parfois même pire. Tu veux toujours jouer le jeune monsieur, mais les jeunes messieurs ne lèchent pas le miel de leur assiette, ou du moins ne nient pas l'avoir fait quand c'est le cas et d'ailleurs ils ne mentent pas. Récemment tu as jacassé à propos d'honneur, eh bien moi je te dis que l'honneur c'est tout autre chose. » Elle était attachée à la vérité, ironisait finement sur les grands discours et était économe de louanges. Aussi lorsqu'elle en accordait une cela nous faisait un grand effet. Elle m'a rendu de nombreux services et ce n'est que très tard, j'avais déjà plus de 50 ans, que j'ai rencontré une vieille dame qui eut sur moi une aussi bonne influence. Car on a besoin d'éducation tout au long de sa vie ; je continue aujourd'hui à m'instruire et je reçois des enseignements de gens qui pourraient être mes petits-enfants.

Voici pour la bonne Schröder et, après lui avoir consacré cette digression, je repose la question : « Oui comment vivions-nous ? » Je compte le montrer dans une série d'évocations et, afin de mettre un peu d'ordre et de clarté dans tout cela, j'ai choisi de diviser la vie que nous menions en deux parties : la vie en été et la vie en hiver.

Il y avait donc d'abord la vie en été. Vers la mi-juin, la maison généralement se remplissait de visiteurs car ma mère tenait, conformément à la tradition, à garder des relations avec la famille, ce dont nous les enfants n'avons hérité que très imparfaitement. Qu'on me comprenne bien, elle tenait aux liens de parenté non pas pour en tirer des avantages mais pour en accorder. Elle était extraordinairement généreuse et il y eut des moments où, adultes déjà, nous nous sommes demandés, de la passion du jeu de mon père ou de la passion de donner et d'offrir de ma mère laquelle était la plus dangereuse. Mais nous avons finalement compris ce qu'il en était. Ce que faisait mon père, c'était tout simplement jeter l'argent par les fenêtres, les dépenses de ma mère étaient toujours désintéressées et se voulaient secrètement des bienfaits. Un certain désir d'être (autant que possible) un tout petit peu *grande dame** intervenait sans doute aussi, mais chacun de nos actes ne cache-t-il pas toujours quelque faiblesse humaine ? Plus tard, lorsque nous parlions de ces choses, elle disait : « J'aurais sans aucun doute pu éviter bien des choses, cela dépassait de loin nos moyens ; mais je me disais : ce qui est là sera dépensé de toute façon et je préfère que cela passe par moi que par d'autres. »

Ces mois d'été, à partir de la mi-juin, étaient charmants grâce aux nombreuses visites : le plus souvent des jeunes femmes de la branche berlinoise, bavardes et gaies. Pendant des semaines, la maison était transformée et il y régnait une ambiance badine et espiègle qui allait parfois jusqu'à l'exubérance. On avait enterré la hache de guerre et, dans le concours de bonne humeur qui s'engageait, c'était mon père qui faisait le numéro le plus brillant. Il était, comme souvent les hommes beaux, le contraire absolu d'un Don Juan et d'ailleurs tirait fierté de sa vertu, mais, aussi peu donjuanesque qu'il fût, il était gascon en diable et il se lançait dans de folles joutes oratoires sur des sujets les plus hardis avec les jeunes femmes, à la seule condition qu'elles fussent jolies, sinon cela ne l'intéressait pas. J'ai hérité de lui ce goût pour les débats compliqués menés sur un ton facétieux, oui, j'ai même transposé ce penchant dans mon écriture et, lorsque je lis dans mes romans et mes petits récits des scènes analogues, j'ai parfois l'impression d'entendre parler mon père. Sauf que je ne lui arrive pas à la cheville, comme on me le fit remarquer un jour, alors qu'il avait dépassé les 70 ans et que j'étais, par conséquent, déjà avancé en âge. « Écoutez, vous n'êtes pas mal du tout quand vous êtes dans un bon jour mais vous n'êtes pas de taille à rivaliser avec votre père. » Et c'était sûrement exact. Ses causeries pleines de bonhomie et nourries en même temps d'extraordinaires tirades, dignes d'un avocat, étaient littéralement irrésistibles — même lorsqu'il s'agissait d'affaires d'argent généralement peu agréables — et elles laissaient une telle impression qu'aucun des enfants n'a jamais nourri d'amertume envers ses opérations financières les plus bizarres. Seule ma mère était trop différente pour être sensible à ses facéties et s'y laisser prendre ; elle réprouvait justement cette façon de tout prendre à la légère. « Ce qui est sérieux ne saurait être amusant. » Et elle ne connaissait que trop son aptitude à mettre toujours par son humour tout le monde de son côté, « hélas », ajoutait-elle.

Revenons aux visites estivales dans notre maison. Il n'était pas toujours facile d'amuser les jeunes femmes et peut-être cela aurait-il était impossible s'il n'y avait eu les chevaux. Presque chaque après-midi, par beau temps, on attelait et ces jours de la saison des bains, dont les visiteurs nous pesaient parfois, furent peut-être les seuls où ma mère, sans pour autant renoncer à ses idées fondamentales, se réconcilia provisoirement avec les chevaux et les voitures. Celui qui connaît Swinemünde, et ils sont nombreux, sait que, pour les sorties de l'après-midi, les jolis buts de promenade ne manquent pas et c'était déjà le cas à l'époque. On longeait la grève jusqu'à Heringsdorf ou, dans l'autre direction, jusqu'aux môles mais ce qu'on préférait, ne fût-ce que pour se protéger du soleil, c'étaient les promenades vers l'intérieur des terres soit à travers l'épaisse forêt de hêtres en direction de Corswant soit, plus encore, vers le village de Camminke, situé près du Haff et du « Golm[21] ». Il y avait là une piste de quilles très recherchée sur laquelle les dames aussi venaient jouer. Quant à moi, j'aimais me placer à côté de la rigole de planches fendillées, sur laquelle le garçon chargé de redresser les quilles les faisait revenir, et si je choisissais cette position c'était uniquement parce que j'avais entendu dire que, sur cette piste de quilles, un joueur s'était enfoncé une longue écharde sous l'ongle de l'index en attrapant sa quille. J'avais été tellement impressionné que j'attendais en frissonnant que cela se reproduise, ce qui heureusement n'arriva pas. Lorsque j'étais las d'attendre, je pénétrais, par une grille de guingois qui grinçait toujours, dans un jardin qui longeait la piste. C'était un vrai jardin de paysans, des balsamines et du réséda y poussaient et en un endroit les mauves étaient si hautes qu'elles formaient une ruelle. Lorsque le soleil descendait au loin derrière la forêt, le Golm situé à l'ouest était inondé d'une lumière rouge et sur sa colonne la boule de métal qui semblait faite d'or, contemplait le village au-dessous et le jeu de quilles, pendant que des myriades de moustiques emplissaient l'air et que les bourdons volaient d'un buisson de buis à l'autre.

Au début d'août nos visiteurs nous quittaient généralement et quand arrivait septembre, même les derniers estivants quittaient la ville. Si quelqu'un souhaitait rester plus longtemps, c'était gênant pour les hôtes et cela donnait lieu à ce genre de scène : Un estivant (un Berlinois, naturellement), revenant de l'embarcadère du vapeur où il avait accompagné quelques amis sur le départ, regagna l'appartement qu'il avait loué, s'assit auprès de ses hôtes en se frottant les mains et dit : « Eh bien, Hoppensack, les Berlinois sont partis ou du moins presque tous, maintenant ça ne fait que commencer, maintenant ça va être agréable. » Il attendait naturellement qu'on l'approuve sans restriction. Mais, au lieu de cela, il vit les visages s'allonger. Il finit par s'armer de courage et demanda pourquoi aucun d'eux ne réagissait ? « Mon Dieu, monsieur Schunemann, dit Hoppensack, un greffier et sa femme sont arrivés dès la fin mai et nous voilà près de la mi-septembre. On aimerait bien se retrouver un peu seuls. » Sa femme acquiesça d'un signe de tête. Alors Schunemann, sentant qu'il n'avait plus le choix, se résigna lui aussi à plier bagage.

Lorsque les derniers estivants étaient partis, les tempêtes d'équinoxe n'étaient pas loin et elles se prolongeaient, quand l'année était mauvaise, jusqu'en novembre. Les châtaignes étaient les premières à couvrir le sol, puis les tuiles tombaient avec fracas du toit et des gouttières qui étaient toujours fixées de telle sorte qu'elles débouchaient juste à côté des fenêtres des chambres à coucher, la pluie giclait bruyamment dans le jardin. Puis des lambeaux de nuages passaient dans le ciel qui s'éclaircissait, l'air se refroidissait, tout gelait, et, toute la journée un vieux bûcheron travaillait dans la remise ; de temps à autre mon père venait le voir, il était le seul, et, s'emparant d'une hache, il cassait du bois à sa place pendant une demi-heure.

La vie mondaine s'apaisait durant ces jours d'arrière-saison, on se reposait des fatigues de la saison estivale et on prenait des forces pour les soirées d'hiver. Mais, avant même que celles-ci n'arrivent, il fallait traverser un interrègne de plusieurs semaines, l'époque de l'abattage et celle où l'on faisait de la pâtisserie, cette dernière rejoignant déjà le temps de Noël.

On commençait par tuer les oies. On ne pouvait imaginer une bonne économie domestique sans qu'on tue des oies. Beaucoup de choses entraient en ligne de compte, d'abord les plumes nécessaires à la préparation de lits nouveaux pour les étrangers, mais surtout les poitrines d'oie fumées qui étaient presque aussi importantes que le jambon et le lard dans la cheminée. Lorsque, peu avant la Saint-Martin, on avait rassemblé suffisamment d'oies pour un ultime gavage dans la cour, où un effroyable caquetage nous privait pendant une semaine de notre repos nocturne, le jour marquant le début des festivités était déjà fixé. Le plus souvent à la mi-novembre. Dans la cour, tout contre le pignon de la maison, se trouvait comme je l'ai déjà raconté (et, curieusement, sous un pigeonnier), la chambre des domestiques, où dormaient, outre la cuisinière, deux autres servantes, si tant est qu'elles pussent dormir. Le cocher — le vieux Ehm avait été depuis longtemps remplacé par un garçon plus jeune — s'était vu attribuer, conformément au règlement de la maison, le grenier à foin à côté de l'écurie, mais il renonçait volontiers à l'indépendance de ce séjour et préférait réduire encore par sa présence l'espace déjà étroit de la chambre des domestiques, se conformant sans doute à l'adage : « Il y a de la place dans la plus petite des cabanes, etc. » Mais lorsqu'était venu le temps de tuer les oies, cela signifiait une restriction sensiblement plus forte de l'espace car, le soir même où devait commencer le massacre, venait s'ajouter à ceux qui logeaient habituellement dans la salle commune un groupe de vieilles femmes, quatre ou cinq, qui gagnaient d'habitude leur subsistance comme blanchisseuses ou comme sarcleuses. Alors la fête sacrificielle pouvait commencer. Toujours tard dans la soirée. Par la porte largement ouverte, ouverte parce qu'on n'aurait pas pu tenir dans l'air étouffant, la lumière des étoiles pénétrait dans la pièce remplie de vapeur qu'éclairait une maigre chandelle, toujours pourvue d'un éteignoir. Près de la porte, en demi-cercle, se tenaient les cinq sacrificatrices, chacune une oie entre ses genoux et, tout en perçant avec un couteau de cuisine pointu la boite crânienne de la pauvre bête (un procédé dont je n'ai jamais bien compris la nécessité), elles chantaient toutes sortes de chansons populaires, dont le texte contrastait étrangement aussi bien avec leur acte meurtrier qu'avec la mélodie qui était funèbre. C'est du moins ce qu'on pouvait supposer, car les jeunes filles, assises sur le bord du lit autour de l'occupant du grenier à foin, accompagnaient les chants populaires en s'amusant infiniment et aux endroits particulièrement tristes, elles poussaient même des cris de joie. Mes parents qui étaient tous deux de mœurs austères se demandaient souvent s'il ne fallait pas mettre fin à ces agissements ; mais ils avaient finalement renoncé à lutter et mon père qui pressentait vaguement que cela devait déjà se passer ainsi dans l'antiquité, disait, après avoir consulté des livres : « C'est la répétition de coutumes anciennes, de saturnales romaines ou de quelque chose de cette sorte, la domination momentanée des serviteurs sur ceux qu'on appelle les maîtres. » Et, ayant ainsi replacé cette scène dans un contexte historique il s'en félicitait d'autant plus, disait-il, que les jeunes filles l'amusaient beaucoup quand elles baissaient pudiquement les yeux. Il se livrait alors à des réflexions et des digressions extravagantes, comme si *Gil Blas* comptait parmi ses lectures favorites. Ce n'était cependant pas le cas, il se contentait plutôt de lire Walter Scott, ce dont je lui suis reconnaissant aujourd'hui encore car j'en recueillis dès cette époque quelques miettes. C'est *Quentin Durward* qu'il préférait, peut-être parce que le sujet était français. Il me faut d'ailleurs préciser qu'on n'en avait nullement fini avec les frayeurs de ce carnage après la nuit d'abattage proprement dite et les mélodies funèbres, se poursuivaient elles aussi au moins pendant la moitié d'une semaine. Cette époque d'abattage était également celle où apparaissait chaque jour sur notre table la « soupe noire », préparée avec le sang des oies, un met dont les Poméraniens pensent qu'il n'a pas son pareil. Mon père estimait qu'il était de son devoir de suivre ces coutumes du pays et disait, lorsque apparaissait l'énorme soupière : « Ah, voilà qui est bien ; mangez-en ; c'est la soupe noire des Spartiates ; voilà qui donne des forces », mais lui-même se choisissait, tout comme nous, les fruits séchés et les boulettes d'amandes et laissait le bouillon aux domestiques, surtout aux tueuses d'oies et aux pleureuses qui, après tant d'enthousiasme à trouer les crânes, le méritaient légitimement.

Environ quinze jours plus tard on tuait le cochon. Ma réaction à l'égard de cette activité était exactement la même que le jour où, âgé d'à peine sept ans, j'avais fui la ville en direction du vieux Ruppin, afin d'échapper aussi bien au spectacle qu'à la gamme de sons déchirants pour les oreilles et pour le cœur ; à présent, j'étais tout de même entré dans l'adolescence où l'on se fait bon gré mal gré un point d'honneur à participer virilement à tout, même si, du fond de soi-même, on y répugne. Mais je ne peux pas dire que la perspective d'une « saucisse aux raisins de Corinthe » m'ait beaucoup aidé dans cette comédie du courage car, malgré mon goût pour les bonnes choses, j'étais presque malade durant les semaines précédant Noël, à cause des effluves de graisse qui traversaient la maison. Toujours est-il qu'il ne pouvait être question de bon appétit durant cette période (alors que cela en eût certes valu la peine) surtout lorsque, au début de décembre, comme cela arrivait régulièrement, on apportait un cerf de la part du garde général des Eaux et Forêts et qu'on le suspendait — ouvert comme on ouvre un bœuf — au pignon de la maison des domestiques. Chaque jour, la cuisinière s'approchait de cet ornement du pignon et en retirait d'abord le cimier, puis le cuisseau avant et enfin le cuisseau arrière, de sorte que nous étions toujours soulagés lorsque cette pléthore de gibier prenait fin.

La semaine de la pâtisserie était placée sous une meilleure étoile, nous commencions par les petits pains d'épices, les sucreries et les bretzels et finissions par les brioches et les tartes. Non seulement on nous permettait d'entrer dans la cuisine où nous retrouvions avec délices l'odeur d'amande amère et de zeste de citron râpé, mais, pour nous donner un avant-goût de Noël, on confectionnait spécialement pour les enfants des petits pains, le tout très généreusement. « Je sais, disait ma mère, qu'ils vont encore se donner une indigestion, mais cela vaut mieux que de les priver. Il faut que, durant toute cette période, ils se réjouissent de la fête et rien ne vaut un gâteau pour leur procurer cette jouissance. » Ce n'est pas faux et cela convient très bien sans doute aux enfants robustes. Mais nous n'étions tout de même pas robustes au point de supporter ce régime sans conséquences. Aussi étais-je toujours mal en point durant les fêtes de Noël.

Le soir de la Saint Sylvestre, il y avait un bal au Cercle où l'on m'emmenait en tant qu'aîné de la famille. Je me tenais alors, d'humeur assez indécise, dans un coin de la salle et je regardais. Lorsque les couples qui dansaient passaient devant moi en tourbillonnant, j'éprouvais d'abord un certain bonheur à être là comme invité pour jouir du spectacle, mais j'étais en même temps malheureux de n'être que spectateur au lieu de danser comme les autres. Mon insignifiance pesait lourdement sur mon âme, deux fois plus lourdement dans l'état gastrique où je me trouvais régulièrement durant ces jours, et c'est seulement vers minuit, lorsque le veilleur de nuit vêtu d'un long manteau bleu entrait dans la salle et, sur un signal, souhaitait la bonne année en soufflant dans sa corne, que, d'un seul coup, j'étais délivré de toute sentimentalité. Le caractère comique et grotesque de la scène me libérait et je retrouvais la paix.

La vie dans notre maison (suite)
Une « grande soirée »

C'est vers cette époque que débutait la vie mondaine, sous la forme d'une série d'invitations réitérées d'une semaine à l'autre. Ces banquets dont certains étaient dignes de celui de Balthazar[22], car au même moment, une main mystérieuse inscrivait déjà sur le mur la banqueroute de l'hôte, je ne les ai connus que par les récits qu'on en faisait, mais en ce qui concerne les soirées plus ou moins importantes, j'ai vu de mes yeux celles qui se passaient chez nous et je vais raconter ce qu'il en était.

Lorsque c'était notre tour, toute la maison était imprégnée d'une atmosphère solennelle, assez comparable à l'ambiance qui règne lors d'un mariage ; de même la répartition en trois étapes, veille de noces, noces et lendemain de noces se retrouvait-elle dans les préparatifs, le jour de la fête proprement dite et le jour où l'on mangeait les restes. Il est difficile de dire laquelle de ces trois journées méritait un titre de gloire, mais je ne suis pas loin de penser que, pour ma part, je préférais la première. Elle se déroulait, il est vrai, de façon immatérielle et était faite de renoncements multiples, mais elle contenait la promesse de tous les fastes à venir.

Le jour des préparatifs apparaissait chez nous, comme dans toutes les maisons, la veuve Gaster, une cuisinière réputée. D'aspect à la fois agréable et digne, elle devait à cette dernière qualité d'être traitée avec respect et une confiance absolue. Nourrissant une aversion bien compréhensible pour tout ce qu'elle devait produire jour après jour (en particulier les sucreries), elle vivait presque exclusivement de vin rouge et tirait le peu de nourriture dont elle avait encore besoin de la couche de graisse qui l'enveloppait. Son arrivée dans notre maison signifiait pour moi qu'il fallait me poster à proximité de la cuisine afin d'observer, voire d'admirer tout ce qui s'y passait. Cela commençait toujours par la confection d'une pièce montée. Lorsque Gaster, qui tenait un registre, eut réalisé la millième pièce montée, les maîtresses de maison de Swinemünde lui organisèrent une fête bien méritée. Il existe toujours des pièces montées, bien sûr ; mais celles d'aujourd'hui sont dénaturées, ce sont de frêles productions, spongieuses et pâlottes, alors que celles d'avant avaient une sympathique fermeté qui allait jusqu'au croustillant, dans une gamme de couleurs allant de l'ocre le plus sombre au jaune le plus lumineux. C'était toujours un bonheur pour moi d'assister à la confection d'une telle pièce montée. Sur un énorme fourneau, était construite contre le mur une demi-voûte basse en briques dont le haut avançait comme un auvent puis descendait en retrait. Le long de cette partie en retrait brûlait un étroit feu de charbon qui avait bien quatre pieds de long, et qu'on encadrait des deux supports métalliques d'un tournebroche. Mais la broche posée sur ces supports n'était pas une simple broche, on avait posé dessus un cône de bois, creux sur toute sa longueur et recouvert à l'extérieur de papier enduit de graisse, qui était destiné à former le cœur de la pièce montée. Puis, à l'aide d'une longue cuillère en fer-blanc fixée au bout d'un long bâton, on commençait à faire couler une pâte liquide qui, au début, ne cessait de goutter, de sorte que le procédé entrepris paraissait vain pendant un bon moment. Mais à partir de l'instant où la pâte devenait plus consistante et gouttait moins, on reprenait espoir et, avant que quelques heures ne se fussent écoulées, on pouvait retirer du cône de bois la pièce montée, superbement dorée et ornée de dentelures. Le processus tout entier avait une signification symbolique. La réussite complète de cette pièce magnifique, objet de curiosité, était le présage de la réussite de la fête tout entière. La pièce montée dressait l'horoscope de toute l'entreprise.

Je passerai sous silence l'activité de la cuisine durant la journée même de la réception et préfère évoquer la fête elle-même. On transportait alors dans le salon de ma mère — il n'y avait pas d'autre pièce à cet effet — une longue table à rallonges et la table était aussitôt parfaitement dressée le long du sofa de moire aux trois cents clous d'argent. On ne passait à table que lorsque les lumières étaient allumées. Celui qui présidait la table tournait toujours le dos au grand miroir Schinkel, alors que tous les autres invités pouvaient plus ou moins aisément se mirer dans la glace.

D'après mes souvenirs, c'était toujours des dîners entre messieurs, douze à quatorze personnes ; ma mère n'y participait que de temps à autre, accompagnée le plus souvent de sa sœur encore très jeune et jolie et qui passait parfois des mois chez nous. Il était toujours particulièrement difficile de placer cette dernière et seule la présence du vieux Flemming et du conseiller aulique, le Dr Kind, présentaient quelque garantie contre les hommages excessifs. Il était en effet quasiment impossible de se dérober à de tels hommages. On respectait sans doute la vertu, bien que j'aie des doutes même à cet égard, mais il était de mauvais goût de jouer les vertus — et où se situait d'ailleurs la limite entre l'être et l'apparence ? Les dames, cela va de soi, se retiraient avant la fin du repas et ne revenaient que pour un bref quart d'heure afin de servir le café.

J'ai parlé plus haut de la cuisine de la bonne Mme Gaster mais, nonobstant son art culinaire, les repas étaient en fait simples, surtout si on les compare au raffinement des banquets actuels. Simples, dis-je et en même temps robustes. Personne ne voulait être en reste mais nul ne prétendait faire mieux que son voisin. La soupe était suivie d'un poisson, puis (sans exception) de navets de Teltow et de l'oie entrelardée, ensuite d'un énorme rôti et, pour finir, un entremets avec des fruits, des pains d'épices et des pâtes d'amande de Konigsberg. La simplicité était plus grande encore pour les vins ; après la soupe on offrait du Sherry, puis un vin rouge à prix modéré et de qualité tout aussi modérée, et l'on ne buvait plus que ce vin jusqu'au café. Le caractère particulier de ces festivités ne résidait donc pas dans leur aspect matériel mais, étrangement, dans un certain élément intellectuel propre au ton qui régnait. Selon qu'on en était au début ou à la fin, celui-ci était très différent. Le début était marqué par des toasts finement ciselés, parfois même en vers, notamment lorsque l'on fêtait un événement familial, un anniversaire ou quelque chose de ce genre — des vers qui, par l'habileté de leur forme et d'heureuses chutes, ne laissaient rien à désirer. J'en ai retrouvé récemment quelques-uns dans les papiers de mon père et j'ai été surpris par leur qualité. L'humour, l'esprit, les jeux de mots ne manquaient jamais, mais à certaines occasions s'y exprimait aussi le sentiment, et ceux qui étaient le plus éloignés d'un véritable sentiment mais le plus près du délire avaient pour coutume de se lever pour aller serrer l'orateur dans leurs bras et l'embrasser. Ces embrassades signifiaient toujours le début de la seconde moitié de la fête. Plus le repas avançait, plus les propos de table se faisaient éloquents et, comme aucune crainte ne retenait plus personne, on passait bientôt aux taquineries plus corsées ou, lorsque celles-ci n'étaient pas de mise, aux persiflages et aux attaques personnelles. Exactement ce qu'on appelle aujourd'hui « charrier » quelqu'un. Une des victimes préférées de toute la tablée était, comme je l'ai déjà mentionné dans les chapitres précédents, mon père.

On savait depuis longtemps que pour ce qui était de la conversation il avait trois marottes : l'importance et la hiérarchie des décorations dans l'État prussien, le nombre d'habitants des villes et des localités d'après le dernier recensement et les noms et titres nobiliaires des maréchaux français, à quoi s'ajoutait une masse d'anecdotes napoléoniennes, ces dernières souvent en version originale. Il arrivait que la syntaxe et la grammaire de cette version fussent contestées, à quoi mon père, acculé, répondait avec un calme imperturbable : « Ma sensibilité française me dit que cela doit se dire ainsi, ainsi et pas autrement », et tous d'applaudir encore plus fort, naturellement.

Oui, Napoléon et les maréchaux !

Les connaissances de mon père en cette matière étaient littéralement stupéfiantes et je parie qu'il n'y avait pas un seul historien à l'époque ni aujourd'hui d'ailleurs qui fût capable de rivaliser avec lui en ce qui concerne les anecdotes guerrières ou intimes de la période qui va de Marengo à Waterloo. D'où tenait-il tout cela, pour moi cela reste un mystère. Tout ce que je peux imaginer c'est qu'il avait dans sa mémoire une case dans laquelle tombait comme par enchantement tout ce qu'au cours de ses lectures ininterrompues de journaux et d'ouvrages de compilation il avait trouvé pour servir cette passion.

En tête, dans ce secteur qu'il dominait, se trouvait Napoléon lui-même dont, curieusement, il préférait les jours passés à Sainte-Hélène à ceux de sa gloire militaire. Puis venait Ney, son favori, quasiment son idole. Mais après celui-ci, par une sorte de *salto mortale,* il sautait tous les autres maréchaux plus ou moins célèbres qui, dans l'ensemble, ne l'intéressaient guère pour se tourner vers les grands hommes de second et de troisième plan, comme Rapp, Duroc, Nansouty, Cambronne, Friant, Lannes. Ce dernier, tombé dès 1809 près de Gross-Aspern, lui tenait presque autant à cœur que Ney, son favori. « Oui, ce Lannes, ce duc de Montebello ! Étrange. On dit qu'il était très borné. Mais qu'importe en fin de compte. Ney était borné lui aussi. » Et c'est ainsi que l'esprit borné lui permettait de témoigner de la grandeur de l'autre ou du moins de démontrer que, vraiment, l'étroitesse d'esprit n'avait ici aucune importance. Mais son penchant pour les grands hommes de second ordre ne tenait pas au hasard ni à l'humeur du moment, bien au contraire, il en connaissait très bien le « pourquoi » ; il ne s'agissait parfois que de peccadilles et l'entendre parler, par exemple, de Nansouty qui commandait la division de cuirassiers, était un véritable régal. On avait vraiment Nansouty devant soi, en chair et en os. Ces choses finirent par me devenir si familières à moi aussi que j'aurais pu faire office de souffleur. D'où cela venait-il, j'en parlerai ailleurs lorsque je parlerai de la « méthode socratique » de mon père.

Mais pour le moment, après cette digression, revenons aux soirées elles-mêmes dont la seconde moitié amenait régulièrement la comédie des piques et des plaisanteries. Même en tant qu'hôte mon père n'était pas à l'abri, au contraire les piques avaient plutôt tendance à redoubler.

Je vais raconter une de ces soirées qui reste encore très vive dans mon souvenir car, bien des années après, on l'évoquait souvent avec toutes sortes de détails. On était déjà au dessert et on chantait une chanson que le sous-directeur Beda, beau-fils de la jolie femme du même nom évoquée dans un chapitre antérieur, avait composée d'après la mélodie de *Oh, Schill, que ton sabre fait mal*[23]. Ma mère et sa sœur — l'heure du café approchait — avaient comme d'habitude pris place sur le sofa de moire, quant à moi je m'étais faufilé dans la pièce à tout hasard et me tenais près du consul Thompson qui s'amusait, au grand dépit de ma mère, à me faire passer continuellement des poignées de raisins secs. Thompson, toujours paresseux, ne chantait pas les couplets mais, chaque fois que revenait le refrain, il l'entonnait à pleine voix. Au bout de la table était assis le conseiller de commerce Krause qui dit en se tournant vers mon père quand la chanson fut achevée : « Dis-moi, mon cher frère, en entendant cette chanson de Schill, ou sur la mélodie de Schill, je me suis rappelé soudain les *Adieux de Bertrand*. Je ne sais plus quel est le rapport et puis ça n'a d'ailleurs pas d'importance ; mais j'aimerais bien savoir, ce Bertrand des *Adieux de Bertrand*, est-ce le même que celui qui fut aussi à Sainte-Hélène ?

— Bien sûr que c'est le même. Il n'y en a qu'un. Je crois qu'il a aussi été à Saint-Cyr et il adorait Napoléon plus encore que le général Rapp.

— Ce doit être ça, car j'ai lu dans le *Times* d'aujourd'hui un article sur ces jours à Sainte-Hélène, Dieu merci ils sont passés, et j'ai appris à cette occasion, je dois dire à mon grand étonnement, que Bertrand dans son trop grand amour pour Napoléon a prêté de temps à autre son épouse à ce dernier, de sorte que Napoléon a eu pour ainsi dire trois épouses,

Joséphine, Marie-Louise et Mme Bertrand. C'est un peu exagéré à mon avis et j'aimerais savoir ce que tu penses de cette affaire ? Te serais-tu... ma chère amie me pardonnera — il s'inclina en direction de ma mère — te serais-tu décidé en faveur d'un acte semblable de loyal sacrifice ?

— Absolument, si j'avais été Bertrand.

— Ce sont là des pirouettes, mon cher frère. Si tu avais été Bertrand ! Naturellement. Mais j'aimerais savoir ce que tu en penses personnellement. Mon frère Edouard, qui a lu lui aussi l'article, a parlé d'infamie.

— Voilà qui est trop dur. Toutes ces questions reçoivent dans les sphères supérieures un éclairage différent qui s'écarte plus ou moins de l'habituel ; les conceptions morales se décalent en conséquence et sont plus libres. Moi je pense que la décision appartenait à Mme Bertrand. Si elle voulait, tout était en règle, dans la mesure où Bertrand lui-même, du point de vue de la loyauté, ne voulait pas être en reste avec son épouse. Il ne faut pas que tu oublies que l'empereur possédait ce qu'on appelle le démonisme. Frédéric le Grand avait cela lui aussi, son regard forçait la volonté des êtres.

— Je crois que tu as raison et nous pouvons finalement nous considérer heureux de ne pas vivre dans ces sphères supérieures, sinon nous ne serions à l'abri de rien.

— Nous ne le sommes pas, d'ailleurs. Dans un État absolu tout appartient au roi ; non seulement il peut me prendre ma femme, mais aussi ma tête.

— Ça, il l'a déjà fait », l'interrompit ma mère et elle se leva.

Après le départ des invités, lorsque, pour renouveler l'air, on eut ouvert les fenêtres toutes grandes malgré le froid qui entrait, mon père, les mains derrière le dos, se mit à arpenter la pièce. Ma mère le suivit du regard pendant quelques instants, puis elle dit : « Alors, Louis, voilà que tu fais les cent pas comme un vainqueur. Tu es sans doute fier d'avoir, comme dit Krause, donné à Napoléon une troisième épouse. »

Mon père fit oui de la tête.

« Tu ne vois donc rien ? poursuivit-elle, rien du tout ? Un jour ils t'interrogent sur le nombre d'habitants de Buxtehude, le lendemain ils veulent savoir ce qui vaut mieux, les feuilles de chêne sur l'Ordre de l'Aigle rouge ou le ruban. Tu ne vois donc pas qu'ils s'amusent ? »

Mon père approuva de nouveau.

« Oui, Louis, si tu vois ce que cela cache, je ne comprends pas pourquoi tu leur fais toujours ce plaisir.

— Parce que je suis un homme bien élevé, un bon maître de maison.

— Un bon maître de maison. Admettons. Mais ce n'est pas cela. Tu es seulement infiniment faible et souhaites sans cesse caser tes histoires et tu es pire que le pire des raconteurs qui, lorsqu'on leur dit "Je la connais déjà" ne se démontent pas et continuent tranquillement. N'est-ce pas ainsi ? N'ai-je pas raison ?

— Je dirais volontiers que tu as raison. Mais qu'est-ce que cela peut faire ? À chacun sa marotte et nous nous répétons tous. Pardonne-moi, mais toi aussi tu te répètes et tu insistes notamment sur bien des choses…

— Je t'en prie, tais-toi.

— Je revendique, de plus et très sérieusement quant à toutes ces choses, mes efforts pour propager des connaissances utiles. Je ne suis pas un misérable faiseur de mots et de plaisanteries, je cultive ce qui est historique et j'apporte mon aide lorsqu'elle peut servir. Et tu ne contesteras pas que la somme des connaissances historiques, notamment chez les étudiants, est extrêmement mince. Cette histoire avec Bertrand… bon, j'aurais peut-être dû répondre autre chose, car ils voulaient me mettre dans l'embarras devant toi. Mais ils n'y sont pas parvenus.

— Malheureusement pas. Et c'est bien là le pire. »

ONZIÈME CHAPITRE

Ce que nous vécûmes à la maison et en ville

Le propos des deux chapitres précédents était de montrer comment nous vivions dans notre maison ; dans celui-ci, il sera question de choses qui, au début du moins, advinrent sans que nous y fussions pour rien mais qui, venues de l'extérieur, accompagnèrent notre vie domestique, la modelèrent parfois. J'ai donc choisi pour titre : « Ce que nous vécûmes à la maison et en ville ».

Il ne manqua pas de choses bonnes et moins bonnes.

Le quart de siècle, situé entre la chute de Napoléon et la mort de Frédéric-Guillaume III, passe couramment pour une période de stagnation, pauvre en événements, ce qui, vu globalement, est sans doute plus ou moins exact, mais la demi-décennie que je passais à Swinemünde (de 1827 à 32) apporta précisément une foule de choses intéressantes, qui vinrent interrompre cette stagnation : la libération de la Grèce, la guerre russo-turque, la prise d'Alger, la révolution de Juillet, l'indépendance de la Belgique et la grande insurrection polonaise. Il me faudra relater de façon quelque peu détaillée en quoi ces événements lointains touchèrent les habitants de notre maison, surtout mon jeune cœur qui brûla très tôt pour de telles choses. Pour commencer je vais laisser en dehors ces événements publics pour raconter ce qui s'est passé sous nos yeux, dans notre ville. Toutefois, au nom de la chronologie, je vais être obligé d'abattre tout de suite ma meilleure carte. C'est l'histoire de Mohr et de sa femme.

Qui était Mohr ?

Ehm, notre cocher, avait effleuré cette question dès le lendemain de notre arrivée, lorsque nous fîmes notre premier tour du propriétaire, mais il n'était pas allé très loin et ce n'est que quelques semaines plus tard, lorsque j'entendis de nouveau par hasard ce nom de « Mohr », que je demandai à Ehm ce qu'il en était. Ce dernier, qui en parlait à contrecœur, m'emmena aussitôt dans sa chambre et, tandis qu'il se plaçait devant le hache-paille puis commençait à couper, je m'assis sur un tabouret à côté de lui et écoutai son histoire. « Oui, conclut-il au bout d'un instant (le tout en bas allemand naturellement) voilà ce qu'il en était avec Mohr et sa femme. Ils sont maintenant en prison tous les deux et la femme est malade et affaiblie et n'en a sans doute plus pour longtemps, mais lui, il se porte très bien et le vieux Pietzker là-bas pense lui aussi "qu'ils ne pourront rien contre sa vie". Et c'est exact et ça remonte à l'année 1806. À l'époque il était soldat dans le régiment Mollendorf, et il paraît que lorsque les choses se mirent à tourner mal à Iéna, Napoléon aurait dit, furieux : "Qui c'est, celui-là ! Je n'ai jamais rien vu de tel de toute ma vie". Et notre roi, lorsqu'il eut retrouvé un peu de calme, a fait écrire à Mohr qu'il pouvait demander sa grâce. Et la grâce, elle existe toujours, et c'est pour ça que Mohr n'arrête pas de répéter : “Ils peuvent pas, même s'ils le voulaient ; j'ai la grâce du roi”. »

Tout cela était bel et bon mais ce qui précéda ces mots de la fin, la véritable histoire, était terrible et me fit froid dans le dos. Mohr était un homme d'environ quarante-cinq ans, un bon caboteur qui naviguait entre Stettin et Swinemünde et ramenait toutes sortes de marchandises avec lesquelles il faisait du commerce. Il jouait les anciens combattants, était pour l'ordre et les convenances et il était aussi grand et fort et bien considéré. Contre sa femme non plus il n'y avait rien à redire. Mais soudain il fit faillite, ou peut-être fut-il simplement incapable de dominer sa cupidité, bref, lorsqu'il apprit que la veuve Lassahn, qui logeait sur la place de l'hôtel de ville avec une jeune personne blonde, avait 100 thalers cachés dans la boite de son horloge, il n'hésita pas ; la vieille devait mourir et la jeune personne aussi. La femme de Mohr était d'accord, certains disent même que c'était sa faute. Cela se passa autour du carnaval de l'année 1826. Mohr revenait de Stettin et accosta à la digue, juste en face de l'auberge d'Olthoff. Il faisait déjà nuit. Il se rendit donc chez la veuve et lui dit d'envoyer quelqu'un au bateau où se trouvait sa femme, elle donnerait à la jeune fille un sac de café qu'il lui avait rapporté. La jeune fille se mit en route. Il se retrouva donc seul avec la vieille. Il en eut vite terminé avec elle. Mais quelques instants après la jeune fille revint de la digue. Ce qui se passa alors, on ne le sait que par la confession de Mohr lorsque celui-ci, pris d'une angoisse terrible, demanda à voir le prêtre ou le conseiller aulique Kirstein, pour tout avouer. Malgré sa force il n'aurait pas pu la maîtriser si sa femme n'était venue à son aide : voilà l'essentiel du contenu de cette histoire. Je connais aussi les détails mais je ne les raconterai pas.

Tout ce que je dirai, c'est qu'ils illustrent bien le pouvoir et la force du désespoir. Chacun devrait en tenir compte dans toutes les situations de la vie, y compris celle des peuples. Impossible de se cacher ou d'attirer la suspicion sur d'autres et, au bout d'un jour à peine, Mohr et sa femme étaient arrêtés. Plus d'un an et demi s'était écoulé depuis et l'affaire n'était toujours pas réglée. Curieusement, je ne peux me souvenir d'avoir éprouvé la moindre peur, pas même lorsqu'un jour, alors que la nuit tombait déjà, je passais près de la prison de l'hôtel de ville, entourée d'une palissade, et que les gamins dans la rue me crièrent : « Regarde, Mohr est enfermé là. » Ce calme relatif ne fut perturbé que lorsqu'un dimanche soir, je crois que c'était au printemps 1828, j'entendis : « Aujourd'hui ils sont arrivés ». « Ils », c'était le bourreau et ses aides. Et c'était exact, je pus bientôt m'en rendre compte par moi-même. Tous les après-midi, mon frère et moi faisions une promenade, nous longions le cimetière situé tout près des dunes, en direction de la plage. Ce que nous fîmes aussi ce samedi-là. Nous avions déjà laissé le cimetière derrière nous et, dès que le chemin commença à monter, la mer se mit à scintiller devant nos yeux et nous vîmes soudain un groupe d'hommes qui, à gauche du chemin, dressaient dans un creux de dunes planté d'élymes, un étrange échafaudage à peine plus grand qu'une grande table. Ils étaient en train d'enfoncer de gros clous pourvus d'anneaux de fer dans les planches de l'estrade, sur laquelle se trouvaient aussi des billots, une demi-douzaine ou peut-être plus. Les hommes qui s'affairaient là n'étaient pas des charpentiers mais ceux dont on disait « qu'ils étaient arrivés ». Ils ne nous remarquèrent même pas et nous, après avoir gravé cette scène lugubre dans notre mémoire, nous nous dirigeâmes rapidement vers la plage, où la vue de la mer nous soulagea.

À la nuit tombée, après avoir fait un détour, nous revînmes chez nous ; mais là on n'évoqua guère ce qui se préparait et ce n'est que le soir que nous apprîmes que mon père y participerait et assurerait le commandement, oui, c'était bien cela. En tant qu'homme grand, de belle prestance et ancien combattant de 1813, il avait été choisi pour marcher en tête des citoyens armés et pour placer, avant l'exécution, ses hommes en cercle autour de l'échafaud.

Lorsque le lundi arriva, je n'avais pas dormi de la nuit, je vis mon père *in Pontificalibus*. Il portait un chapeau à plume et un énorme sabre qui traînait à terre et dont je vois encore aujourd'hui étinceler le fourreau de laiton. Le fusil de volontaire qui n'en était pas un n'avait pas quitté sa place poussiéreuse entre les armoires du vestibule car, en tant qu'officier, il avait le droit et l'obligation de porter le sabre. Nous les enfants nous faufilâmes jusqu'à la place de l'hôtel de ville d'où le cortège s'ébranla aussitôt, d'abord un détachement de la société de tir, puis le groupe avec les deux condamnés, flanqués à droite et à gauche de quelques-uns des meilleurs tireurs ; pour finir, tous les citoyens armés. La ville était comme morte, tous étaient sur place ou suivaient le cortège.

Lorsque les derniers eurent disparu nous nous retirâmes dans notre maison. Quelques dames de nos amies tenaient compagnie à ma mère qui était étonnamment calme ; tout ce qui se passait lui paraissait dans l'ordre, œil pour œil, dent pour dent, et elle fit servir un verre de porto aux dames qui étaient venues la voir. Puis elle parla de tout autre chose, refusant de se laisser gagner par une fausse sentimentalité et, comme toujours, elle avait raison.

Pendant ce temps, les choses sur la plage suivaient leur cours. Pour la femme tout alla très vite. Puis ce fut le tour de Mohr. On le coucha sur les billots — car la procédure prévue était le supplice de la roue — et on lui glissa rapidement autour du cou un nœud coulant, qui devait être solidement serré des deux côtés à l'aide des anneaux. C'était pour qu'il fût solidement attaché ; mais en réalité c'était pour mettre fin plus rapidement à la torture ; un procédé qu'on ne pouvait qu'approuver. Mais au moment même où les aides, pleins de bonnes intentions, tirèrent avec force sur la corde, celle-ci se rompit sous leurs efforts et Mohr, qui avait conservé jusqu'au dernier moment sa foi insensée en une grâce « à cause d'Iéna », se dressa, fixa le bourreau debout à côté de lui et dit, une horrible lueur de joie dans les yeux : « Et maintenant, que va devenir Mohr ? » Il n'eut pas à attendre longtemps. Un nouveau nœud coulant glissé autour de son cou fut la réponse à sa question.

Vers onze heures, tous étaient rentrés, mon père visiblement très ému se maîtrisait en pensant à la responsabilité de son rôle de commandant. Il raconta assez calmement le déroulement de l'action, mais en l'appuyant de mots français tels que massacre, sang-froid, pitoyable, auxquels il avait toujours recours lorsqu'il voulait insister sur quelque chose. Moi, j'avais l'impression que le moins qui pouvait se produire était une tourmente ou une éclipse de soleil ; mais il n'arriva rien de cette sorte et très vite — sans doute parce que le procès avait traîné longtemps — tout était oublié.

À la moindre occasion pourtant, et les occasions se présentaient plus souvent que je ne l'aurais souhaité, l'affaire resurgissait. Le couple Mohr avait laissé un fils, un garçon de mon âge, brun, un peu bizarre, qui, avec ses cheveux raides et courts dressés sur sa tête, ressemblait à un hérisson. Il remarquait bien que je l'évitais autant que possible mais il ne m'en voulait pas car, lors de nos rencontres, il devait sentir qu'à mon épouvante se mêlait beaucoup de commisération pour son sort.

En fin de compte, je fus sans doute le seul à me soucier de cette affaire, du moins provisoirement. Et voici pourquoi. Pendant des années, la petite maison derrière la clôture à claire-voie était restée vide et les fleurs du jardinet devant la maison ne fleurissaient pour personne. Et voilà que dans l'été 1830, alors qu'à la fin de la journée je rentrai de la baignade avec mon père et passai sur la place de l'hôtel de ville devant la petite maison, je remarquai soudain que les jalousies vertes jusqu'alors fermées étaient ouvertes, ainsi que les petites fenêtres de la salle. Mais, devant l'une d'elles, était assis le greffier, un monsieur enjoué que je connaissais très bien et qui feuilletait une pile de papiers posés devant lui, tout en soufflant des nuages de fumée. Il était assis de telle sorte qu'il était encadré à sa gauche par un buisson de mauves et à droite par un arbuste rouge. L'ensemble formait un tableau des plus plaisants. Je le montrai du doigt et dis à mon père : « Voici justement la pièce... — Oui, voici la pièce, reprit-il, ça ne me dirait rien non plus... » Mais il s'en tint à cette brève réflexion et je compris ce jour-là pour la première fois ce que j'ai compris bien des fois depuis, que les choses terribles avaient quelque chose de spécifique, un peu comme l'effet que produisent sur nous la tempête et le gros temps. Certains ne peuvent pas dormir pendant la tempête, d'autres dorment mieux que jamais et s'enveloppent dans leur couverture avec un plaisir tout particulier.

***

Lorsque nous revînmes de la place de l'hôtel de ville en compagnie du greffier fumant sa pipe, mon père raconta naturellement mon épouvante en voyant la maison de nouveau habitée. Tous se moquèrent de moi, surtout les domestiques, et notre bonne Schröder dit : « Il ne manquerait plus que ça, qu'un gaillard comme Mohr prive de braves gens de leur loyer. » Je dus laisser passer leurs moqueries et mon père, approuvant Schröder, parla de sensiblerie et de faiblesse. Pourtant cette même année, ma crainte reçut une sorte de justification et de mon père lui-même, que cette histoire, réglée depuis longtemps, hantait une fois de plus malgré lui.

Novembre avait commencé avec un véritable vent de nord-ouest et tous ceux qui n'étaient pas obligés de sortir restaient au coin du feu. Mais mon père, se disant sans doute que son cheval blanc, qui d'ailleurs décidait toujours de ses faits et gestes, n'avait pas quitté l'écurie depuis presque une semaine, monta en selle et se dirigea vers la plage. À la fin de l'après-midi le calme était quelque peu revenu et le pâle croissant de la lune brillait déjà parmi les nuages déchiquetés lorsque, passant dans les dunes, il se trouva soudain tout près de l'endroit où ils avaient enfoui « Mohr et sa femme ». C'est alors qu'il vit, tout à côté de lui, l'étroit sentier qui conduisait en serpentant à cet endroit. Soudain, le cheval refusa de continuer, prit à droite et s'ébroua et écuma tant qu'il eut toutes les peines à passer à côté de l'endroit. « Je parie que le cheval savait que Mohr est couché là, ou du moins le flairait-il. » Mais ma mère éclata de rire : « Que ne peut-on tout expliquer aussi aisément. C'est toi qui as eu peur et, lorsque l'animal a senti ta peur, il a pris peur lui aussi. Je ne crois pas aux revenants, mais avant de croire que ton cheval s'est soucié de Mohr et de sa femme, je croirais plutôt au vieux Geisler là-haut. »

Ces paroles se voulaient moqueuses ; mais moi je les pris très au sérieux et ne retins que le fait qu'il devait aussi s'être passé quelque chose à propos du vieux Geisler. Malgré cela je ne pus m'empêcher de venir souvent m'asseoir à la place entre le poêle et l'armoire où, disait-on, il était mort.

***

L'histoire de Mohr resta pour moi le grand événement lié à la ville et seuls quelques autres incidents, où les éléments jouaient un grand rôle, se fixèrent avec autant de précision dans mon esprit. Je vais en raconter quelques-uns.

C'était par un été torride, en 1829 ou 1830, je crois, et autant que nous le pouvions nous allions au grand air ou organisions des excursions. L'une d'entre elles nous conduisit à la résidence du garde général des forêts de Pudagla, qui, ainsi que je l'ai déjà mentionné, n'était autre que Schröder, un frère de notre demoiselle Schröder, un excellent homme, bon, consciencieux et accueillant. Un dimanche donc, nous nous rendîmes là-bas : ma mère, moi et mes frères et sœurs. Mlle Schröder resta à la maison, je ne sais pas pourquoi, ainsi que mon père, qui ne pouvait se joindre à nous parce qu'il était « de garde ». « Être de garde » était un terme technique et cela signifiait qu'en l'absence du commis qui avait son dimanche libre, mon père se chargeait personnellement de la pharmacie et était donc de garde à sa place. Mon père considérait que ceci était quelque peu « au-dessous de la dignité » d'un homme comme lui, très ennuyeux en tout cas, aussi ne manquait-il jamais d'inviter des amis pour jouer aux cartes tout l'après-midi et toute la soirée. Comme les deux médecins de la ville, dans la mesure du possible, faisaient eux aussi partie de ce cercle, il était presque sûr d'échapper à la préparation de potions et autres mixtures. Une invitation de cette sorte avait donc été adressée ce jour-là à deux ou trois amis. Quant à nous, nous partîmes très tôt pour la maison forestière car le chemin était long, d'abord par Ahlbeck, puis Heringsdorf, ensuite Gothen et, pour finir, Pudagla, situé dans une vaste région plantée d'une espèce rare de vieux hêtres. À quelque distance, en direction de la plage s'élevait le Streckelberg, la montagne la plus haute de la région, au pied de laquelle la légende veut que se soit située

Vineta. À dix heures nous étions arrivés, nous prîmes notre petit déjeuner et admirâmes d'abord un jeune chevreuil qu'on avait enfermé dans un enclos du grand potager. Puis nous nous mîmes à table. Vers quatre heures, conformément au programme de l'après-midi, nous devions nous rendre dans la forêt et y prendre le café. Mais entre-temps la chaleur était devenue telle que nous avons préféré l'ombre de la maison et nous sommes amusés dans l'entrée et dans la cuisine, jusqu'à ce que le forestier nous annonce qu'un gros orage se préparait. « Nous devons nous dépêcher, dit ma mère, nous avons bien trois heures de route, peut-être plus avec la tombée de la nuit, et mon mari va s'inquiéter car il sait que les enfants ont peur. » Je ne sais pas si elle croyait vraiment ce qu'elle disait, car mon père n'avait guère pour habitude de s'inquiéter à notre sujet. Mais le bon garde forestier céda et, à six heures, la voiture fut avancée. Je montai devant à côté du cocher, dans la main une poignée de fraises qui fut ma première consolation. « Ça ne tonnera guère avant neuf heures », avait dit en nous saluant le garde forestier et il semblait qu'il aurait raison. Au début, nous n'avons pas souffert de la chaleur suffocante et, après avoir roulé environ une heure et demie le long de la côte, nous avons atteint la forêt. C'était entre Gothen et Heringsdorf. C'est alors que la situation changea très vite car, à peine fûmes-nous sous les arbres, que déjà un éclair traversait l'obscurité. Nous n'entendions pas le tonnerre. Ce n'était en effet que des éclairs de chaleur, mais d'une intensité telle que la forêt tout entière paraissait en feu. Les chevaux devinrent de plus en plus nerveux et lorsque nous atteignîmes les premières maisons d'Ahlbeck, le cocher se retourna vers le fond de la calèche et demanda si nous ne voulions pas nous arrêter à l'auberge pour y attendre la fin de l'orage. Mais ma mère, avec la fermeté qui la caractérisait, ne voulut rien entendre. « Continuons », dit-elle. Nous avons donc poursuivi notre route. D'abord entre les maisons et les chaumières, puis de nouveau dans la forêt qui continuait de l'autre côté du village. Le temps se maintenait toujours quand nous nous trouvâmes à nouveau en pleine campagne mais soudain, alors que nous atteignions le cimetière dans les dunes déjà évoqué plusieurs fois, nous entendîmes un grondement sourd et nous vîmes des pins isolés ployer sous la force du vent. Sans aucun doute, l'orage allait éclater d'une minute à l'autre. « Hue ». Mais les chevaux n'en pouvaient plus et la voiture patinait de plus en plus lentement dans le sable profond.

Malgré cela, tout semblait devoir bien se passer pour nous, la tourmente nous laissait encore un délai et, alors que notre maison et l'église étaient déjà en vue, pas une goutte de pluie n'était tombée. À l'instant même où nous nous arrêtâmes, un éclair et un coup de tonnerre éclatèrent en même temps, si puissants que nous retombâmes, pris de frayeur, sur nos sièges ; la foudre avait dû frapper tout près et une pluie diluvienne se mit à tomber.

Dans la pièce des commis il y avait de la lumière, mais personne ne vint pour nous porter secours et, avec l'orage qui faisait rage, il était inutile d'appeler ou de faire claquer le fouet. Je sautai donc du siège du cocher et aidai tant bien que mal ma mère et mes frères et sœurs, mais malgré cela nous étions trempés lorsque nous pénétrâmes dans le vestibule sombre de la maison, tapant des pieds sur les dalles pour secouer la pluie. De la cuisine arriva enfin une servante, une lanterne à la main. « Mon Dieu, Madame… » Mais notre père, plongé dans sa partie de whist restait toujours invisible et ne se montra que lorsque ma mère, qui soudain avait compris, ouvrit brutalement la porte donnant sur la pièce des commis et lança sur un ton qui ne laissait aucun doute : « Bonsoir Louis, nous voici.

— Voilà qui est bien ; la foudre vient apparemment de tomber. »

Et tout en faisant cette réflexion il posa ses derniers atouts sur la table et dit : « Trois levées, ça fait un robre de 7, docteur, à vous de donner. »

Il n'était pas question de salutations et ma mère se retira, indignée, dans son salon.

C'était l'heure d'aller au lit, mais je demandai la permission de rester, qu'on m'accorda. L'orage — un de ces très gros orages semblables à ceux qui éclatent sur les îles où la ceinture d'eau les retient — n'en finissait pas. Je grelottais et ne savais pas très bien où me réfugier. Je me faufilai en cachette dans le pièce de devant où les quatre joueurs se trouvaient toujours et, dans leur excitation, tapaient de temps à autre si fort sur la table que les verres des lampes en laiton vibraient et cliquetaient. Les lumières s'étaient déjà presque toutes éteintes. « Je pense tout de même que ça fait un robre. » Et ce disant mon père fit glisser son pouce sur la tranche des quatre cartes qu'il avait déjà ramassées. « Coupe, Werkenthin. » Une vive lueur passa par la fente du volet et j'eus l'impression que la foudre allait tomber sur les joueurs. Mais l'orage se calmait peu à peu et je gagnai ma chambre où mes frères et sœurs dormaient déjà. Ce qui put se dire une demi-heure plus tard de l'autre côté du vestibule je ne pus pas l'entendre, heureusement.

***

Si je ne me trompe, c'est cette année-là que les jours d'automne commencèrent par une forte tempête et, alors qu'un soir nous les enfants étions assis sur des tabourets et des petits bancs à la cuisine pour nous réchauffer près du grand feu du fourneau, mon père apparut soudain et dit : « Maintenant les choses deviennent sérieuses ; le vent donne juste sur les môles et pas une goutte d'eau ne peut sortir. Si cela continue, demain nous pourrons circuler en barque ou peut-être serons-nous assis sur le toit. » Lui-même n'y croyait pas vraiment, mais cela l'amusait beaucoup de nous faire entrevoir des choses qui sortaient de l'ordinaire et nous lui ressemblions tellement, du moins sur ce point, que nous lui en étions reconnaissants et ne comprenions pas notre mère qui refusait ces débordements d'imagination.

« Pouvons-nous sombrer ? demandai-je.

— Eh, mon garçon, qui irait jusqu'à dire cela. Tout est possible. C'est une chance, d'ailleurs, que notre côte soit alluvionnaire, pas d'éternel raffut dans la terre, rien qui crache du feu. D'autres régions ont un sort pire. À Caracas, une ville d'Amérique du Sud dont on ne connaît pas très bien le nombre d'habitants, une vague a brusquement déferlé sur un brick français et l'a transporté de la rade sur la place du marché de la ville. Puis la vague s'est retirée et a laissé le brick exactement là où il se trouvait, de sorte que les habitants de Caracas ont pu y monter et rendre visite au commandant français. Mais cela est dû seulement au fait que tout, là-bas, est volcanique ; l'éruption, comme on dit, s'est produite précisément là où le navire était à l'ancre. » Il continua ainsi pendant un moment et nous laissa très agités. De temps à autre, lorsque le vent se levait brusquement, de gros morceaux de suie tombaient de la cheminée sur le fourneau et, lorsque les bûches incandescentes se mettaient à flamboyer, nous sursautions, et je pensais en moi-même : « Et si la terre ici était en réalité volcanique ! »

Je ne me souviens plus comment se passa la nuit, mais ce que je sais, c'est que nous fûmes très déçus au petit déjeuner, le lendemain matin. Le vent, un vrai vent de nord-ouest, avait complètement tourné à l'ouest, les masses d'eau avaient disparu et le niveau du fleuve n'était guère plus haut que d'habitude. Il ne nous restait donc plus qu'à préparer nos cartables et à prendre le chemin quotidien de l'école à pied, alors que la veille nous étions sûrs de nous y rendre en classe en barque et d'acheter en route les petits pains de notre petit déjeuner chez le boulanger Woltermann. Nous avions tous, profondément ancré en nous, un petit penchant romantique que nous avons gardé pendant très longtemps. En 1848, alors que nous étions déjà tous adultes, nous fûmes une fois encore saisis par un grand besoin d'aventure. Nous vivions à l'époque dans l'Oderbruch et suivions les événements suscités par les Journées de Mars[23] dans la province de Posnanie. Un jour le bruit courut : « Les Polonais arrivent : ils sont déjà au sud de Küstrin et marchent sur Berlin afin de fraterniser avec la population berlinoise. » Je considérai cela à vrai dire comme une absurdité, mais la nouvelle me plongea dans une agréable excitation, mes frères et sœurs encore plus que moi et toutes les heures nous montions dans la mansarde la plus haute pour scruter l'horizon. Quand, pour finir, la rumeur courut qu'« ils ne viendraient pas » nous avons été en vérité pris de tristesse, l'écharpe rouge, la pratique du français, tout cela nous aurait tout de même changé un peu.

« *Dieu, que les jours ici*
S'écoulent dans l'ennui,
Mais quand quelqu'un est porté en terre,
Nous avons quelque chose à voir... »

Quelle terrible vérité recèle le sentiment de solitude et d'abandon de cette strophe de Heine. À l'époque nous, du moins, subissions effectivement sa part de vérité.

***

Deux ans plus tard, au début de janvier 1832, il se passa de nouveau quelque chose près du fleuve. Cette fois pourtant ce ne fut pas un raz de marée mais une petite aventure due à la glace. Les jours qui suivirent Noël avaient été d'une douceur inhabituelle et la glace, qui avait déjà recouvert le Haff[24] au début de décembre, s'était de nouveau détachée et de gros blocs blancs nageaient dans le fleuve, sans d'ailleurs entraver la circulation des bateaux qui descendaient le fleuve en direction de l'île de Wollin. On avait fêté la Saint Sylvestre comme de coutume et, le 2 janvier, était prévu un divertissement dont je me promettais beaucoup : mon ami Wilhelm Krause, qui fréquentait déjà l'école technique en tant qu'élève et pensionnaire du célèbre directeur von Kloden, devait être rentré à Berlin le 3 janvier et son père, le conseiller de commerce, avait pris rendez-vous avec quelques amis pour accompagner ce charmant garçon sur l'autre rive. On devait faire cette excursion dans un bateau, conçu pour circuler en toute sécurité entre les blocs de glace, huit personnes en tout : deux navigateurs, puis le conseiller de commerce et son fils, ensuite le consul Thompson et son fils, enfin mon père et moi. Je me réjouissais extraordinairement à l'idée de cette sortie. D'abord parce que c'était quelque chose de rare et, ce qui comptait autant, un brillant repas nous était promis. Il avait été annoncé en effet que, de l'autre côté, dans la maison du passeur, nous prendrions le petit déjeuner et que les trois garçons se régaleraient d'un punch aux œufs et de gaufres hollandaises. Je décidai, parce que cela me paraissait plus viril, de m'en tenir exclusivement au punch aux œufs, mais je ne fus pas à la hauteur de ma décision. Le bateau devait quitter le ras de Kraus à 9 heures. Nous arrivâmes tous à l'heure, sauf le bateau, et après avoir attendu un moment nous apprîmes ce dont le spectacle nous avait déjà convaincus : le gel qui s'était produit durant la nuit avait immobilisé les blocs de glace et recouvert de glace les petits cours d'eau qui les séparaient. Tout cela n'aurait pas été gênant si la couche de glace avait été un peu plus épaisse ; mais elle était très mince et nous délibérâmes pour savoir s'il était possible de franchir le fleuve à pied. Le conseiller de commerce qui tenait à ce que son fils n'arrive pas en retard à l'école décida qu'il fallait courir le risque et, lorsque les bateliers vêtus de longues vestes de fourrure virent cela, ils estimèrent eux aussi : « ça marchera sûrement et s'il arrive quelque chose ce sera pas si grave... juste un peu froid et mouillé... — Eh, mes braves, dit Thompson, qu'entendez-vous par là ? Ça revient donc à dire qu'on risque de tomber à l'eau et que si on a une commotion, on ne sait pas comment ça peut se passer. Ou bien le bloc de glace vous coupe la tête.

— Oh, monsieur le consul, ça ne peut pas être aussi terrible.

— Oui, ça ne peut pas être aussi terrible... voilà qui sonne pas mal, mais ça ne me rassure pas. Oscar — en disant cela il prit son fils par l'épaule — nous deux, nous allons rester ici ; l'oncle Krause est une tête en l'air. Et toi, frère, qu'en penses-tu ? »

Ces dernières paroles s'adressaient à mon père qui déclara sans hésiter que Thompson avait raison. Mais à cet instant, il vit tant de mélancolie dans mes yeux qu'il éclata de rire et ajouta : « Bon, si le conseiller de commerce veut t'emmener, je n'y vois pas d'inconvénient... je suis de vous tous le plus lourd... et pas question de parler d'obligation, c'est plutôt le contraire... » Et on en resta là.

L'un des bateliers, une planche de 8 à 10 pieds sur l'épaule et une corde autour de la ceinture, passa devant, puis le conseiller de commerce qui tenait de la main gauche l'extrémité de cette corde et, de la droite, son fils ; derrière lui suivait le second batelier avec le même équipement mais au lieu d'une corde il portait un piolet à glace que je tenais par un bout. Et nous partîmes. C'était féerique et sans doute pas vraiment dangereux. Les deux bateliers étaient toujours en tête et me donnaient l'impression agréable que « si la glace avait porté le batelier, moi, elle me porterait bien aussi ». Et c'était exact. Il faut dire qu'en certains endroits le courant était si fort que l'eau n'était même pas recouverte d'une fine couche de glace craquelée et que ce courant continuait à passer entre deux gros blocs, assez rapprochés cependant pour que la planche que portait le batelier suffît largement pour passer d'un bloc à l'autre. Lorsqu'il avait traversé, le batelier me tendait le long piolet ou, plus exactement, le tenait de telle sorte qu'il me servît de garde-fou. Bref, j'avais juste assez conscience du danger pour jouir pleinement de notre équipée et, lorsqu'après le petit déjeuner pris sur l'autre rive je fus de retour, sain et sauf, je marchai sur la digue comme un jeune vainqueur et regagnai tout fier la maison, où ma mère, qui semblait sortir d'une discussion animée, se tenait déjà dans le vestibule et m'attendait. Elle m'embrassa avec une tendresse toute particulière, tout en lançant à mon père des regards pleins de reproches, puis elle me demanda si je voulais encore manger chose.

« Non, dis-je, on nous a donné du punch aux œufs et des gaufres ; je voulais en rapporter pour mes frères et sœurs, mais soudain il n'en est plus resté.

— Je sais. Tu es bien le fils de ton père.

— Dans ce cas, il n'a pas fait un mauvais choix, dit mon père.

— Tu penses vraiment cela, Louis ?

— Pas tout à fait, à vrai dire. Ce n'était qu'une façon de parler.

— Comme toujours. »

DOUZIÈME CHAPITRE

Ce que nous avons vécu dans le monde

Voilà ce que nous vécûmes dans la ville, mais ce qui existait au dehors dans le monde existait aussi pour nous, du moins pour moi. J'eus très tôt de l'intérêt pour les événements politiques tels que nous les rapportait notre journal. Jusqu'à ma dixième année, je fus à vrai dire sinon délibérément du moins effectivement privé de cette lecture, et c'est grâce à une baraque de foire que je pris connaissance des événements historiques des années vingt : les guerres de libération des Grecs ainsi que les guerres russo-turques qui suivirent. Toutes ces images aveuglantes vues dans le kaléidoscope, éternellement en jaune et rouge et, dans de rares cas seulement en vert (quand il s'agissait des Russes) me rendirent un grand service, malgré leur grossièreté et leur trivialité ou peut-être à cause de celles-ci. Elles me marquèrent si fortement que je crois être mieux informé que la plupart des personnes de mon entourage sur les acteurs, les batailles et les actions héroïques de cette époque. Des brûlots grecs incendiant la flotte turque, le bombardement de Janina (avec une bombe géante qui éclate au premier plan), Marco Bazzaris à Missolunghi, l'entrée du général Diebisch Sabalkanski à Andrinople, la bataille de Navarin, — tout cela est si net devant mes yeux que j'ai l'impression d'avoir été présent et que je ne regrette pas d'avoir acquis mes premiers enseignements d'histoire contemporaine dans une baraque foraine.

Mais à partir de l'été 1830, le journal remplaça les images agrandies et embellies par des effets d'éclairage de Gustav Kühn, et je me vois encore debout sur la digue, attendant l'accostage du Princesse Elisabeth, le vapeur de Stettin qui apportait les journaux tous les jours. Mon père était naturellement lui aussi présent au débarcadère, le plus souvent en compagnie d'amis. Lorsque c'était des amis de « tendance plutôt tempérée », c'est-à-dire de ceux qui ne louchaient pas vers le pavillon de jeux tout proche, il ne manquait pas de se plonger aussitôt dans les nouvelles, mais si au contraire certains de ses amis plus résolus étaient là — ceux dont les pensées suivaient la même pente que les siennes — il se contentait de jeter un regard superficiel sur le journal, puis il me le tendait et je me précipitais en toute hâte à la maison. Le garçon de laboratoire que nous avions à l'époque était mon ami et, aussi avide de nouvelles que moi, il avait toujours envie de lire la gazette sans plus tarder. Mais c'était toujours l'heure de midi où il avait pas mal à faire, et c'est ainsi que me revenait non seulement le délice de la lecture mais en plus celui de lire à haute voix pour lui. Derrière la table où il faisait ses préparations et où l'on pouvait à peine se mouvoir tant l'espace était étroit, il restait un coin libre près de la fenêtre, avec juste une place pour une chaise cannée tout usée. C'est là que je m'asseyais, les pieds posés sur un coffre que je tirais vers moi et, passant entre l'épais feuillage des marronniers de la cour, les lumières et les ombres tombaient sur la feuille déployée. C'est alors que commençait la lecture qui se limita pendant tout l'été presque exclusivement à la rubrique intitulée « France ». Les ordonnances de Polignac ne m'intéressaient guère. Mais lorsque la flotte française, sous le commandement de l'amiral Duperré, arriva devant Alger et que commença le pilonnage de la ville et qu'ensuite le général Berthézène avec sa division attaqua le cimetière près de la ville et s'en empara, puis que le Dey pria qu'on le laissât quitter la ville librement avec son harem, mon ravissement fut total, plus grand encore que le jour où je lus que Charles X avait été renversé et que Louis Philippe était devenu roi. Ce qui m'impressionna beaucoup aussi, ce fut d'apprendre qu'à Bruxelles, lors de la présentation des *Muets de Portici,* la révolution avait éclaté, et je trouvais merveilleusement beau le passage : « Au tyran de la mer va la chasse infernale », peut-être avec la pensée obscure, très flatteuse pour une nature de poète, qu'un chant avait suscité une action politique ou du moins l'avait aidée à mûrir.

Tel fut l'été de 1830. Mais que fut l'été comparé à l'hiver ! À la fin novembre, à la suite des événements en France et en Belgique, éclata l'insurrection polonaise. Le grand-duc Constantin prit la fuite et, après que les deux camps s'étaient armés, le début de l'année vit les batailles sanglantes près de Grochow et Ostrolenka. Les noms de l'époque imprégnèrent si profondément mon âme que, une génération plus tard, tombant par hasard dans les lettres de Rahel Levin[25] sur les noms de Skrzynecki et Rybinski, j'eus tout à coup sous les yeux la guerre insurrectionnelle de 1830 et 1831, une des plus acharnées jamais menées. Aucune guerre, pas même les nôtres, ne s'est emparée de mon imagination comme ces guerres polonaises et les poèmes qui évoquent cette époque (en tête ceux de Lenau et de Julius Mosen) ou le chant du *Vieux général* de Holtei, sont restés dans ma mémoire jusqu'à ce jour, même si les derniers n'ont pas une grande valeur poétique. Bien des années plus tard, à une époque où j'habitais, tout près de l'Alexanderplatz, un petit logement au rez-de-chaussée, un couple de musiciens ambulants venait chaque semaine se placer sous ma fenêtre, lui, aveugle, jouait du tuba à piston, elle, poitrinaire, de la harpe. Et ils se mettaient à jouer : *Je n'invite personne à écouter mon histoire* ou *Y penses-tu, mon brave Lagienka*. Je leur envoyais alors mon obole et les priais de jouer encore une fois et aujourd'hui encore, je le répète, dès que j'entends ces chansons, le temps passé surgit devant moi et je suis pris d'une irrésistible émotion. Je raconte tout cela avec autant de détails parce que — à mon grand regret et à l'encontre des sentiments poétiques qui me hantaient à l'époque et aujourd'hui encore — je dois préciser que je ne portais qu'une sympathie mitigée à la cause des Polonais et qu'en général, nonobstant mon amour de la liberté, je me suis toujours senti engagé en faveur des puissances établies, y compris celle de Russie. Les combats pour la liberté ont un charme particulier et je remercie Dieu que l'histoire en ait tant enregistrés. Que serait devenu le monde s'il n'y avait eu à toutes les époques des individus magnifiques, courageux qui, pour parler comme Schiller, « tendaient les main vers le ciel et allaient chercher dans les étoiles leurs droits imprescriptibles[26] ». C'est ainsi que mes sympathies les plus chaleureuses vont vers tous ceux qui risquent leurs biens et leur sang, leur corps et leur vie, en tête les combats des Pays-Bas, récemment ceux de Garibaldi. Mais, je le répète, j'éprouve en même temps, et je m'en étonne, un sentiment contraire et tant que les combats révolutionnaires ne rencontrent pas de victoire, je considère tous ces soulèvements non seulement avec méfiance (laquelle est bien trop souvent justifiée) mais aussi avec une réprobation plus ou moins grande, dont je ne dirais pas qu'elle est fondée sur mon sentiment du droit mais davantage sur mon goût pour l'ordre. La victoire de nains contre des géants me plonge dans le désarroi et me paraît fâcheuse, dans la mesure où elle déroge à l'ordre naturel des choses. Je ne peux supporter qu'un vieux berger réussisse une cure que Dieffenbach ou Langenbeck n'ont su mettre au point[27]. Chacun a ses compétences qui lui permettent de triompher ou d'être vaincu et c'est dans cet esprit que je considère les forces armées d'en face. J'attends de 300 000 hommes qu'ils viennent rapidement à bout de 30 000 et si les 30 000 sont néanmoins victorieux, je trouve cela certes héroïque et, s'ils ont combattu pour la liberté, le pays et la foi, je trouve cela, de plus, très valeureux, mais je ne peux m'empêcher de penser qu'en vérité ce n'est pas juste. Cela ne me dérange pas que ce sentiment très fort en moi, qui m'a plus d'une fois entraîné du camp qui requérait ma sympathie vers un camp moins estimable, soit qualifié de mesquinerie ou d'esprit philistin, voire même d'absence de moralité, mon propos n'est pas de déterminer ce qui chez moi mérite des louanges ou des critiques, mais de clarifier une certaine démarche intérieure afin d'examiner si de tels sentiments, justes ou faux, peuvent exister chez un être qui prétend ressentir les choses en toute liberté[e] en obéissant à des principes tout différents. Faisant fi des apparences, nous devons apprendre à ne considérer en toute circonstance que l'authentique, le cœur même d'un problème. Mais nous en sommes encore loin.

En automne 1831 la révolution était vaincue mais un autre ennemi, terrible, était apparu et s'approchait de l'est vers nos frontières : le choléra. On prit des mesures préventives, lesquelles furent naturellement tournées comme toujours en ridicule et, lorsque le vieux conseiller privé Rust proposa des mesures d'isolement de la région, parut une caricature berlinoise présentant le vieux Rust sous l'aspect d'un moineau (Sperling), parfaitement ressemblant, mais le nom de Sperling était écrit avec deux « r » (sperren : barrer, enfermer) et la légende disait : « Passer Rusticus, le rustre qui empêche de passer ». Mais cela ne servit à rien ; la région resta en quarantaine et des soldats furent également envoyés à Swinemünde afin d'y établir un cordon sanitaire. Durant l'été de l'année évoquée (1833), par une journée de chaleur torride, un bataillon du régiment de l'empereur Franz fit son entrée chez nous. Les grenadiers, partis de Wollin, avaient dû faire une marche de quatre lieues à travers la lande couverte de pins et ils arrivèrent assez fatigués, même si, durant la traversée en bateau d'une rive à l'autre du fleuve, ils avaient pu reprendre des forces. Nous autres garçons étions sur la digue et admirions les beaux gaillards de haute taille, auxquels on distribua d'abord des billets pour leur cantonnement. Mon ami Oscar Thompson et moi, nous étions glissés au premier rang et examinions les épaulettes.

« Tu as deviné ? demandai-je.

— Oui, dit Thompson, c'est un R et ça signifie Rex.

— C'est idiot. Tu dois pourtant savoir que c'est Kaiser Franz et Rex ne va pas.

— Eh bien, trouve mieux.

— Ça veut dire Franciscus Imperator. C'est un F et un I.

— Non », jeune homme, déclara en se retournant le capitaine qui commandait la compagnie, un homme à l'air très bon chaussé de lunettes cerclées d'or, « ce n'est pas un I, c'est un 1 romain et cela signifie : François Premier. »

Je rougis jusqu'à la racine des cheveux et me retirai, embarrassé, me demandant si je devais le remercier. Aussitôt après, je vis le capitaine appeler un jeune officier qui paraissait avoir à peine vingt ans et échanger quelques mots avec lui. Ce jeune officier devint bientôt la coqueluche de toutes les dames et l'objet d'une vive curiosité de leur part. Il s'appelait von Witzleben et était le fils du commandant von Witzleben qui vivait à Dresde à l'époque et écrivait, sous le pseudonyme de A. W. Tromlitz, des romans dans le style de Walter Scott. C'était un écrivain à succès. Son fils devint plus tard mon protecteur personnel, protection qu'il m'accorda en défendant mes livres sur les guerres de 1864, 1866 et 1870 dans l'hebdomadaire des armées qu'il dirigeait lui-même. Et il a été le seul militaire à penser ainsi car les spécialistes de l'art de la guerre se méfient une fois pour toutes des écrits d'un « péquin ». Ont-ils raison ? Je ne le crois pas, du moins pas vraiment. Tout cela est très loin de moi à présent et la valeur ou l'absence de valeur de ce qu'à l'époque j'ai écrit sur nos guerres ne signifie plus grand-chose à mes yeux. Qu'il me soit permis d'ajouter que, dans tous les domaines, je préconise les personnes qui font autorité, c'est-à-dire que je préfère le jugement des spécialistes, ce qui veut dire à peu près la même chose. Néanmoins, même des spécialistes peuvent aller trop loin quand ils prétendent être les seuls aptes à porter des jugements dans leur domaine. Il y a des tisserands dévots qui savent très bien juger le sermon d'un conseiller du consistoire et il y a toujours des broyeurs de couleurs qui s'y entendent très bien en peinture. Depuis quelque temps, ils ont été remplacés par des commissaires-priseurs. Les choses ne sont guère différentes dans le secteur militaire, les guerres révolutionnaires qui se déroulent depuis cent ans en sont un témoignage éloquent. Aujourd'hui garçon de café ou coiffeur et demain général. Et ce qui est réalisé dans la pratique de multiples façons ne peut pas en même temps être nié sur le plan théorique. Je me contenterai de citer ici le nom de Bernardi[28]. Certes, les profanes devront commencer par se montrer modestes mais ils ont le droit, à l'occasion, de dire leur mot, voire de revendiquer des avantages pour eux-mêmes : plus de liberté et une plus grande impartialité dans l'évaluation des facteurs extra-militaires, surtout de ce qu'on appelle les impondérables. Écrire l'histoire militaire, c'est en fin de compte écrire l'histoire tout court et se soumettre aux mêmes lois. Comment cette histoire se déroule-t-elle ? On dispose d'un riche matériau et il faut faire un choix parmi toutes ces données, exprimer un « pour ou contre », un « oui ou non ». Écrire l'histoire militaire est en très grande partie affaire de critique littéraire non moins que de critique militaire. Savoir organiser et structurer est plus important que la masse du savoir et des connaissances et je ne vois pas, quant à moi, pourquoi il serait plus facile de comprendre le caractère de Wallenstein que la conduite de la bataille de Grossbeeren[29].

***

Mon protecteur, von Witzleben — il atteignit le grade de général — n'a naturellement jamais imaginé que ses bienfaits m'entraîneraient à faire de telles réflexions, sinon il se serait peut-être montré moins souple. Quoiqu'il en soit, je reviens à l'année 1830 et au bataillon du régiment de l'empereur François qui arriva à Swinemünde « pour établir un cordon sanitaire et assurer notre maintien en quarantaine ». Le bataillon ne resta pas longtemps, sans doute parce qu'on s'était convaincu de l'inutilité de ces cordons sanitaires ; mais il fut remplacé par une batterie ou une demi-batterie de lourdes bouches à feu, des canons de bronze dont deux furent placés sur les extrémités de la digue, de sorte qu'ils balayaient l'entrée du port. Mais ces canons n'eurent rien à faire non plus ; ils restèrent là jusqu'au printemps suivant, où l'ordre arriva de les ramener à Stettin. Mais avant que cet ordre fût exécuté, le commandant de la place saisit cette occasion pour remercier les habitants de Swinemünde de leur hospitalité à son égard et à l'égard de ses officiers. Il lança des invitations aux notabilités, les priant de se réunir sur la digue de notre rive afin d'y assister à des exercices de tir qu'il organisait. Mon père s'y rendit aussi et m'emmena afin de voir quelle impression me ferait ce spectacle.

L'air était humide et le ciel gris. Tout le monde frissonnait. Nous trouvâmes que cela durait un peu trop longtemps et le soleil déjà oblique disparaissait peu à peu à l'horizon. Soudain, une grande agitation... une forte déflagration et tous les spectateurs ensemble poussèrent un « ah ! » d'étonnement. C'était en effet un tir rasant, ce qui, en principe, équivaut à un « ricochet sur un étang ». La puissante boule de canon toucha une première fois la surface de la mer à une distance de 300 à 500 mètres et projeta en l'air une colonne d'eau tout à fait semblable au jet d'une fontaine ; puis suivirent un second et un troisième choc, jusqu'à ce que les colonnes d'eau se fissent de plus en plus petites et que, finalement, la boule disparût dans l'eau. J'aurais pu assister des heures à ce spectacle fascinant. Mais il ne fut que de courte durée. Lorsque le globe solaire fut suspendu juste au-dessus de l'eau, tout était terminé et nous reprîmes le chemin de la ville, où le consul Thompson offrit aux officiers et à tous ceux qui étaient sortis sur la digue un souper d'adieu. On prononça beaucoup de discours exprimant la joie que le choléra, malgré ce qu'il a de tragique, nous eût amené des hôtes si aimables. Pour finir mon père prit la parole lui aussi et fit remarquer sur un ton enjoué quoique discutable que « ce que fit le canon sur la digue pouvait très bien être accompli en ville dans sa pharmacie par son grand ballon d'acide chlorhydrique, à l'aide duquel il aurait pu, à tout instant, désinfecter au chlore toute la ville de Swinemünde si menacée ».

Ma mère, comme toutes les femmes qu'indisposent souvent les discours de leur mari, ne fut guère édifiée par ce toast ; lui déplurent surtout les allusions au domaine de la chimie et de la pharmacie. Elle se réjouissait bien entendu lorsque le magasin était florissant, mais n'avait guère d'estime pour ce métier de pharmacien.

TREIZIÈME CHAPITRE

Notre vie à l'école et ce que nous y apprîmes

Lorsque, à la Saint-Jean de 1827, nous fûmes bien installés dans la maison au toit géant et à la gouttière en bois que mon père atteignait aisément de la main, la question suivante se posa aussitôt : « Que faire des enfants ? Dans quelle école les envoyer ? » Si ma mère avait été là on aurait certainement trouvé une solution qui aurait pris suffisamment en compte sinon ce que nous devions apprendre, du moins ce qui « convenait à notre milieu ». Mais comme maman, ainsi que je l'ai déjà raconté, était restée à Berlin pour soigner ses nerfs, la décision revint à mon père qui en eut vite terminé et résolut ainsi la question, sans doute au cours d'un de ses monologues : « La ville n'a qu'une école, l'école communale, et comme cette école communale est la seule, elle est aussi la meilleure ». Aussitôt dit, aussitôt fait ; et avant même qu'une semaine fût écoulée, j'étais sur les bancs de l'école communale. Je n'en ai gardé qu'un souvenir très flou : une grande pièce avec un tableau noir, un air étouffant malgré les fenêtres toujours ouvertes et d'innombrables garçons vêtus de vestes de frise et de toile, pas peignés et pieds nus ou chaussés de sabots qui faisaient un vacarme épouvantable.

C'était très triste. Mais à l'époque, comme plus tard aussi malheureusement, j'associais à l'école tant d'idées désagréables que les lieux que je viens de décrire ne me parurent pas particulièrement terribles quand je les découvris. Je me disais en effet que ça ne pouvait pas être autrement. Mais lorsqu'à l'approche de l'automne ma mère arriva et me vit sortir de l'école avec les garçons en sabots, elle fut horrifiée et jeta un regard anxieux sur mes boucles qui, dans une telle compagnie, semblaient la dérouter quelque peu. C'est alors qu'elle eut avec mon père une de ces conversations énergiques où elle l'accusa sans doute d'avoir « une fois de plus pensé uniquement à lui » et, le jour même, on prévint le directeur Beda, qui habitait presque en face de chez nous, qu'on me retirait de l'école. Celui-ci ne nous en voulut pas et dit à ma mère qu'en fait il avait été « plutôt surpris… » Tout cela était bel et bien, une critique justifiée avait été prononcée et on avait agi en conséquence mais, lorsqu'il fallut trouver quelque chose de mieux, ma mère ne sut que faire. On semblait manquer d'enseignants et comme nous n'étions ici que depuis peu de temps, nous n'avions pas encore eu le loisir d'établir des relations avec les bonnes familles de la ville. On décida de me laisser grandir comme un petit sauvage et d'attendre que quelque chose se présente. Mais pour m'empêcher de retomber dans l'ignorance la plus profonde, on me fit faire tous les jours de la lecture avec ma mère et apprendre avec mon père quelques mots de latin et de français, ainsi qu'un peu de géographie et d'histoire.

« Sauras-tu faire cela, Louis ? avait demandé ma mère.

— Savoir ? Que veut dire savoir ! Naturellement, je saurai. Toujours cette vieille méfiance.

— Il n'y a pas vingt-quatre heures, tu doutais toi-même.

— Je ne devais pas en avoir très envie. Mais s'il le faut, je comprends la *pharmacopae borussica*[30] aussi bien qu'un autre et dans la maison de mes parents on parlait français. Quant au reste, ce serait ridicule d'en parler. Tu sais que j'en remontrerais à dix personnes qui ont fait des études. »

Ces leçons eurent effectivement lieu et je dois dire qu'elles se poursuivirent, même lorsque ce ne fut plus nécessaire et, si étranges qu'elles fussent, j'y ai appris plus qu'auprès de maint professeur réputé. Mon père choisissait au hasard des choses qu'il connaissait par cœur depuis des années ou qu'il venait de lire le jour même, combinant la géographie et l'histoire de telle sorte que ses sujets préférés y trouvaient toujours leur compte. Voici un exemple :

« Tu connais la Prusse orientale et la Prusse occidentale ?

— Oui, papa. C'est le pays qui a donné son nom à la Prusse, ce qui fait que nous sommes tous des Prussiens.

— Très bien, très bien ; il y a un peu trop de Prusse mais cela ne fait rien. Et tu connais aussi les capitales des deux provinces ?

— Oui, papa : Königsberg et Dantzig.

— Très bien. J'ai moi-même été à Dantzig — et j'ai failli aller à Königsberg, mais il y a eu un empêchement. Et t'a-t-on dit qui, après que notre général Kalkreuth l'eut vaillamment défendue, a quand même fini par conquérir Dantzig ?

— Non, papa.

— Oui, on ne peut pas te demander cela ; ils sont rares, ceux qui le savent et ceux qu'on considère comme des gens très cultivés ne le savent jamais. C'était le général Lefèvre, un homme d'une remarquable bravoure que Napoléon fit ensuite duc de Dantzic, avec un « c ». C'est en cela que les langues se distinguent. Tout cela s'est passé en l'année 1807.

— Donc, après la bataille de Iéna ?

— Oui, on peut dire ça, mais uniquement au sens où l'on peut dire que c'était après la guerre de Sept Ans.

— Je ne comprends pas, papa.

— Ça ne fait rien. Cela veut dire que Iéna remontait déjà très loin ; mais on pourrait dire que c'était après la bataille d'Eylau en Prusse, une bataille terriblement sanglante, où la Garde russe faillit être anéantie et où Napoléon, avant de se coucher, dit à son cher Duroc : "Duroc, aujourd'hui j'ai découvert la sixième grande puissance européenne, la boue".

— Qu'est-ce que ça veut dire ?

— La boue, c'est la saleté. Mais on peut aussi utiliser une autre expression allemande plus vigoureuse, je crois que Napoléon qui, lorsqu'il le voulait, avait quelque chose de cynique, pensait à cette expression.

— Que signifie cynique ?

— Cynique… oui, cynique… c'est un mot qu'on emploie souvent et j'aimerais dire que cynique veut dire à peu près rude ou brutal. Mais on doit pouvoir le définir avec plus de précision. Nous vérifierons tout à l'heure dans l'encyclopédie. Il est bon de savoir ce dont il s'agit, mais on n'est pas obligé de tout savoir tout de suite. »

C'est ainsi que se déroulaient les leçons de géographie, toujours conclues par une anecdote historique. Mais il préférait encore commencer par l'histoire ou du moins par ce qui, pour lui, était historique. Il me faut une fois encore, mais vraiment pour la dernière fois, évoquer sa prédilection pour tous les événements qui se produisirent entre le siège de Toulon et l'exil à Sainte-Hélène, ainsi que les personnages qui en furent les acteurs. Il revenait sans cesse sur ces personnages et sur ces événements. J'ai déjà mentionné ses favoris, en tête Ney et Lannes, mais lors de cette première énumération j'ai oublié d'en nommer un qu'il affectionnait particulièrement, c'était Latour d'Auvergne, au sujet duquel mon père m'avait déjà raconté toutes sortes d'histoires durant notre séjour à Ruppin. Il les reprit à ce moment. D'Auvergne, racontait-il, avait le titre de « Premier Grenadier de France » et, en tant que tel, bien que général, il restait toujours dans les rangs, immédiatement à la droite du chef de file de la vieille Garde. Mais lorsqu'il fut tué à la bataille de Neuburg, Napoléon ordonna que le cœur du « Premier Grenadier » soit mis dans une urne que la troupe emporterait avec elle, quant à son nom, il devait être prononcé à chaque appel et le chef de file avait ordre de répondre à la place du « Premier Grenadier ». Voilà ce que je savais par cœur depuis longtemps ; mais mon père aimait tellement ce personnage qu'il y revenait chaque fois que l'occasion s'en présentait et posait toujours les mêmes questions. Ou plus exactement, il jouait la même scène. Car c'était une scène.

« Connais-tu Latour d'Auvergne ? commençait-il généralement.

— Bien sûr, c'était le Premier Grenadier de France.

— Bien. Et sais-tu aussi comment on l'honora après sa mort ?

— Bien sûr.

— Alors dis-moi ce qu'on fit.

— Oui, mais il faudrait que tu te lèves, papa, pour faire le chef de file ; sinon ça ne marchera pas. »

Et il quittait vraiment sa place sur le sofa et venait se placer comme chef de file devant moi, au garde-à-vous, tandis que moi, le bout de chou, je jouais le rôle de l'officier faisant l'appel. Et, à voix haute, je commençais :

« Latour d'Auvergne !

— Il n'est pas ici, répondait mon père d'une profonde voix de basse.

— Où est-il donc ?

— Il est mort au champ d'honneur. »

Il arrivait que ma mère assistât à ces leçons bien singulières — mais jamais nous n'osâmes la scène de Latour d'Auvergne devant elle — et ses mimiques laissaient entendre qu'elle nourrissait les plus grands doutes à l'égard de cette forme d'enseignement que mon père, avec une mimique inimitable, appelait sa « méthode socratique ».

Mais en cela comme en tout ce que sa nature avait de conventionnel, elle se trompait totalement car, je le répète encore, je dois à ces leçons, tout comme aux conversations qu'elles entraînaient, le meilleur, en tout cas le plus utile de mes connaissances. Rien de ce que mon père m'enseigna n'a été perdu pour moi et rien n'a été inutile. Ces histoires ne m'ont pas seulement servi des centaines de fois dans la vie sociale, au cours de ma longue vie d'écrivain, elles furent comme un trésor toujours à ma disposition et, si l'on me demandait quel est le maître auquel je dois le plus de véritable reconnaissance, je ne pourrais que répondre : mon père, mon père dont on peut quasiment dire qu'il ne savait rien de rien mais qui, avec son trésor d'anecdotes puisées dans tous les sujets possibles traités par les journaux et les revues, m'a apporté bien plus que tous mes professeurs de lycée et de collège réunis. Ce que ces derniers m'ont donné, même si ce fut excellent, s'est pour ainsi dire de nouveau détaché de moi, mais les histoires de Ney et de Rapp sont restées gravées en moi jusqu'à ce jour.

Cette méthode paternelle, un peu particulière mais à laquelle je dois tant, une méthode dépourvue de toute cohérence et de toute logique et dont ma mère ne voyait que les faiblesses et jamais les avantages, aurait sans doute suscité de vives discussions entre mes parents, si ma mère, toujours prête à critiquer, avait attaché à tout cela une importance plus grande. Mais ce n'était pas le cas. Elle trouvait simplement que la pédagogie de mon père s'écartait totalement de ce qui était de règle, et qu'il n'en sortirait pas grand-chose de concret, c'est-à-dire d'utilisable pour les examens, et en cela elle avait raison. Mais comme elle ne s'intéressait guère elle-même à ce qui concernait le savoir, elle souriait, il est vrai, devant la méthode socratique de mon père mais ne voyait pas de raison de s'en indigner. Elle était sincèrement convaincue que, dans la vie, ce qui importait c'étaient des choses bien différentes du savoir ou même de l'érudition et ces choses s'appelaient : bonne tenue et bonnes manières. La bonne tenue de ses enfants était pour elle une sorte d'article de foi et leurs bonnes manières ou l'acquisition de celles-ci lui apparaissaient comme une conséquence naturelle de cette bonne tenue. Ce qui seul importait donc, c'était de savoir se montrer à son avantage. À ses yeux, de sérieuses études n'étaient nullement un moyen d'être heureux mais plutôt un obstacle au vrai bonheur, qu'elle jugeait inséparable de la propriété et de la fortune. Un homme possédant cent mille thaler était quelqu'un et elle le respectait, elle l'honorait même, alors qu'un président du tribunal ou un conseiller du consistoire ne lui en imposait guère et lui en aurait encore moins imposé s'il n'avait représenté l'« État », qu'elle respectait tout de même. Elle était incapable de s'incliner de bonne foi devant ce qu'on appelait une autorité spirituelle, non qu'elle nourrît une trop haute opinion d'elle-même (elle était au contraire totalement dépourvue de vanité et d'illusions quelles qu'elles fussent), mais uniquement parce que, dans le domaine pratique de la vie — et les domaines non pratiques n'entraient pas en ligne de compte pour elle —, elle était incapable de reconnaître l'importance du savoir ou même de l'érudition. Je me souviens encore de l'époque, environ vingt ans après ce que j'évoque ici, où mes parents envisagèrent une séparation, voire un divorce. La séparation eut effectivement lieu, pas le divorce. Il fut pourtant envisagé très sérieusement et un ami de notre maison, le pasteur Schultz de l'église de Béthanie, qui était spécialisé dans les questions de divorce (c'était sous le règne de Frédéric-Guillaume IV, à un moment où l'on traitait ces choses avec une nouvelle rigueur dogmatique), le pasteur Schultz, dis-je, lorsqu'il en entendit parler, s'insurgea de toutes ses forces contre ce projet. Ma mère l'estimait beaucoup et, de plus, était au courant de la considération dont il jouissait dans les « hautes sphères », ce qui comptait beaucoup à ses yeux ; et pourtant ses sévères admonestations ne l'impressionnèrent pas le moins du monde, si peu même que, lorsqu'il se tut, elle dit avec un air de calme supériorité : « Mon cher Schultz, vous comprenez parfaitement cette question ; quant à savoir si j'ai le droit de divorcer ou non, voilà une question à laquelle aucun être au monde ne saurait répondre mieux que moi-même. » Et elle mit fin à l'entretien. Elle marquait le même scepticisme devant toute forme d'autorité. Elle se méfiait profondément de ce que pouvaient apporter les trois facultés et doutait — le patriarcat était son idéal — que les juristes, par exemple, pussent offrir quoi que ce fût de concret aux hommes. Selon elle, tout n'était que privilège et favoritisme ou, dans le meilleur des cas, conformisme. Être riche (de préférence propriétaire foncier), si possible avec des allures d'attaché d'ambassade, voilà qui représentait quelque chose, cela vous ouvrait le monde et les cœurs, c'était le vrai pouvoir ; le reste n'était que comédie, apparence, une bulle de savon prête à éclater à tout moment. Après quoi il ne restait rien. On comprendra qu'avec de telles idées ma mère ait tenu à me retirer de l'école des va-nu-pieds, mais n'ait trouvé rien à redire à un intérim sans enseignement régulier. C'était contraire à l'ordre et c'était grave, certes. Pour le reste, le peu qu'il fallait apprendre pourrait se rattraper à tout moment. Sinon, tant pis.

L'occasion d'un tel rattrapage se présenta enfin lorsqu'on apprit, fin mars 1828, que le conseiller de commerce Krause allait engager un précepteur après Pâques et permettrait à quelques autres enfants de suivre l'enseignement donné à ses propres enfants. Ce qui fut fait. À part mes parents personne n'eut recours à cette aimable proposition et lorsque tout fut mis au point et organisé par les deux familles, j'arrivai pour le début des cours, muni d'un cartable de peau de phoque contenant trois cahiers et un *Kinderfreund,* dans la salle d'études de la maison Krause. Cette maison que j'ai déjà évoquée avec plus de détails dans le chapitre huit, m'était très familière, mais je n'étais jamais entré dans la partie où se trouvait la salle de classe avec, à droite et à gauche de celle-ci, deux mansardes aménagées pour le précepteur. Là aussi je fus très agréablement impressionné, mais ce n'était pas le moment de m'attarder à regarder autour de moi, car le maître était déjà assis sur sa chaise curule, un grand fauteuil ressemblant à un fauteuil de jardin, les deux plus jeunes enfants Krause à ses côtés, mon ami Wilhelm en face[f]. Une chaise était encore libre à côté de lui ; elle m'était destinée. Mais ainsi qu'on me l'avait appris, je me dirigeai d'abord vers le maître afin de lui tendre la main. Très myope, il tourna un peu son fauteuil afin de mieux me voir. « Bon, c'est bien d'être venu. Va t'asseoir en face, à côté de ton ami. Nous commencerons par un exercice de lecture. Vous avez tous le *Kinderfreund* et vous le garderez. Mais aujourd'hui je préfère que nous prenions la Bible, vous avez bien une Bible, n'est-ce pas ? » Nous confirmâmes et il poursuivit : « Je pense que nous allons commencer par le commencement, Dieu créa le ciel et la terre. Pour les deux petits c'est déjà trop difficile, mais vous, les grands, vous allez vous partager la lecture. »

Nous avons donc lu le chapitre, à sa relative satisfaction et lorsque nous eûmes terminé, il dit : « Maintenant je vais vous poser quelques questions et vous faire raconter toutes sortes de choses, vous demander si vous êtes déjà allés à Stettin ou à Rügen et si vous savez déjà nager et si vous savez où se trouvait Vineta ? »

Nous lui racontâmes que nous étions passés en bateau au-dessus de l'emplacement de la ville, ce qui l'amusa beaucoup. Puis il s'informa de nos jeux et nous demanda si nous avions déjà fait voler un cerf-volant. Mais nous devions savoir aussi le confectionner nous-même. Avec ces questions faciles, il tenait visiblement à nous inspirer confiance en lui comme en nous-même. Une heure et demie s'était à peine écoulée, lorsqu'il dit : « Ce sera tout pour aujourd'hui. Demain nous ferons notre horaire complet. » Ces paroles s'adressaient à moi. Il me chargea encore d'annoncer à mes parents sa visite dans l'après-midi, je me précipitai aussitôt à la maison pour raconter ce qui s'était passé. Ma mère manifesta quelque surprise alors que mon père dit : « Tout ça me plaît beaucoup ; surtout pas de hâte. Toujours peu à peu. Ne pas tourmenter, ne pas intimider. Éveiller la confiance et l'affection. Et qu'il vous ait aussitôt donné congé ! Voilà ce que j'appelle un véritable pédagogue. Les vacances sont une stupidité, je n'ai jamais su que faire de mes vacances ; mais le temps libre, à la bonne heure. Et qu'il vous ait posé tant de questions et aussitôt fait parler du cerf-volant ! Il applique visiblement la méthode socratique. »

Cette méthode n'était pas la sienne, à vrai dire, mais pour tout le reste les louanges de mon père étaient parfaitement fondées. Le Dr Lau, c'était son nom, était un remarquable pédagogue et si j'ai dit plus haut que je devais tout aux anecdotes de mon père, il me faut tout de même faire une exception pour le Dr Lau. Il savait lui aussi raconter toutes sortes de petites histoires qu'adorent les âmes d'enfants mais, comme il était aussi un homme instruit, il faisait tout cela dans l'ordre et la cohérence et le peu de colonne vertébrale de mon savoir, c'est à lui que je le dois.

Le Dr Lau était de Priegnitz. À son arrivée dans la maison Krause, il pouvait avoir dans les trente ans mais il paraissait plus âgé, parce qu'il était de ces personnes contrefaites chez qui les proportions ne sont pas respectées. On cherchait instinctivement une bosse bien qu'elle n'existât pas ou fût à peine ébauchée. Mais il y avait plus : la grosse tête bien connue, le visage aux traits marqués et le teint d'un hépatique, auquel s'ajoutait, à côté de l'œil droit, ce qu'on appelait une tache de vin, d'un ton particulièrement foncé. Pour couronner le tout, de grosses lunettes cerclées d'argent qu'il retirait et nettoyait chaque fois qu'il voulait observer quelque chose avec précision. L'ensemble était très éloigné de ce qu'on considère comme beau. On peut cependant dire que, même par son aspect extérieur, il faisait bonne impression parce que, sur son front, se lisaient la bienveillance, l'humour et l'idéalisme. De tels êtres sont devenus rares de nos jours. Ils étaient le produit d'une époque pauvre mais ambitieuse du point de vue intellectuel et spirituel. Nés dans des familles modestes, ils s'étaient débrouillés avec de petites économies et des bourses et, malgré l'amertume et les humiliations de toutes sortes, ils n'avaient à aucun moment perdu courage. Il m'est très facile d'imaginer cette situation à partir de mon propre passé. Lorsque, entre l'âge de seize et vingt ans, je devins apprenti dans une pharmacie de Berlin, à l'angle de Haidereuter Gasse, l'une des corvées qui m'incombaient consistait à nettoyer à l'aide d'un grand torchon humide une partie de la pharmacie construite dans un petit temple dorique de bois et qui portait le nom ridicule de *corpus chemicum*. Un vrai travail de femme de ménage. Mais cela ne me dérangeait guère, car il n'était pas rare que ces samedis-là une de mes ballades, par exemple « La mort de Pizzaro » ou « Samson dans le temple des philistins », fût publiée dans le *Berliner Figaro* qui paraissait alors dans Andlerstrasse. Et de pouvoir me dire : ce « Samson dans le temple des philistins » est de toi, porte ton nom, me donnait une formidable conscience de ma valeur, si bien que non seulement le *corpus chemicum* mais avec lui tous les patrons y compris les gérants et leurs commis disparaissaient, devenus quantité négligeable à mes yeux. Je suppose qu'il en était de même pour le Dr Lau qui, se disant : « Je suis un élève de Schleiermacher[31] et je possède le *Divan oriental-occidental*[32], et le connais aussi par cœur », a surmonté toutes les misères de la vie et, selon toute apparence, il menait à Swinemünde une vie intérieurement libre et heureuse car le « consul » pouvait difficilement en imposer à un homme qui connaissait Livius. Les consuls, quant à eux, se moquaient naturellement du Dr Lau et le considéraient comme une nullité dont ils s'amusaient.

Telle était sa position par rapport aux notables de la ville. Il en allait autrement dans la maison Krause dont il faisait à présent partie. Il y était aimé et apprécié et, en échange, il se montrait dévoué et fidèle. Nous l'aimions énormément et voyions en lui un être admirable à tous égards. Le fait que, incapable de faire violence à son cœur, il nous ait lu de temps à autre des poèmes du *Divan oriental-occidental,* sa spécialité, peut paraître certes contestable mais en aucun cas ridicule. Ces lectures, dont nous ne comprenions naturellement pas un mot, ne faisaient que sceller tout ce que nous admirions dans ce petit homme qui nettoyait toujours ses lunettes avec un mouchoir de coton bariolé. Mais une chose entre toutes était essentielle pour nous : il était aussi fiancé ! Le portrait de sa fiancée, un pastel, était suspendu au-dessus de son lit, c'était la fille d'un pasteur aux traits charmants, presque jolie, un ruban de velours noir, auquel pendait un médaillon, autour du cou. Le visage nous intéressait certes, mais moins que le médaillon, car nous ne pouvions nous empêcher de nous demander : « Que peut-il bien contenir ? Est-ce son portrait à lui ou une mèche de ses cheveux ? » Il ne pouvait guère s'agir d'une boucle. Mais quoi que ce fût, c'était sûrement un témoignage d'amour et lorsqu'il nous arrivait d'entendre de nouveau parler de Suleika nous écoutions avec plus de plaisir et de patience et cherchions des ressemblances entre la beauté orientale et la fille du pasteur de Priegnitz. D'ailleurs, ce portrait accroché au-dessus de son lit ne doit pas donner à penser que le Dr Lau était d'un sentimentalisme artificiel et affecté, bien au contraire. C'était un esprit parfaitement sain et, si je me reporte à un épisode littéraire où j'ai joué à l'âge de neuf ou dix ans le rôle principal, je peux dire que le Dr Lau était un réaliste. Voilà ce qu'il en fut. L'anniversaire de mon père approchait et j'étais chargé de rédiger mes vœux sur une feuille de papier à lettres réglée — la réglure à elle seule m'épouvantait. On me permit de le faire pendant le cours, tandis que Lau corrigeait nos cahiers d'exercices. Soudain il me dit : « Montre-moi cela ».

Or, je n'avais pas encore commencé ma lettre d'anniversaire, je m'étais contenté de griffonner toutes sortes de rimes sur une feuille, des balivernes qui n'étaient que l'expression de mon désespoir. Je ne savais pas quoi écrire, le fameux commencement ne me venait pas à l'esprit et, en m'amusant ainsi, je ne faisais que reculer mon pensum. Embarrassé, je lui tendis la feuille couverte de griffonnages et Lau, après avoir nettoyé ses lunettes, se mit à lire :

Cher Papa
Tu n'es pas un chat
Tu es un homme qui ne supporte rien de gras.
Mais tu aimes que des Russes on dise
Comment aux Polonais ils barrent la route etc.

Ces vers où j'opposais de façon lapidaire ce qu'était mon père et ce qu'il n'était pas, ce qu'il aimait et ce qu'il n'aimait pas, remplissaient deux pages. Lorsque le Dr Lau eut tout parcouru il tapa sur la table et dit : « C'est bon ça, nous allons le prendre ; ton père se réjouira. Sauf le vers avec le chat, celui-là il faut le supprimer. » Et, biffant le début, il écrivit :

« Cher Papa, qui toute la ville conseillera. » Car mon père avait été élu récemment sénateur c'est-à-dire membre du conseil municipal, aux réunions duquel d'ailleurs, lui qui détestait ce genre d'assemblée, il n'assistait naturellement jamais. Ce trait aussi, je l'ai hérité de lui. Lau resta deux années entières. Lorsque son départ fut proche, j'eus la malheureuse idée de représenter une pièce en son honneur, une comédie qui plus est. Elle était d'une longueur incongrue et personne n'écoutait vraiment, ce qui m'attrista beaucoup. Mais le pire fut la souffrance du cœur. J'ai aimé sincèrement le Dr Lau, plus qu'aucun de mes maîtres après lui ; et pourtant cette maudite vanité de cabotin me priva de tout sentiment authentique pour cet homme, auquel je devais tant. Oui, tout à la fin où, ému, il nous fit ses adieux, je ne pensais pas au cher homme, mais à cette sotte pièce qui ne nous avait valu aucun succès. En réalité, la vie tout entière est ainsi, chaque fois qu'à bon droit il s'agit de tirer les grands registres du sentiment, on pense, lorsqu'on est enfant, aux gâteaux et aux raisins secs, dix ans plus tard à une nouvelle cravate et lorsqu'enfin quelqu'un vient à mourir, à l'armoire Boule dont on se demande qui en héritera.

À ma connaissance, Lau n'a plus jamais donné de ses nouvelles. Peut-être écrivit-il aux Krause, mais je n'en ai rien su. Plusieurs décennies plus tard, j'appris qu'il était directeur d'une école à Wittstock[33], sans doute est-il mort dans ces fonctions.

***

Lau nous quitta à la fin de l'automne 1830 et peut-être oublia-t-on de prendre la peine de chercher un remplaçant, à moins qu'on ne le fît sans résultat. Nous nous trouvâmes donc de nouveau devant un intérim qui prit cette fois, du fait que les Krause étaient eux aussi dans l'embarras, un autre caractère. En d'autres termes, il ne fut pas nécessaire de recourir momentanément à la « méthode » de mon père car, après avoir un peu cherché dans la ville, on trouva un étudiant en théologie occupé à préparer ses examens, qui se déclara prêt à s'occuper de nous jusqu'à l'arrivée d'un nouveau précepteur. À mi-temps seulement, et encore ! C'était Knoop, candidat au saint ministère, le fils du commandant du bateau pilote, un jeune homme consciencieux, contre lequel il n'y aurait rien à redire, s'il ne nous avait fait sentir à nous et à nos parents qu'il faisait cela pour nous rendre service, oui, qu'il faisait carrément un sacrifice pour nous. On ne pouvait certes lui en faire reproche, car c'était bien le cas. Pour commencer, il préférait rester chez lui, dans la maison de son père et il insista auprès de nos parents pour que ce soit nous qui venions, aux heures de la journée toujours différentes mais qui lui convenaient, dans sa chambre aux petits rideaux d'indienne, le plus souvent noyée dans un nuage de tabac. Il n'était ni amical ni inamical et, qu'il nous enseignât des choses intéressantes ou inintéressantes, il paraissait s'ennuyer de la même façon. Dans l'ensemble il ne nous apprit quasiment rien, il se contentait de nous donner des devoirs, démarche qui montrait clairement qu'il ne voulait pas vraiment enseigner mais plutôt nous occuper. Et comme c'était plus commode pour lui (les exercices et les rédactions, il aurait fallu qu'il les corrigeât), il nous faisait apprendre par cœur des vers et de la prose, des chapitres de la Bible et des ballades de Schiller. Et la longueur ne l'effrayait jamais. Bien au contraire, si bien qu'il préférait « Le combat avec le dragon » qui durait plus longtemps, au « Gant », bien plus court. Nous n'avions pas grand-chose à objecter à cette forme d'enseignement et cela ne me parut particulièrement dur qu'une seule fois. C'était quelques jours après la Noël de 1830, peu avant de passer à table. En cette période de fêtes, je souffrais de troubles gastriques et mon estomac, déjà mal en point, ne pensait qu'à se détraquer davantage. Un agréable fumet d'oie rôtie traversait toute la maison et donnait à mes pensées un tour très éloigné de toute hauteur de vue. Me rappelant mes devoirs de vacances qui consistaient à apprendre par cœur un poème, je m'étais retiré dans le premier grenier et confortablement installé dans un traîneau d'enfant garni de coussins de crin végétal ; j'avais étalé sur mes genoux un vieux manteau de mon père à plusieurs cols, car il faisait très froid malgré le soleil et à ma gauche étincelaient deux bandes de neige que le vent avait soufflées par les fentes des fenêtres. Grelottant et mécontent de moi et de mon destin, j'étais assis là, les poèmes de Schiller devant moi et j'apprenais « La fête à Éleusis ». En bas quelqu'un pianotait. Lorsque le silence retomba enfin, j'entendis dans l'escalier le pas de mon père accompagné d'un halètement d'asthmatique et bientôt il fut devant moi, plus intéressé d'ailleurs par les bandes de neige que par ma personne. Avant de se tourner vers moi, il balaya la neige du bord de sa semelle, puis il dit : « Je ne comprends pas pourquoi tu es ici.

— J'apprends.

— Quoi ?

— « La fête à Éleusis ».

— C'est bien. Mais tu n'as pas l'air de t'amuser vraiment. Et lorsqu'on ne s'amuse pas, ça ne va pas, rien ne va dans ce monde quand on ne s'amuse pas. De qui est-ce donc ?

— De Schiller.

— De Schiller. Alors, écoute, je te prie de prendre cette affaire au sérieux. Schiller est le premier. Combien de vers ?

— Vingt-sept.

— Hum. Mais, quand c'est de Schiller, il importe peu que ce soit long ou court. Il faut que ça rentre.

— Oh, papa, ce n'est pas la longueur. « Le combat avec le dragon » est encore plus long et je l'ai récité à notre dernier cours.

— Qu'y a-t-il alors ?

— C'est si difficile. Je n'y comprends rien.

— C'est idiot. Ce n'est que de la paresse. Il y a, bien sûr, des poètes qu'on ne peut comprendre. Mais Schiller ! « Le marteau de fer », « La caution », « Les grues d'Ibiscus », on peut comprendre ça. « Et dans la forêt de Poseidon, il pénètre, pris d'un frisson de piété », tout le monde peut comprendre ça et j'ai toujours aimé ce passage. Il faut naturellement savoir qui est Poseidon.

— Oui, ça, ça va et Poseidon, je le connais. Et ceux que tu mentionnes, je les ai tous appris. Mais « La fête à Éleusis », je n'y arrive pas. Je ne sais pas de quoi il s'agit ni ce que ça signifie et je ne sais pas non plus, tout au début, qui est la reine qui fait son entrée.

— Ce n'est pas nécessaire. Tu comprends qu'une reine fait son entrée. Peu importe laquelle. Cela signifie quelque chose de noble.

— Et le deuxième vers dit : “Dans les ravins de la montagne se cachait le troglodyte”. Qu'est-ce qu'un troglodyte ?

— Eh bien, c'est un mot grec et ça doit désigner des êtres qui ont un goitre ou quelque chose d'analogue. Ce détail obscur ne doit pas empêcher de saisir l'ensemble. Allons, fais un effort… »

Il m'aurait encore donné d'autres conseils si, à cet instant, on ne nous avait appelés pour passer à table.« Viens. Certes on dit *plenus venter*… mais tu vas surmonter ça. »

Je n'ai rien surmonté et je n'ai pas appris par cœur « La fête à Éleusis », ni alors ni jamais. Mais je dois tout de même à la décharge du fils du pilote que « La fête d'Éleusis » est une exception et je ne peux nier que je lui dois, à lui seul, de connaître toutes les ballades de Schiller. Le général von Marwitz[34] raconte dans ses Mémoires qu'il eut un précepteur qui, avec un petit livre de cent pages au plus, lui exposait l'histoire du monde ; après son exposé, il faisait apprendre quelques pages par cœur à son élève et lorsque le livre était fini, celui-ci recommençait à apprendre par cœur à partir de la page un. Marwitz ajoute : « Ce maître était limité et paresseux mais, pour ce qui est des faits et des dates historiques, je lui dois ma supériorité sur tous ceux, même les plus intelligents, que j'ai rencontrés au cours de ma vie.

Personne ne savait avec autant de certitude que moi en quelle année eut lieu la bataille de Crécy ou de Granson ou de Lépante. »

Le nouveau précepteur arriva enfin pour Pâques 1831, de sorte que les leçons purent reprendre dans la maison du conseiller de commerce. Le nouveau maître était le Dr Philippi et il venait de Hambourg. De bonne famille, très cultivé, il avait des manières d'homme du monde. Voilà pour ce qu'il nous apporta de bon ; mais son esprit hambourgeois et sa familiarité avec le monde du haut négoce, distingué et vraiment riche lui donnaient une conscience de sa valeur et de sa supériorité qui le rendait suffisant et grossier, ce qui, dès le début, entacha sa réputation. En ville à coup sûr et bientôt dans la chaleureuse maison qui l'accueillait. Le Dr Lau, je l'ai déjà dit, avait lui aussi un certain sentiment de sa valeur et de sa supériorité mais d'une tout autre manière. Lau ne faisait pas de l'esprit ni de l'ironie, il était toujours gai et plein d'humour et cette gaieté s'était transmise à son comportement et même à son enseignement. Philippi, par contre, très vaniteux, trouvait qu'on ne l'honorait pas assez et, toujours contrarié et de mauvaise humeur, il nous privait de cette atmosphère amicale sans laquelle rien ne va vraiment bien. Nous apprenions ceci ou cela, mais tout manquait de vie, même du peu de vie que le candidat théologien avait su mettre dans ses leçons données à contrecœur. Il ne m'est pas resté le moindre souvenir de ces jours avec Philippi. Mais il est vrai que le temps fixé pour mon départ de la maison paternelle approchait et que je ne m'intéressais plus à ce qui allait advenir et qu'à ce qui faisait mon présent.

QUATORZIÈME CHAPITRE

Ce que fut notre éducation
Nos jeux à la maison et au dehors

Que fut notre éducation ? J'ai déjà effleuré cette question en plus d'un endroit, notamment au chapitre précédent où il est question de l'école. Mais l'éducation et l'école, en dépit des nombreux éléments qu'elles ont en commun, sont très différentes ; l'école est au dehors, l'éducation est affaire intérieure, c'est l'affaire de la maison, et bien des choses, voire les meilleures, on ne peut les recevoir que des mains des parents. « De la main des parents » n'est pas l'expression adéquate, à vrai dire, c'est ce que sont les parents, la manière dont ils agissent sur nous par leur simple présence — qui est décisif. Il existe sans conteste d'excellents établissements scolaires et éducatifs qui, sont plus aptes à former le caractère que la maison paternelle ; mais ils ne sauraient apporter l'essentiel. Le caractère y gagne peut-être, l'être humain y perd. Il y a tant de choses qui, par leur influence implicite et involontaire mais de ce fait même d'autant plus efficace, forment l'être humain authentique. Un grand modèle de vertu possédant toutes les notions du devoir, de l'honneur et du droit est respectable, indéniablement et il peut même en imposer ; ce n'est pourtant pas ce qu'il y a de mieux. Il faut que s'y ajoute l'amour et la générosité qui certes peuvent devenir de la faiblesse, mais qui tendent sans relâche à transfigurer la froide perfection, au lieu de quoi cette perfection n'apportera pas le bonheur. Durant mes années d'enfance, j'ai eu la chance de grandir sans maîtres étrangers chargés de mon éducation — les précepteurs ne jouèrent qu'un rôle infime dans ce domaine — et, si je me demande une fois encore « comment fûmes-nous éduqués ? », je répondrai : « pas du tout et à la perfection ». Si l'on met l'accent sur la quantité, si l'on entend par éducation une constante surveillance, de constants rappels à l'ordre et des punitions constamment pesées sur la balance de l'équité, on peut dire que nous ne fûmes pas éduqués du tout ; mais si l'on entend par éducation rien de plus que « donner un bon exemple par une bonne moralité » et, pour le reste, s'efforcer de laisser grandir un arbuste attaché de façon à peine perceptible à son support, dans l'air pur, joyeusement et en toute liberté, on peut dire que nous fûmes éduqués à merveille. Et voici pourquoi : mes parents ne tenaient pas seulement à ce que leur maison fût un modèle de bienséance, ils étaient tous deux d'une moralité exemplaire, ma mère sans restriction, mon père avec quelques réserves, mais pas au point de ne pas voir un être humain en chaque homme. Son sens de l'humain dépassait de loin sa bonhomie. Les pauvres l'adoraient.

Telles étaient les deux personnalités que, jour pour jour, nous avions sous les yeux et, ainsi qu'on l'a dit avec raison, le plus important pour l'être physique est l'air dans lequel il vit car, chaque fois qu'il respire, il y puise la santé ou l'absence de santé, et le plus important pour l'être moral c'est ce qu'il voit et entend chez ses parents, car ce n'est pas un enseignement à la merci de hasards heureux, souvent infructueux, mais quelque chose qui, dans les années où se forme une âme, exerce son influence à chaque minute.

« Pas éduqués du tout et éduqués à la perfection », ai-je dit, une apparente antinomie qui fonctionnait fort bien. Et qui aurait encore mieux fonctionné si cette disposition à ne pas s'occuper du tout de nous avait été permanente et observée en toute clarté. Ce ne fut malheureusement pas le cas ; des tentatives visant çà et là à intervenir avec les moyens de la pédagogie traditionnelle perturbèrent le cours normal de notre absence d'éducation, parfois inutilement, parfois de façon littéralement dommageable. Je ne peux en effet me rappeler avoir une seule fois été puni équitablement, la punition était ou bien disproportionnée ou bien injustifiée. Le plus étrange est que ces corrections étaient administrées par mon père, mais il faut les diviser en deux catégories : celles où celui qui les infligeait, mon père, agissait de son propre chef et celles dont il était simplement chargé. Les premières ne m'ont pas fait grande impression, mais les secondes, administrées uniquement sur ordre, j'en souffre encore aujourd'hui.

Je livre quelques exemples de l'une et de l'autre catégories et commencerai par les corrections administrées spontanément. Le fait même qu'on en vînt aux corrections doit surprendre, étant donné le caractère de mon père, car il ne cachait pas qu'il préférait laisser courir les choses et qu'il détestait plus que tout punir. Qu'en dépit de cela il ait pris à l'occasion l'initiative d'en administrer s'expliquait par des traits tout à fait mineurs de son caractère, certaines particularités qui, il est vrai, n'appartenaient qu'à lui et faisaient de lui ce qu'il était : un original. Parmi ces traits mineurs il y en avait deux, à mes yeux du moins, d'une signification toute spéciale : premièrement, il se mettait fort en colère lorsqu'il fallait remplacer une vitre et, deuxièmement, sa colère était encore pire, un véritable déchaînement de fureur, lorsque le toit géant de sa maison, parce qu'une fois encore la pluie était passée à travers, l'obligeait à remplacer quelques tuiles. Ces deux particularités ont plusieurs fois mis à mal la paix de mes années d'enfance. J'adorais jouer au ballon et le jeu que je préférais était celui où l'un de mes camarades se plaçait contre le mur et tendait sa main droite. Je visais cette main et, quand je la manquais par maladresse, il arrivait que la balle tombât dans une vitre.

C'est alors que suivait la correction. Mais bien pires étaient pour moi les conséquences de l'antipathie de mon père pour les réparations du toit que je viens d'évoquer. Parmi mes jeux préférés, j'y reviendrai plus en détail, il avait celui qui consistait à grimper partout et à se cacher dans la charpente du grenier. Je restais là, assis ou accroupi, le plus souvent le dos appuyé contre une cheminée et j'étais heureux quand les garçons qui me cherchaient ne me trouvaient pas. Mais c'étaient précisément ces instants de véritable triomphe qui amenaient de nouveaux dangers. Lorsque j'étais resté accroupi longtemps, caché par les murs et le faîtage, j'étais pris comme on peut l'imaginer de petites faiblesses humaines que je ne pouvais satisfaire comme il convenait, car je me serais livré alors à mes ennemis qui m'attendaient en bas. Aussi pris entre deux nécessités, je sortais finalement de ma demi-cachette, rampais sur une poutre extérieure dans l'ombre puis, prenant la posture du célèbre petit bonhomme de la fontaine de Bruxelles, je me livrais à la même occupation. Aussitôt après je me cachais de nouveau aussi bien que possible et j'attendais jusqu'à ce que, la nuit tombant enfin, je pusse saisir ma chance et atteindre, au bas de l'escalier, le « refuge » pour y frapper trois coups. C'était chaque fois une grande victoire mais aussitôt suivie d'une défaite. S'il arrivait que, le lendemain, mon père passât une inspection de la maison, surtout les greniers qui lui inspiraient une méfiance toute particulière, il s'approchait aussitôt, songeur, de l'endroit au-dessus duquel je m'étais tenu la veille et tenait là un de ses discours habituels, d'abord contre « ce maudit toit qui finirait par le ruiner » avant qu'il ne s'avisât soudain : « Quelqu'un aurait-il de nouveau ? » Et c'est là que commençait le rituel. Si ma faute était constatée, je récoltais une correction qui représentait au moins le double de celle que me valait le ballon et la vitre.

Telles étaient les punitions administrées à la libre initiative de mon père, c'était des exécutions qu'on aurait peut-être pu éviter mais contre lesquelles, au fond de moi-même, je l'ai déjà dit, je ne renâclais pas tellement. Il en allait tout autrement avec les corrections que, telle l'exécution d'une sentence imposée, devait assumer mon père. Celles-ci étaient douloureuses et leur effet durait longtemps. L'une d'elles m'a laissé un souvenir cuisant.

C'était en octobre, une magnifique et claire journée, et nous nous amusions dans le jardin à un jeu que nous avions inventé et que nous n'avons joué que cette unique fois : « Le maître nageur et le baigneur ». Près de la porte du jardin, il y avait une table et une chaise sur laquelle était assis le maître nageur qui laissait entrer en échange d'un billet tamponné. Lorsque ce billet était payé, le baigneur passait sur des planches posées sur des bûches pour atteindre le lieu de la baignade. Celui-ci était composé d'un énorme trou creusé auparavant, d'au moins quatre pieds carrés et d'autant de profondeur. L'eau s'y rassemblait d'elle-même, car elle provenait de la nappe phréatique et c'est dans cette eau, qu'après avoir retroussé nos pantalons nous marchions avec délectation, comme si nous avions déjà pressenti les cures de Kneipp. Mais pas longtemps. Du cabinet de mon père, ma mère avait observé notre joyeux barbotage et, pour des raisons qui restent pour moi un mystère, elle décida « qu'il fallait faire un exemple ». Si elle s'était chargée elle-même d'exécuter son projet, la chose aurait été sans gravité, la main d'une mère qui intervient rapidement ne fait pas trop mal ; c'est un orage de printemps et à peine la foudre est-elle tombée, que le soleil est de retour. Malheureusement, bien avant l'ouverture de cette « saison de bains privés », ma mère avait décidé de mandater ses punitions et d'en confier l'exécution à mon père, comme à un employé engagé pour ce faire. Je ne trouve qu'une explication à cette décision longuement mûrie : elle estimait que mon père, très attaché à ses aises, « ne servait en réalité à rien » et qu'elle lui insufflerait ainsi le sens du devoir. Si j'ai vu juste, j'avoue considérer ce moyen comme parfaitement erroné. Celui qui découvre un forfait et le ressent comme tel doit être aussitôt juge et bourreau en une seule personne. Mais s'il s'écoule une demi-heure, voire une heure et si un père qui rentre tout juste de son apéritif avec l'envie de déclamer l'*Hymne à la joie,* si ce malheureux père, après avoir écouté un rapport et s'être vu exhorter à accomplir son devoir, doit prendre le bâton ou même la cravache sur son bureau empoussiéré et jouer les vieux rois de Sparte, c'est là une situation bien triste, triste pour le justicier autant que pour le justiciable. Bref, je fus sérieusement corrigé et quand mon martyr prit fin et que, totalement choqué (un état que je n'ai plus jamais connu), j'allais et venais entre le poêle noir et le fauteuil du vieux Geisler, dans notre chambre d'enfants jaune clair, ma mère apparut et exigea de surcroît que j'aille chez mon père lui demander pardon. C'en était trop pour moi et je refusai. Elle finit pourtant par me convaincre à force de douceur et je me rendis. Je crois qu'avec son sens de la justice elle avait compris qu'elle était allée trop loin et comme mon père qui avait trouvé toute cette affaire atroce lui avait sans doute dit la même chose, elle tenait à tout régler le plus rapidement possible.

Voilà donc quelques exemples des malheurs de l'éducation — ou plutôt ce que les gens bornés qualifient d'éducation, parce qu'ils sont incapables de dissocier l'idée de punition de l'idée d'éducation. De telles scènes furent heureusement exceptionnelles chez nos parents, ce dont je les loue encore de tout mon cœur. La règle était de ne pas nous déranger les uns les autres et, lorsque je n'allais pas à l'école ou devais apprendre seul les ballades de Schiller, je disposais sans la moindre contrainte de mon temps pour la liberté et pour mes jeux.

Mon père aimait le jeu ; moi aussi. Mais tandis que ses jeux à lui s'appelaient l'hombre, le whist et le boston, sans parler du noble pharaon, les miens s'appelaient, pour n'en nommer que quelques-uns, le *clinker* et le *knut* et cache-cache. Les différents jeux de cartes de l'enfance m'ont toujours profondément ennuyé alors que je me livrais à ce que j'appelais mes jeux avec un plaisir et une passion qui dépassaient de loin le plaisir que mon père prenait à jouer aux cartes. J'étais un petit acrobate né. Il ne pouvait être question d'exercices d'école, mais j'étais très heureusement pourvu de tout ce qui, en ce domaine, nous est donné par mère Nature, malgré une santé très moyenne. J'étais plus fort et plus adroit que mes camarades de classe et que les gamins de la rue que je connaissais, du moins au début (plus tard cela changea), et je m'appliquais tant à montrer cette force et cette adresse que je me souviens de toutes ces années d'enfance non pas comme le temps de l'école et de l'apprentissage, fait de tourments et de dressage, mais comme du temps des jeux ininterrompus, tellement les heures de liberté l'emportaient sur tout le reste, aussi bien en quantité que par l'intérêt que j'y portais.

Je répète, ce fut le plus souvent grâce à mes dispositions naturelles pour la gymnastique que je jouais avec tant de plaisir et d'amour et j'aurai encore à raconter bien des choses dans ce chapitre et dans les chapitres suivants. Mais les contradictions bien connues qui, obéissant à une mystérieuse loi de la nature, traversent quoi qu'on en dise notre vie et nos goûts, ces contradictions qui apparurent en moi aussi, firent que mes deux jeux préférés n'avaient, dans un cas, rien à faire avec les acrobaties et les exercices casse-cou, dans l'autre très peu seulement. Car ces deux occupations pour lesquelles je me passionnais étaient la reliure (plus exactement : le travail du cartonnage) et le jeu de cache-cache.

Le cartonnage ! Aujourd'hui je ne m'explique plus comment cette activité ennuyeuse a pu m'occuper totalement pendant des années, comment j'ai consacré au moins un tiers de mon temps libre et dépensé deux tiers au moins de mon argent de poche à l'achat de carton, de papier marbré et de galons d'or. Je peux ajouter, il est vrai, que je brandissais le pinceau à colle au service d'une idée supérieure et que le coin de la pièce où je travaillais avec mes pots de colle était une sorte de fabrique d'armes défensives où mes peuples, j'y reviendrai plus tard, étaient préparés pour le combat, équipés de boucliers et de cuirasses ; bien que ce soit exact, je ne peux cependant trouver grâce devant le tribunal de la vérité, car je sens très bien que, même si le problème de l'équipement des peuples ne m'avait pas intéressé, je me serais tout de même livré à mon activité avec la colle. Mais dans ce cas, sans doute, j'aurais été architecte et constructeur de cathédrales en carton. La seule explication qui me vient, c'est que tout cela témoignait d'un certain besoin de créer. J'avais absolument besoin de voir quelque chose prendre forme. Mais peut-être cette explication est-elle également trop flatteuse.

Je suis tout aussi embarrassé par ma passion pour le jeu de cache-cache. Car, même si le temps que je lui consacrais — parce que je n'avais pas toujours à ma disposition les six ou huit garçons qui devaient se mettre à ma recherche — était bien moindre, ma passion était beaucoup plus forte et surtout très forte là où elle s'expliquait le moins. Le jeu qui consistait, comme je l'ai déjà décrit, à grimper partout dans la charpente du toit plongée dans une ombre épaisse, même si je devais pendant de longs moments chercher protection derrière une cheminée — n'était pas un véritable jeu de cache-cache, même si cela tenait un peu de cela ; le jeu de cache-cache proprement dit était, du moins le voyais-je ainsi à l'époque, quelque chose de plus grandiose, de plus poétique et fantastique et représentait en tout cas des heures entières où je disparaissais totalement, ce que favorisait mieux que tout autre lieu l'énorme grenier à foin de notre maison. Le foin était entassé jusque sous le faîte d'une longue bâtisse abritant l'écurie et je me laissais glisser doucement dans les interstices étroits et profonds qui se trouvaient entre les poutres du toit et la masse de foin. Je restais là interminablement, le cœur battant, suffocant presque dans la chaleur lourde et tenant bon uniquement parce que je pensais, heureux : « Ils peuvent te chercher jusqu'au jugement dernier, ils ne te trouveront pas ». Et effectivement, ils ne me trouvaient pas, renonçant finalement à leur recherche, ils arrêtaient le jeu et partaient à la cuisine où, avançant des tabourets et des bancs près du fourneau, ils dévoraient leur goûter tout en me maudissant. Alors, quand le silence qui tombait sur la cour et le jardin me signalait qu'on avait renoncé à la chasse, je sortais de mon trou de foin et apparaissais parmi eux avec une expression de profond dédain. Je pose une fois de plus la question : à quoi tient le bonheur ?

On peut comprendre que l'escalade me procurait encore plus de plaisir que le jeu de cache-cache, les marronniers plantés tout près de notre maison constituaient en cela une véritable provocation. Il était à la portée de chacun de s'installer dans les branches du bas ; mais aller chercher au plus haut de l'arbre une branche en fleur, voilà une ambition méritoire dont j'ai bien failli être la victime. Sous l'arbre se trouvait le vieux Pietzker, notre voisin, un Hollandais qui faisait le commerce du fromage d'Édam et qui, à la manière des paysans français portait toujours un bonnet blanc pointu. Il était mon ami et me cria, alors que j'étais déjà dans l'arbre : « Fais attention, le bois de marronnier n'est pas solide ».

Cela partait d'un bon sentiment mais venait trop tard. Car, au même instant, il y eut des craquements et, heurtant une dernière fois la branche maîtresse, je tombai sur le sol dur comme pierre, car dans un périmètre de dix pieds autour de la maison, on avait versé des balayures et des débris de briques. Je restai immobile, comme mort, mais les nombreuses petites branches avaient tout de même amorti ma chute et, peu de temps après, j'ouvris les yeux et Pietzker me transporta dans la pharmacie où l'on décida de m'administrer une solution ammoniacale. Ce qui fut fait. Mais lorsque je me plaignis de maux dans le dos, Pietzker dit : « Alors il n'y a que l'arnica qui puisse nous aider. » Et avant que j'aie pu dire « oui ou non » on m'en aspergea. Je souffrais toujours mais j'avais retrouvé ma mobilité et je pus, avec difficulté, il est vrai, être présent au dîner, auquel par bonheur les parents n'assistaient pas. C'était justement la période de la soupe au lait dont j'ai déjà parlé, ce qui me convenait très bien. Mais c'était aussi le jour où, conformément à la succession habituelle de riz, semoule, millet, c'était le tour du millet et, constatant soudain que, sans doute à la suite de ma chute, la moitié avant d'une de mes molaires gauches avait disparu, je sentis aussitôt un grain de millet s'enfoncer dans le trou. Je passais la nuit dans d'affreuses souffrances et, le lendemain matin, j'offrais un spectacle lamentable. À cela s'ajoutait la crainte constante d'être puni, car il était bien entendu interdit de grimper aux arbres. Mais mon père, me voyant ainsi, s'approcha et dit : « Pietzker m'a tout raconté. Tu finiras par te rompre le cou. Où as-tu mal ? »

Il croyait que j'allais lui montrer ma tête ou mon dos, mais je désignai ma dent et lui racontai qu'une moitié en était cassée.

« Ce n'est pas grave. Il faut que l'autre moitié tombe aussi. Et tu seras débarrassé. Ça va te faire mal. Mais ce sera ta punition.»

QUINZIÈME CHAPITRE

Nos jeux en plein air, au bord du fleuve et sur la place

C'est une jolie expression celle qui parle de l'ange gardien des enfants et il n'est pas nécessaire d'être très pieux pour y croire. Pour les petits, cet ange est une fée vêtue d'un long voile d'une blancheur de lis, qui est assise, souriante, au pied d'un berceau et protège du danger ou, s'il est déjà menaçant, aide à l'écarter. C'est la fée des petits. Mais lorsqu'on n'est plus au berceau ni dans son petit lit d'enfant et qu'on dort dans un vrai lit, en d'autres termes, lorsqu'on est devenu un vigoureux garçon, on a encore besoin de son ange, c'est vrai, on en a même besoin plus que jamais, mais au lieu de l'ange au voile blanc comme lis, il faut que ce soit une sorte d'archange, un solide ange masculin muni d'un bouclier et d'une lance, sinon ses forces ne suffisent plus pour accomplir une tâche qui, entre-temps, est devenue plus lourde. Je n'étais pas vraiment turbulent ni casse-cou et avant d'entreprendre quelque tour, je calculais toujours très sagement mes forces, et pourtant, malgré cela, j'ai rétrospectivement le sentiment d'avoir constamment été sauvé, sentiment qui ne me trompe jamais. Car, lorsqu'à l'âge de douze ans, j'ai quitté la maison de mes parents, un âge où les périls commencent pour de bon, tout changea à tel point que j'ai bien l'impression que mon ange s'est mis en congé à partir de ce moment ; tous les dangers cessèrent ou diminuèrent à tel point que je n'en ai gardé aucun souvenir. Étant donné que ces deux périodes se suivirent de près, il doit bien y avoir eu une différence pour m'avoir laissé une impression si différente.

Le « tir à la clé » était l'un de mes jeux préférés. Comme ces instruments n'existent sans doute plus pour les petits citadins, j'aimerais en faire la description. C'étaient des clés creuses à la paroi très fine, avec une âme immense pour ainsi dire, qui servaient à fermer les coffres à linge, notamment les coffres des servantes. Nous mettions tous nos efforts à nous approprier de telles clés, allant jusqu'à les voler. Malheur à la pauvre servante qui oubliait de retirer sa clé, elle ne la revoyait jamais. Nous nous en emparions et, avec une lime, nous creusions simplement un trou pour l'allumage ; l'arme était prête pour le tir. Comme ces clés étaient toujours rouillées, parfois même un peu abîmées, il n'était pas rare qu'elles explosent ; mais nous en sortions toujours indemnes. Notre ange veillait.

Infiniment plus dangereux, il y avait les feux d'artifice que nous pratiquions constamment. À l'aide de soufre et de salpêtre que nous obtenions facilement à la pharmacie, j'avais acquis une formation complète de pyrotechnicien, mes travaux de cartonnage et de collage m'avaient été très utiles en l'occurrence. Je fabriquais aisément toutes sortes de douilles et c'est ainsi que naquirent des soleils, des roues de feu et des pots à feu. Quand ces inventions refusaient le service qu'on attendait d'elles, nous les jetions toutes en bloc et, à l'aide d'une mèche soufrée, nous mettions le feu à toutes ces merveilles ratées, curieux de voir ce que cela allait donner. Tout cela n'était pas trop périlleux. Mais le danger était plus grand, lorsqu'il s'agissait de ce qui, en pyrotechnique, passe pour être le produit le plus simple et le plus banal et que nous considérions aussi comme tel : le serpenteau. Lorsqu'il m'arrivait d'avoir mal fait le mélange, celui-ci refusait de brûler, ce qui me contrariait beaucoup. Lorsqu'une roue de feu ne voulait pas tourner, ce n'était pas grave ; une roue de feu était une chose artificielle mais un serpenteau devait brûler et s'il s'y refusait, c'était une honte inacceptable. Je me penchais donc sur les douilles enfouies dans un tas de sable et me mettais à souffler pour ranimer l'amadou. S'il s'éteignait complètement, c'était ce qui pouvait arriver de mieux, mais s'il partait soudain, il me brûlait les cheveux ou le front. S'il ne m'arriva rien de pire, c'est que mon ange me protégeait de son bouclier.

Voilà pour l'élément feu. Nous nous amusions aussi avec l'eau, ce qui n'a rien d'étonnant dans une cité maritime.

À l'automne 1831, un parent berlinois m'avait offert un canon, pas un simple jouet d'enfant comme on peut en acheter chez le premier chaudronnier ou étainier venu, mais ce qu'on appelle un modèle réduit, comme on n'en voit que dans les arsenaux — une merveille de beauté et d'élégance, avec un affût solide et propre et un tube étincelant qui mesurait bien un pied et demi. J'étais fou de joie et décidai aussitôt d'entreprendre un bombardement sur Swinemünde. Deux garçons de mon âge et mon frère cadet montèrent avec moi dans une barque amarrée au « ras de Klempin » et nous voici descendant le fleuve, le canon à l'avant, sur l'étrave. Lorsque nous fûmes environ à la hauteur de la Maison des hôtes, j'estimai le moment venu de bombarder et je tirai trois coups, attendant entre chaque coup pour voir si on nous observait de la digue et si on prenait notre action au sérieux. Or, il n'arriva rien. Mais ce qui arriva, c'est que nous fûmes entraînés vers le courant qui nous saisit et nous poussa si bien que nous nous vîmes soudain entre les quais des môles. Une peur terrible s'empara de moi. Si ça continuait, nous serions au large dans dix minutes et naviguerions vers Bornholm et la côte suédoise. Situation diabolique ! Nous eûmes finalement recours au moyen le moins courageux mais le plus raisonnable : nous nous mîmes à crier très fort, à faire de grands signes et à gesticuler, nous montrant vraiment très inventifs en matière de signaux de détresse. Enfin quelques pilotes nous aperçurent depuis le môle et nous menacèrent du doigt mais, tout en s'amusant visiblement beaucoup, ils finirent par nous lancer un cordage. Et nous fûmes hors de danger. L'un des pilotes me connaissait, car son fils était un de mes compagnons de jeux. C'est sans doute la raison pour laquelle nous nous en tirâmes avec quelques remontrances pas trop sévères. Je pris mon canon sous le bras et j'eus encore la satisfaction de voir qu'on l'admirait. Puis je rentrai à la maison, après avoir promis d'envoyer Hans Ketelboder, un grand mousse qui habitait près de chez nous, récupérer la barque, amarrée entre-temps à une bite. Ce fut là une de mes plus extraordinaires aventures sur l'eau mais pas la plus dangereuse. La plus dangereuse était la plus banale car elle était quotidienne : la baignade en mer. Quiconque connaît les plages de la Baltique connaît aussi ce qu'on appelle les « ris ». Ce sont des bancs de sable recouverts de peu d'eau, parallèles à la mer, sur lesquels les baigneurs, après avoir traversé les endroits les plus profonds, peuvent se reposer. Afin de leur permettre de repérer ces endroits, de petits fanions sont fixés sur les dunes. C'était pour moi la tentation quotidienne. Lorsque tout était calme et normal, mes aptitudes de nageur étaient encore suffisantes pour franchir les endroits profonds et atteindre le prochain ris, mais si la situation était moins favorable ou si je voulais me redresser trop tôt pour reprendre pied, la peur et parfois une mortelle angoisse s'emparaient de moi. Je m'en suis toujours bien sorti. Mais pas tout seul. L'énergie et l'aide venaient d'ailleurs.

***

Un autre danger venu de l'eau mais qui n'avait rien à voir avec la mer, m'attendait sur le fleuve tout près de la digue, à 500 mètres à peine de notre maison. J'en parlerai encore dans ce chapitre, mais je voudrais d'abord raconter un petit incident qui ne nécessita pas le secours d'un ange.

Je ne savais pas très bien nager, ni piloter ni ramer ; mais s'il y avait une chose que je savais bien faire, très bien même, c'était marcher sur des échasses. La tradition familiale veut que nous soyons originaires, comme je l'ai raconté, de la région de

Montpellier mais, personnellement, étant donné ma virtuosité sur les échasses, je me verrais plutôt originaire du pays où les gens ne font pour ainsi dire qu'un avec leurs échasses et les ôtent à peine pour aller se coucher. Bref, j'étais un brillant échassier et j'avais sur les gens vivant à l'ouest de la Garonne, pays des « échasses » très basses, l'avantage que mes cothurnes n'étaient jamais assez hauts pour moi, du fait que les étriers fixés sur la face intérieure de mes bâtons se trouvaient à une hauteur d'au moins trois pieds. Si bien qu'en prenant mon élan et en m'appuyant en même temps sur les deux bâtons, je réussissais à me hisser en toute sécurité sur les étriers des échasses pour faire aussitôt des pas de géant. Habituellement ce n'était là qu'un art gratuit mais, plusieurs fois, il me valut tout de même un avantage lorsque je pus, à l'aide de mes échasses, échapper à un orage qui se préparait au-dessus de moi. C'était à l'époque où le commandant Ferber, qui jusque-là avait vécu à Neufchâtel, venait de se retirer à Swinemünde.

Ferber, dont les habitants de Swinemünde, à cause de son appartenance neufchatelloise, francisèrent le nom en Teinturier[35], était d'une très bonne famille, fils d'un haut fonctionnaire du ministère des Finances, si je ne me trompe et qui, de plus, pouvait se prévaloir d'anciennes relations avec la Cour remontant à la guerre de 1813. C'était sans doute la raison pour laquelle le fils, bien qu'il ne fût pas noble et d'ascendance allemande (à l'époque les officiers neufchatellois étaient encore en majorité des Suisses français) eut la possibilité d'entrer dans ce bataillon d'élite. On le tolérait sans doute parce qu'il était intelligent, bon camarade et, de plus, écrivain. Il écrivait des nouvelles d'après les modèles en vogue à l'époque. Mais en dépit de la sympathie dont il jouissait, il ne sut se maintenir, car son goût pour le café et le cognac, qui se limita bientôt à ce dernier, s'accrut si rapidement qu'il dut donner sa démission. Son installation à Swinemünde s'expliquait sans doute par le fait que les villes maritimes conviennent mieux que celles de l'intérieur à ce genre de passion. Ceux qui aiment le cognac s'y font moins remarquer.

Peu importe d'ailleurs pourquoi, toujours est-il que, dans son nouveau pays, Ferber fut bientôt aimé autant qu'à Berlin, car il avait cette gentillesse de caractère habituelle à « l'enfant chéri de la bouteille ». Il tenait mon père en grande estime et celui-ci le lui rendait bien. Mais cette amitié n'eut rien de spontané, elle se développa à la suite d'une petite controverse, ou plutôt d'une défaite de mon père dont une des particularités était de savoir, en vingt-quatre heures, transformer, la mauvaise humeur qui suivait une « déroute » en estime et presque en respect. Voilà ce que fut cette déroute. Ferber avait affirmé un jour qu'il fallait bien, bon gré mal gré, admettre que c'est un Allemand qui fut le « père de la Révolution française », car le ministre Necker, bien que né à Genève, avait été le fils ou le petit-fils d'un maître de poste de Küstrin ; une affirmation qui laissa mon père stupéfait et qu'il repoussa, jusqu'au moment où il dut admettre qu'elle était exacte pour l'essentiel. Alors son amour-propre, fondé sur sa conviction de savoir tout mieux que tout le monde, se transforma dans un premier temps en respect, puis en amitié et, vingt ans après, quand nous nous rendions de notre village de l'Oderbruch à Küstrin, dans notre voisinage immédiat, il avait ancore coutume de dire, sans s'attarder sur le prince héritier Fritz ou la décapitation de Katte[36] : « Oui, c'est d'ici, de Küstrin, qu'était originaire Necker, qu'on peut appeler le Père de la Révolution. Voilà ce que je dois au commandant Ferber que nous appelions Teinturier. Dommage qu'il ait été incapable de résister à l'aquavit. Il offrait parfois un spectacle lamentable. »

Oui, c'était lamentable, mais pas pour nous les enfants qui poussions des cris d'allégresse lorsque le commandant, souvent dans une tenue assez désolante, descendait en titubant la Kirchenstrasse pour aller prolonger quelque part son déjeuner. Nous le suivions alors d'assez près, le taquinant et l'agaçant jusqu'à ce qu'il tente d'attraper ou de corriger l'un de nous. Parfois il y parvenait d'ailleurs ; mais moi je lui échappais toujours facilement, parce que je choisissais pour le taquiner les jours où il avait fortement plu. Il y avait alors sur la chaussée, entre notre maison et l'église, une énorme mare où je pouvais trouver refuge. Mes échasses sous le bras, je me hissais dessus d'un bond, dès que je voyais que Teinturier, malgré son état, me talonnait et j'entrais, triomphant, dans la mare. Puis me mettant sur une échasse, comme une cigogne, je présentais les armes avec l'autre, tout en continuant à me moquer de lui. Il me maudissait et me menaçait, le pauvre commandant. Mais il se gardait bien de mettre ses menaces à exécution car, dans les heures où il se sentait bien, il n'aimait pas se rappeler les pires.

***

Nous avions différents terrains de jeu. Notre préféré était sans contexte celui de la digue, juste là où débouchait la rue latérale qui partait de notre maison. L'endroit était pittoresque, surtout en hiver quand les bateaux y étaient au mouillage, dépouillés de leur grands mâts et la plupart du temps attachés par trois, flanc contre flanc, ce qui les faisait avancer assez loin dans le fleuve. On nous permettait de nous amuser là et de jouer les funambules sur les cordages, dans la mesure où ils frôlaient le sol ; une seule chose nous était interdite : monter sur les bateaux, ou grimper sur l'échelle de corde jusqu'à la hune. Interdiction très raisonnable. Mais plus une chose est raisonnable, plus est grand notre désir de la transgresser et, lorsque nous jouions au brigand et au voyageur, jeu que nous aimions beaucoup, cette transgression allait quasiment de soi. D'ailleurs, il était peu probable qu'on nous découvrît ; les parents étaient à leur « partie » ou à un dîner. « Allons-y. Et si quelqu'un moucharde, il s'en tirera encore plus mal que nous. »

C'est ce que nous nous disions aussi un certain dimanche d'avril 1831. Ce devait être en cette saison, car je vois encore nettement la tonalité froide et claire de l'air. Sur le bateau, pas trace de vie et sur la digue pas une âme, une preuve de plus que c'était un dimanche.

Moi, le plus âgé et le plus fort, j'étais naturellement le brigand et huit ou dix garçons plus petits — dont un seul, un enfant illégitime qui, comme pour compenser sa naissance, s'appelait Fritz Ehrlich[37], était à peu près de même force que moi — me suivaient depuis la place de l'église où la chasse avait commencé, comme d'habitude. J'arrivai assez épuisé sur la digue et comme il n'y avait pas d'autre issue, je m'engageai sur une large et solide passerelle de bois qui menait sur le bateau le plus proche. Toute la meute était à mes trousses, ce qui m'obligea naturellement à passer aussitôt du premier bateau sur le second et du second sur le troisième. Là, impossible d'aller plus loin et, si je voulais échapper à mes ennemis, il ne me restait plus qu'à chercher sur le bateau même une cachette ou du moins un endroit d'accès difficile. J'en trouvai effectivement un et grimpai sur le rouf à hauteur d'homme, près de la cabine où se situe généralement la cuisine du bord. Quelques marches bâties dans la paroi m'en facilitèrent l'accès. Et je me tins là-haut, provisoirement à l'abri et jetant un regard triomphant sur mes poursuivants. Mais je ne triomphai pas longtemps, les marches étaient là autant pour les autres que pour moi et, très vite, Fritz Ehrlich s'y engagea lui aussi. J'étais perdu si je ne trouvais pas une nouvelle issue et, prenant mon élan de toutes mes forces, autant que le permettait la pièce étroite, je sautai à nouveau sur le second bateau par-dessus l'interstice rempli d'eau, puis m'élançai comme si j'étais poursuivi par les furies sur le rivage. C'était gagné, atteindre la place devant notre maison ne présentait aucune difficulté pour moi. Mais je ne devais pas me réjouir longtemps car, à peine avais-je senti la terre ferme sous mes pieds, j'entendis venir du troisième et du deuxième bateau un hurlement pitoyable et, une voix qui criait mon nom ; je compris aussitôt qu'il se passait quelque chose. Aussi vite que j'avais franchi la passerelle de bois pour atteindre la rive, je refis le chemin en sens inverse. Il était temps. Fitz Ehrlich avait voulu imiter mon saut depuis la cuisine et, ayant mal calculé son élan, il était tombé dans l'eau entre le troisième et le second bateau. C'est là qu'était resté coincé le pauvre garçon, s'agrippant des ongles aux fentes du bateau, car il ne pouvait être question de nager, si tant est qu'il en eût été capable. Et de plus, l'eau était glaciale. Impossible de le hisser d'en haut, je saisis donc un cordage qui pendait à une échelle de corde et je me laissai glisser le long de la coque jusqu'à ce que Fritz Ehrlich réussisse à saisir mon pied gauche tendu le plus loin possible vers lui. Je me retenais en haut de la main droite. « Attrape, Fritz. » Mais le pauvre garçon, qui comprenait peut-être que nous étions perdus tous les deux s'il s'agrippait solidement, se contenta de poser doucement sa main sur la pointe de ma botte et cela lui permit de se maintenir, bien qu'à peine, au-dessus de l'eau. Peut-être était-il aussi, par nature, quelqu'un qui « nage sur place », comme on dit, ou, ce qui est finalement plus vraisemblable, peut-être avait-il la chance légendaire des enfants illégitimes. Quoiqu'il en fût, il continua à flotter jusqu'à ce que des gens accourent du rivage et lui tendent une gaffe tandis que d'autres détachaient une barque amarrée près du « ras de Hannemann » pour l'amener dans l'espace entre les navires et le tirer de là. Quant à moi, au moment où arriva la gaffe de sauvetage, un inconnu me saisit d'en haut par le col et, d'un geste ferme, me ramena sur le pont. Les reproches qu'on ne manquait jamais de nous faire dans ce genre d'occasion nous furent épargnés. Les gens emmenèrent Fritz dégoulinant et frissonnant dans la maison la plus proche tandis que, plutôt penauds, nous reprenions le chemin du retour. Pour ma part, je dois dire que j'étais fier, sans pour autant présager rien de bon pour la suite.

Mes craintes se révélèrent vaines. Au contraire.

Le lendemain matin, lorsque je voulus partir pour l'école, mon père m'attendait dans le vestibule et me retint d'une main ferme : le voisin Pietzker, le brave homme au bonnet pointu, une fois de plus n'avait pas tenu sa langue. Il était pourtant plein de bonnes intentions comme toujours.

« J'ai entendu parler de cette histoire... dit mon père. Tonnerre de Dieu, tu ne peux donc pas obéir. Mais n'en parlons plus puisque tu t'es bien conduit. Je sais tout. C'est Pietzker... »

Puis il me laissa partir.

Que j'ai de plaisir à me rappeler tout cela, pas pour me délecter au soleil de mon acte héroïque, mais par reconnaissance et par amour pour mon père. Voilà ce que doit être l'éducation. Cet homme charmant, lorsqu'il avait reçu mission de punir, n'y parvenait pas toujours très bien, mais lorsqu'il pouvait simplement laisser parler son cœur, il y parvenait parfaitement.

SEIZIÈME CHAPITRE

Quarante ans plus tard

(Intermezzo)

Ainsi que le lecteur le comprendra à la lecture de ce titre, j'ai l'intention, dans ce qui suit, de m'évader très loin des jours à Swinemünde qui restent encore à décrire et cette intention répond au désir de compléter autant que possible le portrait de mon père, c'est-à-dire de parfaire son caractère. *Car il a toujours été l'homme qu'il fut tout à la fin de sa vie.*

Durant la période présentée jusqu'ici au lecteur qui constitue le contenu proprement dit de ce livre et m'incita à lui donner pour titre « Mes années d'enfance », mon père était encore très jeune, trente ans à peine, en plein dans la vie et les erreurs ; mais dans ses vieux jours — et il est vrai que j'anticipe beaucoup en faisant cette digression — il se corrigea de ses erreurs, et plus sa situation se fit modeste au fil des années, plus il devint bon, exigeant de moins en moins pour lui-même, toujours prêt, alors qu'il vivait dans des conditions difficiles, à aider autant qu'il le pouvait. Il ne lui serait pas venu à l'idée de se plaindre, encore moins d'accuser (si ce n'est lui-même) et, tournant le dos à la vie, il attendait paisiblement sa mort ; Il passa ses derniers jours *comme [un] philosophe**.

Je lui rendais visite une fois par an et j'aimerais raconter ici la dernière visite que je lui fis, l'été 1867.

Il habitait à l'époque, depuis dix ou douze ans déjà, dans une colonie de mariniers du nom de Schiffmühle, aux environs de Freienwalde, au bord de la Vieille Oder, un hameau qui relevait du village de Neu-Tornow. Il y avait là des maisons isolées, très éloignées les unes des autres, le long du fleuve au cours paresseux, rempli de nénuphars jaunes et blancs, et immédiatement derrière une rangée de maisons sur des collines de sable couronnées par une forêt d'épicéas. À l'endroit même où un superbe pont de bois prenait la suite de la chaussée venant de Freienwalde pour conduire sur l'autre rive, à Neu-Tornow, se trouvait la maison de mon père. Je ne sais toujours pas avec quel argent il avait pu l'acquérir car, à l'époque de cette acquisition, il n'était plus homme à pouvoir acheter des maisons, même si celle-ci n'était qu'une modeste maisonnette. Quoiqu'il en fût, il s'en disait le propriétaire, et cette jolie inscription « petite mais à moi » qui orne le pavillon de chasse du prince Friedrich Karl à Dreilinden[38], il aurait pu l'apposer lui aussi sur sa maisonnette. Il habitait là avec une gouvernante entre deux âges qui vivait conformément à l'adage : « bienheureux les simples d'esprit», et en abusait souvent un peu. La tristesse qu'il en ressentait était à la fois émouvante et amusante car il conserva son humour jusqu'à la fin de sa vie. Il s'était par bonheur habitué depuis longtemps à monologuer. Il pensait à haute voix, ce qui fut toujours son recours.

Je m'étais annoncé comme toujours. Je fis d'abord en train le charmant trajet jusqu'à Eberswalde, puis le trajet encore plus charmant jusqu'à Freienwalde dans une voiture découverte et marchai ensuite sur une chaussée bordée de vieux saules en direction de Schiffmühle, dont je pus apercevoir les toits rouges et brillants dès que je sortis de la ville. Le trajet n'excédait pas une bonne demi-heure, des champs de colza à gauche et à droite, des fermes avec leurs nids de cigognes, dispersées bien au-delà du vallon et, pour clore le tableau, la ligne des dunes de l'autre coté de la Vieille Oder. Lorsque je fus tout près du pont, je me demandai naturellement : « Comment vas-tu trouver le vieillard ? » Mais avant de pouvoir répondre je l'aperçus. Depuis la mansarde de sa maison, il m'avait vu venir et au moment où j'allais poser le pied sur le premier rondin du pont, il était déjà à l'autre extrémité, me faisant signe de la main gauche. Depuis qu'il vivait dans la solitude, il avait pris l'habitude de traiter la question vestimentaire un peu à la légère et je ne fus donc pas surpris qu'en cette chaude journée de juin il eût poussé la liberté jusqu'à l'extrême limite. Il portait un pantalon de toile grise et une veste de coutil, sous laquelle on apercevait, car il détestait le boutonnage, une chemise de nuit à col rabattu, l'ensemble aurait pu faire penser à une tenue sportive si cela avait été plus blanc. Sur la tête, une calotte verte bordée d'un galon blanc et, à la main, seule chose qui rappelât des temps passés et meilleurs, une merveilleuse canne de bambou à pommeau d'ivoire, dont l'embout de métal était d'une longueur disproportionnée, de sorte qu'on aurait pu croire qu'il *cachait un poignard**.

Mais ce n'était pas le cas.

Nous nous rejoignîmes enfin, nous nous embrassâmes sur la joue gauche. « C'est bien que tu sois là. Comment va ta femme ? Et les enfants ? » Mais il n'attendait pas de réponse, car ces histoires de famille, à moins qu'il ne s'agît d'un décès, l'intéressaient peu, et il poursuivit : « C'est une vie d'ermite que je mène, oui, on pourrait parler d'un anachorète que j'imagine peut-être à tort comme supérieur à un ermite. Les mots étrangers ont toujours quelque chose de plus. Nous en reparlerons. Une chance que tu aies ce beau temps, un vrai "temps pour Hohenzollern"[39]. Tu écris beaucoup à propos de ces Hohenzollern et cela te vaut peut-être le même temps qu'eux ; tout cela trouve sa récompense. Moi, pour ma part, je reste attaché à Napoléon ; c'était le plus grand, un génie. Sais-tu que le prince Wilhelm[40] — je veux dire le vieux, c'est-à-dire le très vieux qui portait toujours l'uniforme des dragons de Schwedt, bleu clair à collet noir, on dit que c'était un homme d'une piété sincère, c'est la sincérité qui compte — sais-tu donc que le prince Wilhelm avait toujours sous les yeux un buste de Napoléon ? Sur son bureau, qui plus est.

— Oui, je le sais, papa, tu me l'as souvent raconté.

— Souvent raconté, reprit-il, oui, ce doit être exact. Je n'apprends plus rien de nouveau, il ne me reste que les histoires anciennes mais, au fond, ce sont les meilleures. Te souviens-tu ? Lannes et Latour d'Auvergne et Michel Ney[41], celui-ci me revient souvent à l'esprit maintenant et je le vois toujours au moment où ils le mettent contre le mur du jardin — le jardin du Luxembourg vide et solitaire —, dans la gadoue du mois de décembre et, quand l'officier qui commande le peloton d'exécution veut relire une fois encore la sentence du Conseil de guerre avec tous ses titres de prince et de duc, je le vois faire un geste de refus et l'interrompre de sa voix grave : *"Pourquoi tous ces titres ?... et bientôt un peu de poudre*"*. Et les coups de feu retentissent. *"Oui, bientôt un peu de poussière"**. Cela s'applique à chacun de nous et à toute heure. Et quand on a 71 ans...

— Allons, papa, il ne faut pas penser à cela.

— Je n'aime d'ailleurs pas y penser, la mort est quelque chose d'effroyable. Mais qu'on le veuille ou non, elle s'annonce, elle rode autour de vous, elle est là. Mais laissons la mort. Mort, c'est un vilain mot lorsqu'on veut entrer dans une maison. Voilà Louise qui vient te saluer. Sois très aimable même si elle dit des sottises. Et tu peux y compter. »

Ce faisant, nous étions entrés dans le vestibule et, pendant que mon père montait au premier étage pour améliorer autant que faire se peut sa tenue, Louise, comme il me l'avait annoncé, vint effectivement me trouver et me raconta, de façon très compréhensible d'ailleurs, que papa se réjouissait depuis des jours déjà de ma visite. C'était naturel, il n'avait rien d'autre, elle l'écoutait, bien sûr, lorsqu'il disait quelque chose, mais elle n'était qu'une sotte.

« Mais non, Louise, ne dites pas cela. Ce n'es pas si terrible. Chacun est intelligent et chacun est sot. Et je parie que vous nous avez de nouveau fait une omelette.

— Exactement.

— Vous voyez. Que veut dire intelligent ou pas intelligent. Papa a de la chance de vous avoir.

— J'en ai, en effet, dit ce dernier qui, tandis que nous parlions, redescendit de sa mansarde vêtu d'une redingote remontant à des temps bien lointains et devenue, de ce fait, trop étroite. J'en ai effectivement. Louise est une personne bien. Il lui arrive d'être terrible, il faut le dire ; mais à y regarder de près, tout est terrible et ce serait injuste d'attendre de Louise qu'elle fasse exception. »

Louise s'était retirée dans sa cuisine tandis que mon père et moi faisions les cent pas dans le vestibule merveilleusement frais. La lumière et l'ombre jouaient autour de nous. Les portes étaient ouvertes et permettaient de voir l'ensemble de la maison. De chaque côté il y avait deux pièces dans le sens de la longueur, à droites celles de papa, à gauche la chambre de Louise et la cuisine. « Entrons », dit mon père et il me conduisit dans sa chambre à coucher qui donnait sur la cour ; outre une large fenêtre, il y avait une toute petite lucarne, juste un judas qui restait toujours ouvert et devant lequel un minuscule rideau était agité par le vent.

« Revoilà le judas. Et il est toujours ouvert. Et tu ne prends pas froid ?

— Non, mon garçon. Et d'ailleurs je ne peux pas faire autrement Si je ferme cette petite fenêtre je n'ai plus d'air. Et la nuit… Pas de danger… personne ne peut se faufiler par là, d'ailleurs il n'y a rien à voler et des gaillards aussi minces, ça n'existe pas. Et puis, j'ai mon pistolet.

— C'est toujours le vieux, celui qui ne part jamais ?

— Naturellement. Ce qui compte pour les pistolets, ce n'est pas qu'ils partent. C'est l'effet moral qui est décisif. C'est toujours l'aspect moral qui compte.

— Tu le penses ?

— Oui, je le pense. J'ai découvert cela assez tard mais mieux vaut tard que jamais. Viens dans la pièce de devant. Je vois que Louise a déjà servi et si mon odorat ne me trompe pas, je suis d'ailleurs un peu dans le secret, il y a de la poitrine de veau braisée comme premier plat. Tu aimes ça ?

— Bien sûr que j'aime ça. La poitrine de veau, c'est ce qu'il y a de meilleur, surtout la partie bien charnue. »

— Tout à fait comme moi. C'est curieux comme tout se transmet. Je ne veux pas dire les choses importantes, dans ce cas cela n'a rien de surprenant. Mais les petites choses. La poitrine de veau, c'est une petite chose, en fin de compte.

— Oui et non.

— C'est juste. Je te reconnais là aussi. On ne peut pas dire tout simplement que la poitrine de veau est une petite chose. Et maintenant, trinquons. C'est encore du vin rouge de Stettin ; les gens de Stettin sont ceux qui coupent le mieux les vins. On ne trouve d'ailleurs plus rien d'authentique. Te souviens-tu du vieux Flemming avec son authentique bordeaux ? Il lui donnait toujours le nom de Médoc ; il ne voulait tout de même pas aller jusqu'à lui donner un nom qui sonne très français. Médoc est d'ailleurs le nom d'un véritable lieu, très petit, il est vrai, 1400 habitants au plus… Oui, le vieux Flemming, un excellent homme. Lui aussi a déjà rejoint la Grande Armée. Tout le monde s'en va… Ça ne peut pas durer éternellement, n'est-ce pas ? »

Et nous trinquâmes et je vis que c'étaient encore dans les beaux verres à pied du bon vieux temps de Swinemünde.

« Ne sont-ce pas… ?

— Mais certainement. Je suis heureux que tu les reconnaisses. Il n'en reste plus que deux, mais de toute façon je ne peux pas héberger plus d'un invité dans ma bicoque. Et celui que je préfère, c'est toi. Et maintenant, raconte. Que penses-tu de l'Exposition universelle ? Les Français font toujours ça mieux que les autres. Et puis le discours de Louis Napoléon ! Il a vraiment quelque chose du vieux. Et il a raison quand il dit que dans la vie, c'est-à-dire dans la vie d'un peuple, tout est lié et tout se rejoint et que là où sont les meilleurs généraux se trouvent aussi les meilleurs peintres ou les meilleurs tailleurs et cordonniers. Et inversement.

— Je n'ai pas lu grand-chose à ce sujet et je ne me souviens pas très bien. »

— Toujours la même histoire », et mon père éclata de rire. « Pas lu. Quand je pense que tu écris dans les journaux ! On se dit que vous autres, vous devez en savoir plus et, chaque fois que tu viens me rendre visite, je vois que je suis plus calé que toi. En général, pour ce qui se passe dans le monde j'ai toujours été le mieux informé. C'était déjà ainsi dans ma jeunesse à Ruppin et à Swinemünde. Les gens de Swinemünde, bon, ça pouvait encore aller ; un négociant déluré et bon vivant qui se rend tantôt à Londres et tantôt à Copenhague sait toujours d'où vient le vent, mais les professeurs de Ruppin… j'étais toujours gêné d'en savoir tellement plus qu'eux. Sauf Horace et les verbes irréguliers, naturellement. Il y avait, par exemple, le vieux Starke. Son dada à lui, c'était Aristote et ce qu'Aristote lui-même aurait oublié depuis longtemps, Starke le savait. Mais l'essentiel, il ne le savait pas. Je ne peux pas m'ôter de l'esprit que notre enseignement est sur la mauvaise voie ; les gens n'apprennent pas ce qu'ils devraient apprendre. Ney est quand même plus intéressant que Pélopidas[42]. Et ça finira par arriver… Mais voici Louise qui nous apporte l'omelette. Prends la moitié là, la claire, l'autre est un peu brûlée. Et quand nous aurons terminé, je te montrerai ma ferme et ma carrière. Par ce beau temps, je peux marcher sans difficultés. »

Nous poursuivîmes ainsi un certain temps puis nous nous levâmes afin de tout visiter, comme le prévoyait son programme. La ferme, pour commencer. Tout était assez désert et je ne vis d'abord qu'un chevalet avec un billot de hêtre, à côté la scie et la hache. Il les désigna du doigt et dit : « Tu connais bien, ma vieille passion et, comme par le passé, ça me donne du mouvement… Mais viens par ici… Tu les entends peut-être déjà. »

Ce disant, il m'entraîna vers une écurie basse et ouvrit une trappe, derrière laquelle je vis deux porcs qui avançaient la tête. « Que dis-tu de ça ? Des gaillards magnifiques. Quand ils m'entendent, ils se déchaînent tant ils sont contents et s'impatientent.

— Je suppose que tu les gâtes. Maman et notre Schröder disaient toujours que tu dépensais plus de fourrage pour les bêtes qu'elles ne rapportaient plus tard.

— Eh oui, notre Schröder, une bonne âme, fidèle. Moi, elle ne m'aimait pas vraiment parce que je donnais les meilleurs morceaux à Peter et Petrine, tu te rappelles ? »

J'acquiesçai d'un signe de tête.

« Oui, à l'époque c'étaient les chats. Il faut que l'homme ait quelque chose à lui. Maintenant ce sont ces deux-là… bon, ça vient, ça vient, du calme ! »

Et il se baissa pour gratter l'échine de ses favoris. Il me raconta encore toutes sortes de choses sur l'intelligence de ces animaux dont l'ossature interne, ainsi qu'il a été établi scientifiquement, est d'ailleurs la plus proche de celle de l'homme. « *Sus scrofa et homo sapiens* — voilà qui donne à penser. »

Puis me prenant par le bras, il se dirigea vers une porte grillagée au milieu de la clôture de la cour, derrière laquelle un sentier en zigzag escaladait la dune. À droite et à gauche, on avait creusé des trous profonds qui mettaient au jour des pierres d'assez grande taille.

« C'est toi qui les fait mettre au jour, papa ?

— Bien entendu, c'est maintenant ma source principale de revenus ; je n'ai à m'occuper de rien, je me contente de donner l'autorisation, et puis les gars arrivent et déterrent cette pierre, c'est-à-dire de nombreuses pierres et les transportent dans leur barque et moi je reçois mon argent. Dieu bénisse la construction de routes ! Et c'est bien vrai que l'argent est dans la terre, même s'il n'en sort rien de plus qu'un chargement de pierres. »

Entre-temps nous avions gravi le sentier sinueux et nous pénétrâmes dans le bois d'épicéas dont j'ai déjà parlé plusieurs fois, qui couvrait toute les hauteurs de la crête, c'était en réalité plutôt un plateau. Un bruissement parcourait les frondaisons et, tandis que je regardais en l'air, je dis comme me parlant à moi-même : « Et dans la forêt de Poseidon il entre, frissonnant de respect. »

Il me donna une tape affectueuse sur l'épaule, car il avait deviné que je citais ces lignes pour lui faire plaisir.

« Oui, ce fut toujours mon passage préféré. À l'époque, quand je devais me rendre tous les matins du château de Nieder Schönhausen au monastère Gris, nous n'apprenions que « Jean, le joyeux savonnier » et « Dieu vous salue, vieillard, la pipe est-elle bonne ? » et Schiller n'était pas à moitié aussi célèbre qu'il l'est devenu. Mais « Les grues d'Ibiscus », je l'ai appris déjà à l'époque et je l'ai retenu. Il doit y avoir quelque chose là-dedans. As-tu toi aussi retenu tout ce que tu as appris autrefois ?

— Oui, ça peut aller. En réalité c'est surprenant tout ce qui nous reste.

— Oui, tu as raison. »

Au sortir de la forêt, nous débouchâmes sur une large route toute droite, bordée de sorbiers.

« Mais c'est une route magnifique pour cette région, dis-je. Où donc conduit-elle ?

— Je crois qu'elle mène à Oderberg ; mais elle va d'abord à Neuenhagen.

— Neuenhagen. Tu en parlais déjà tout à l'heure. J'ai été là-bas moi aussi, il y a des années, et tout m'a extraordinairement intéressé. C'est là qu'est enterré Hippolyta von Unterhagen, tu ne le sais peut-être pas, et elle a une très belle pierre tombale. Je pense qu'elle est morte en 1590. À cette époque on dépensait encore beaucoup d'argent pour ce genre de chose. Mais ce qui m'a le plus intéressé quand je suis allé à Neuenhagen, c'est une petite chambre où les Suédois ont fait griller le bailli de la ville sur un feu de paille. La vraie Guerre de Trente Ans. Et maintenant, imagine ça, les gens y dorment. Ça m'a vraiment effrayé et je me suis dit que j'aurais quant à moi choisi une autre chambre à coucher. »

Mon père approuva d'un signe de tête.

« Oui, grillé sur un feu de paille », repris-je. Et tout ça parce qu'ils voulaient contraindre le bailli à leur dire où était caché ce maudit argent.

— Oui, ce maudit argent ! dit mon père. C'est bien ça et souvent ce n'est vraiment que de l'argent maudit. Mais il y a aussi du bon argent et il m'arrive d'avoir mes idées là-dessus. Certes on ne doit pas faire griller un bailli pour l'obtenir, mais quand on en a il faut bien le garder. C'est quand même quelque chose, l'argent, c'est un pouvoir. Et aucun d'entre vous n'en a.

— Oh, papa, ne parle pas de ça. Tu sais très bien que ça nous est parfaitement égal.

— À toi peut-être, mais pas à ta mère.

— Elle aussi a fini par s'en accommoder.

— S'en accommoder ! C'est là son accusation et la vielle femme a tout à fait raison. Je me le dis tous les jours maintenant, quand je suis assis en bas avec ma Louise et lui expose mon système universel et quand arrive le meilleur passage et que je dis soudain : “Pas vrai, Louise ?” elle sursaute et reste figée comme un piquet.

— C'est plus difficile pour toi que pour nous, papa.

— Possible. Et ce serait encore plus difficile si je ne me disais pas que les circonstances font l'homme.

— Tu le disais déjà lorsque nous étions enfants. Et tu as sûrement raison.

— Bien sûr, j'ai raison. Mais à l'époque, je peux te l'avouer, car tu es toi-même un vieil enfant, à l'époque je disais cela comme ça, sans penser grand-chose. Mais maintenant, quand je sors ma vieille formule préférée, je le fais avec conviction. Ça ne nous rassure pas pour autant, il est vrai. Mais enfin quand même un petit peu.

Je lui pris la main et la caressai.

« Voilà qui est bien. Vous avez tous une vertu, vous êtes sans convoitise, vous n'êtes pas cupides. Mais puisque nous sommes sur ce sujet et que je ne sais pas combien de temps encore j'appartiendrai à ce monde sublunaire, j'aimerais te dire encore un mot concernant toutes ces choses. Il y a toujours des gens qui pensent que le jeu est un péché. Moi je te dis que c'est absurde. Il ne venait d'ailleurs qu'en seconde position, comme conséquence. Le péché c'était en réalité ce que nous avons de meilleur, c'était ma jeunesse et, si ce n'était ridicule, j'ajouterais qu'en plus de ma jeunesse il y eut mon innocence. J'étais comme l'agneau dans le pré, qui bondit de tout côté jusqu'à ce qu'il se casse les pattes. »

Il s'arrêta un instant car il souffrait d'asthme et je lui rappelai qu'il devait être l'heure de rentrer.

« Oui, rentrons ; nous aurons le vent dans le dos et il sera plus facile de parler. Car j'ai encore tant de choses sur le cœur. Je te disais à l'instant que c'était la faute de ma jeunesse. C'est exact. Vois-tu, je n'avais pas fini mon apprentissage que déjà je partais à la guerre, et j'étais à peine de retour que déjà je me fiançais. Je me suis marié le jour de mon vingt-troisième anniversaire et j'avais à peine 24 ans que déjà tu étais dans ton berceau.

— Moi, ça me plaît que tu aies été si jeune.

— Oui, tout a ses deux faces et que je n'aie pas été vermoulu et prêt à tomber en poussière a certainement eu des avantages. Mais mon inexpérience a tout de même été quelque chose de terrible et le pire, c'est que je n'avais rien à faire. Aussi je bouillais d'impatience en attendant que, le soir, on déplie la table de jeu.

— C'est étrange, j'ai hérité tant de choses de toi mais de cela, pas la moindre trace. Le jeu m'a toujours ennuyé. »

Il eut un petit rire mélancolique. « Hélas, mon cher garçon, tu te trompes lourdement en pensant qu'en cela nous sommes différents. Moi non plus, ça ne m'a jamais amusé, pas même un peu. Et, de plus, je jouais fort mal. Mais, lorsque je m'étais ennuyé tout au long de la journée, j'attendais du soir un peu de changement et c'est ainsi que mon argent y est passé, que je me retrouve seul et que ta mère n'a qu'une peur c'est que je vienne frapper à sa porte. Il y a près de cinquante ans que nous nous sommes fiancés et, à l'époque, elle m'écrivait des lettres pleines de tendresse car elle m'aimait. Et voilà comment tout cela se termine. L'inclination seule ne suffit pas pour le mariage ; le mariage est une affaire pour gens raisonnables. Je n'avais pas encore l'âge de raison.

— Tu ne vois pas d'inconvénient à ce que je raconte tout cela à maman ?

— Pas du tout, bien que ce ne soit pas nouveau pour elle. Car ce sont en réalité ses propres paroles. Elle aura simplement la satisfaction de voir qu'en fin de compte je me les suis appropriées. Elle a eu raison en tout, dans ses paroles comme dans ses actes. »

Il continua à parler encore quelque temps. Puis nous arrivâmes à l'endroit où la route redescendait, d'abord en direction du fleuve puis vers le pont de rondins. De l'autre côté du pont s'étendait l'Oderbruch dans sa beauté estivale, mais de ce côté-ci se trouvait, tout près, la maison de mon père dont la cheminée déroulait les ondulations d'une fumée claire dans le soleil de l'après-midi.

« Nous revoilà et Louise doit être en train de faire le café. Elle s'y entend. “Même si la fleur est petite, un peu de miel toujours s'y trouve”, ou quelque chose de ce genre. On ne peut pas tout savoir par cœur. Complimente-la pour le café sinon elle me répétera trente fois que tu ne l'as pas apprécié. Et, avec un peu de chance, elle se mettra même à pleurer. »

Lorsque nous entrâmes dans la maison la nappe était déjà mise pour le café et les tasses avec, *faute de mieux**, de petits gâteaux secs, car Schiffmühle n'avait pas de boulanger et la femme qui vendait des petits pains ne passait qu'une fois par jour. Mais nous avions une belle eau de source qui venait de la dune.

À cinq heures je dus repartir. « Je te raccompagne », et il me ramena jusqu'au bout du pont.

« Voilà, porte-toi bien et montre-toi une autre fois. » Il dit cela d'une voix émue, car il pressentait que c'était un adieu.

« Je reviendrai bientôt. »

Il ôta sa calotte verte et l'agita.

Et je revins en effet bientôt.

C'était dans les premiers jours d'octobre et là-haut, sur la crête où nous avions plaisanté sur les « Pins de Poseidon », il se repose maintenant des plaisirs et des peines de la vie.

DIX-SEPTIÈME CHAPITRE

Toutes sortes de nuages

J'ai clos l'avant-dernier chapitre (le quinzième) en évoquant un geste pédagogique heureux de mon père, c'est avec un geste malheureux de ma mère qu'il me faut commencer ce nouveau chapitre.

Noël approchait et durant toute la semaine qui précéda on n'entendit plus que : « cette fois ce sera la joie… quelque chose de si beau… », et quand je voulais en savoir davantage, la bonne Schröder ajoutait : « Exactement ce que tu as souhaité… votre maman est bien trop bonne car en réalité vous n'êtes que des garnements.

— Mais qu'est-ce donc ?

— Il faut attendre. »

Et c'est dans cette fièvre d'impatience que nous attendîmes le soir de Noël. Il arriva enfin. Comme d'habitude, nous passâmes l'heure précédant la distribution des cadeaux dans le cabinet de mon père qui donnait sur le jardin, sans lumière, afin que l'arbre de Noël illuminé que maman préparait pendant ce temps scintillât encore davantage. Pendant cette heure dans l'obscurité, mon père entreprit de nous distraire du mieux qu'il pouvait, et il trouvait cela toujours très pénible. Car, bien qu'il sût à l'occasion, comme je l'ai fait trop souvent remarquer, bavarder avec nous de la façon la plus charmante et nous amuser par ses improvisations que nous comprenions ou ne comprenions pas, il était totalement incapable de nous parler avec aisance et naïveté de cette festivité, qui à ses yeux n'était qu'une corvée. Lui si heureux quand il pouvait faire de l'humour, ne trouvait jamais le ton juste dans de telles occasions. Il avait dû se répéter pour s'en convaincre lui-même : « Bon, eh bien voilà, c'est Noël... C'est en ce jour qu'est né le Seigneur... une très belle fête... » et il ne savait que nous resservir ces paroles en nous regardant avec solennité. En réalité, il hésitait simplement entre l'embarras et l'ennui et quand la clochette de maman donnait le signal d'aller tourner trois fois autour d'une petite table ronde en chantant un couplet d'une platitude inégalable:

« Salut, salut, salut,
Salut, triple bénédiction,
Oh, lumières brillez, brillez
Pour éclairer notre fête. »

et que nous traversions le couloir pour revenir au salon, mon père, soulagé, était encore plus heureux que nous malgré notre impatience.

C'est ce qui se passa également le soir de Noël que je vais décrire ici. Nous venions d'entrer en chantant le couplet ci-dessus et, troublés et intimidés, nous entourions la table, les yeux rivés sur l'arbre de Noël, jusqu'à ce que maman nous dise en nous prenant par la main : « Regardez donc ce que le petit Jésus vous a apporté. Ceci, et puis ceci... et ces mots s'adressaient spécialement à moi — ça, là sous la serviette, c'est pour toi et ton frère. Prends. » Nous soulevâmes la serviette. Je ne sais plus ce qu'il y avait sur le dessus, peut-être deux grands bonshommes en pain d'épice ou une chose analogue, en tout cas quelque chose qui nous déçut. « Mais regardez encore ! » et nous retirâmes comme on nous le demandait la seconde serviette. Ah, voilà qui était mieux. Il y avait là, posés l'un sur l'autre, deux beaux sabres : exactement ce que nous avions ardemment souhaité (notre bonne Schröder avait eu raison). Si bien que nous nous précipitâmes vers notre maman pour lui baiser les mains. Mais elle nous repoussa et dit : « Cherchez encore » et dans un état d'excitation sans pareil, car que pouvait-il encore y avoir pour nous après une telle merveille, nous retirâmes la troisième serviette. Mais, grands dieux ! qu'y avait-il là ! Un fouet fait de lanières de cuir blanches et rouges qu'on appelait alors, je ne sais pour quelle raison, un peserik. Ma mère pensait nous égayer beaucoup par cette plaisanterie pédagogique. Mais cela ne souleva pas chez moi la moindre gaieté. J'étais au contraire furieux et je courus dans le jardin pour me calmer, en vain, il faut bien le dire. La joie de Noël avait disparu, anéantie par une plaisanterie bien intentionnée mais ratée. Avais-je tort ? Je ne crois pas. En tout cas je ressens toujours cela comme il y a soixante ans. L'idée de ma mère révélait une totale méconnaissance de ma nature et de mon caractère. Elle aurait peut-être convenu pour d'autres enfants, pas pour moi. Je me rappelle avoir lu il y a de nombreuses années dans un livre de Bogumil Goltz qui avait pour titre *Souvenirs de mon enfance* (ou quelque chose d'analogue) que l'auteur était heureux chaque fois que le peserik de sa mère s'abattait sur lui de toute sa force. « Je regrettais chaque coup qui ne m'atteignait pas. » On peut naturellement être éduqué suivant de tels principes et je veux bien admettre que ça peut donner de magnifiques gaillards pleins d'énergie et riches de promesses qu'ils tiennent mieux que le petit garçon sensible et vaniteux que j'étais. Car en supposant que cette idée pédagogique — car il devait y avoir une idée pédagogique derrière le choix de ma mère — ait été juste, elle n'en fut pas moins fausse dans mon cas. Car je ne pouvais pas me transformer d'un seul coup et je restais — malheureusement à mon avis — le même enfant émotif que j'avais toujours été ; aucune amélioration ne s'en suivit et il n'en resta que l'affront subi et une fête gâchée. Car il existe des natures différentes et à supposer que la règle recommande de fortifier les plus faibles même s'ils en souffrent d'abord, il faut bien avouer, qu'abstraction faite des difficultés propres à cette entreprise, l'heure où l'on allume le sapin de Noël n'est sûrement pas le moment le plus approprié. Ce soir-là ne dois pas éduquer mais donner de la joie et celui à qui incombe cette tâche et qui aspire à l'accomplir avec plaisir et amour, devra inévitablement se demander si celui à qui l'on veut donner de la joie en trouvera effectivement dans ce qu'on a prévu pour lui.

D'ailleurs, le soir où se déroula cette scène ne fut pas précisément un soir de chance.

Il y a une petite histoire qui, si je ne me trompe, s'appelle *Les pantoufles de Kasan*. C'est à cette époque que je dus traduire dans mon livre de lectures françaises cette histoire sans doute tirée des *Mille et Une Nuits*. Il y est question d'une jolie paire de pantoufles que chacun aimerait bien posséder ; mais dès qu'il les possède il ne lui arrive que des malheurs. C'est un peu ce qui arriva avec les sabres — je les voulais et lorsque je les eux, le désastre s'abattit sur moi. Toutefois, avant que ne survienne la véritable catastrophe, il me fut accordé un bref délai durant lequel je pus — après avoir surmonté la colère du soir de Noël — me bercer de l'illusion que je profiterais de ce cadeau. La raison en était la suivante. Depuis très longtemps, pour m'exprimer en termes modernes, je ne visais rien de plus que l'organisation d'une armée. Le doublement de mes forces armées aurait naturellement eu ma préférence mais, comme cela était impossible, je visais le renouvellement de l'armement et, grâce à celui-ci, une nouvelle tactique, un nouveau système logistique. En effet l'idée qui prédominait pour mes troupes exclusivement équipées de lances et de javelots était entièrement défensive car j'avais une sainte horreur des yeux crevés, et la consigne était de se mettre dos à dos dans les moments critiques, en brandissant les lances, c'est-à-dire de former ce qu'à l'époque des lansquenets on appelait un hérisson. C'est ainsi qu'on avait procédé de tout temps. Mais maintenant que les deux sabres étaient là, il était évident qu'il fallait en finir avec l'ancien système. La constante immobilité dans l'attente de l'attaque ennemie était ennuyeuse et puis elle manquait de virilité. C'est ainsi qu'il fut décidé d'utiliser pour l'ensemble de la troupe, au lieu du javelot, le sabre, conçu pour l'attaque, et au lieu de l'inconfortable bouclier carré, un petit bouclier rond, juste assez grand pour couvrir le visage. Et tout cela réussit très bien. L'acquisition des sabres se fit grâce à des recours successifs à la caisse du ménage que gérait ma mère et la fabrication des boucliers ronds j'en faisais mon affaire. Bien avant Pâques, la transition d'un système à l'autre, pour ce qui concernait l'armement, était accomplie. J'en attendais beaucoup et, comme les « camps » que nous occupions comme par le passé tous les mercredis et samedis après-midi, s'effectuaient sans attaques de nos ennemis — malgré l'apport d'un certain nombre de grands coiffés de casquettes écossaises —, je me persuadai que nous avions commencé à en imposer aux garnements de la rue, qui nous étaient hostiles.

Je me berçais quelque temps encore de cette illusion. Mais, comme je l'ai déjà dit, un temps très court.

***

Camper en plein air me procurait toujours une jouissance infinie. Nous avions plusieurs camps ; l'un d'entre eux se trouvait dans les profondes carrières de sable près du cimetière, un second dans les dunes (près de l'endroit où Mohr avait été enterré) et un troisième plus à l'intérieur des terres, dans les marais qui, avec leurs centaines de pyramides de tourbe et autant de mares d'eau noire, s'étiraient des abords de la ville jusqu'à Corswand et Kamminke. Mais nous préférions encore un coin dans la forêt près de Heringsdorf, qu'on appelait Störtebeckers Kul[43] (la cuvette de Störtebecker). C'était un trou profond, plus précisément un immense entonnoir de terre dans lequel, disait-on, le pirate Störtebecker qui au début du XVe siècle régna en maître sur la Mer du Nord et la Baltique, avait établi son camp avec ses hommes. Exactement comme nous maintenant. Moi et Störtebecker, voilà qui me remplissait de fierté. Quel gaillard je devais être !

Störtebecker avait finalement été exécuté à Hambourg, le dernier de sa bande. Cette pensée, il faut le dire, m'était plutôt désagréable. Mais comme, tout compte fait, il paraissait peu probable que je sois livré à la justice de Hambourg, la comparaison avec Störtebecker me valait toujours de délicieux frissons. La cuvette était très profonde et recouverte jusqu'à mi-hauteur de feuillage de l'année dernière et avant-dernière. C'est là que je me couchais, à l'endroit le plus profond, les magnifiques hêtres au-dessus de moi et, lorsque je bougeais, j'entendais le bruissement du feuillage sec et au loin le mugissement de la mer. C'était un enchantement. Seule ma troupe me contrariait sans arrêt, car ses membres, très peu doués pour devenir des brigands, m'offraient l'image même du prosaïsme de la vie. Mon plus jeune frère, ce bon garçon, emportait toujours une chope avec du jus de réglisse dilué et mousseux que ma bande se faisait servir et baptisait « hydromel ». Et ses poches étaient remplies de quantité de caroubes véreuses qu'ils se disputaient avec une énergie peu digne d'un pirate. Tout cela me répugnait et je préférais boire de l'eau de source que je puisais dans ma main.

Voilà ce qui se passait dans la tanière des pirates. Pour ma part, malgré l'horreur que m'inspirait cette tanière, je m'étais attaché à un endroit un peu plus proche ; c'était une clairière sur la route de Kamminke, à mi-chemin, un endroit qui, le jour de notre arrivée à Swinemünde durant l'été 1827, m'avait si profondément impressionné. À droite, le chemin était coupé en biais par un petit ruisseau qui venait des tourbières voisines et qu'on traversait sur un pont précaire formé de rondins et de troncs d'arbre avec une balustrade recouverte de lichens. Du même côté droit, comme le pont ne permettait qu'un faible écoulement, l'eau des marais s'amassait et formait un étang sur lequel flottaient des nénuphars jaunes et roses. Sur le côté du pont tourné vers la ville, là où la rive couverte d'aiguilles de pin montait en pente douce, j'aimais particulièrement faire camper ma troupe et, chaque fois, je me laissais aller à l'enivrante idée que j'étais le défenseur de ce pont ou, ce qui sonnait mieux, de ce « défilé ». Je voyais très clairement comment organiser la défense : démontage des rondins, empilage des troncs pour former un obstacle, puis camouflage des trous ou des pièges dans lesquels l'ennemi tomberait s'il réussissait à enlever l'obstacle, ce qui était fort improbable. Tout à cette illusion de victoire, j'étais soudain saisi de terreur, même si ma confiance en moi était sans limites, il ne me restait plus qu'à mourir et mourir, c'était délicieux — mais ma troupe ! Fritz Ehrlich était un héros mais tous les autres étaient des lâches. Ils étaient de nouveau étendus, un bâton de réglisse entre les dents et pas un seul d'entre eux, sauf celui que j'ai nommé, n'était capable de comprendre la gravité de l'instant ou d'avoir la moindre notion de discipline. « Thompson, criai-je, va me chercher le nénuphar blanc là-bas. — Va le chercher toi-même », dit le sale gosse en riant. Et c'est ainsi secondé que je voulais tenir le défilé ! Je fis sonner le rassemblement par le corniste et je dois dire que j'eus la chance de le voir obéir. Le tambour et le cor obéissaient d'ailleurs toujours parce que cela les amusait. Oui, s'amuser, s'amuser, c'était cela. Pas trace d'une compréhension plus sérieuse de notre mission. Et avec le sentiment d'avoir de nouveau manqué un grand moment, j'amorçai la retraite avec ma troupe. Elle s'était dégradée, de toute évidence. Ils avaient été meilleurs en fantassins. Voilà à quoi aboutissent les réformes.

***

Ces réflexions désabusées me venaient souvent à l'esprit. Mais dans l'ensemble, le printemps 1831, mon « sursis », fut pour moi une période heureuse et elle le resta jusqu'à l'été. Malgré tous les doutes qui ne manquaient pas de m'assaillir régulièrement, il n'en restait pas moins que, depuis des mois, nous étions les maîtres de la rue et que nous n'avions été attaqués ni en ville dans nos jeux habituels ni à l'extérieur dans nos camps. Tout cela, en dépit de mes craintes, me redonnait une certaine confiance. Je me disais : « Oui, la troupe est mauvaise, ce ne sont que des fuyards et Fritz Ehrlich et moi ne pourrions pas tout faire nous-même ; mais quand la troupe est mauvaise le commandement n'en est que meilleur et c'est parce que nos ennemis sentent cela qu'ils nous respectent et nous laissent en paix. » Ils nous laissaient en paix, effectivement. Mais, comme nous allions bientôt nous en apercevoir, c'était le calme avant la tempête. Dès le début, notre domination en ville avait reposé sur le prestige de nos parents qu'on ne voulait pas offenser à travers leurs enfants. L'essentiel de ces égards, sinon tous, avait tenu au fait qu'on prenait en considération cet avantage et qu'on nous ménageait, un comportement que les mariniers et les dockers qui étaient le plus souvent au service des armateurs et des commerçants avaient sans doute recommandé à leurs fils, supérieurs en nombre au début et depuis peu supérieurs en force.

Les choses en étaient restées là pendant une longue période et, même si c'était à contrecœur, tous étaient restés sur leur réserve. Mais chaque jour, les plus petits et les plus faibles de notre troupe se sentant en sécurité devenaient plus provocants et se livraient à toutes sortes d'agaceries, et bientôt ce fut la révolution. On voulait briser notre domination, nous donner une leçon. Je vois encore nettement le moment de l'après-midi où cela se passa. Nous étions en train de jouer autour de l'église et j'étais debout sur un tronc d'arbre posé sur deux chevalets, déjà tenu des deux côtés par des crampons de fer lorsque je vis soudain deux des miens, qui traversaient la place du marché à quelques centaines de mètres, se faire saisir au collet par un très joli garçon du nom de Erich Munk, qui les jeta sur ses genoux et leur donna une fessée. Un autre garçon, l'ami d'Erich Munk, se tenait à côté d'eux et riait. Les deux garçons qu'on châtiait criaient terriblement et j'avais beau savoir qu'ils avaient bien mérité cette correction, l'esprit de corps m'ordonnait tout de même de ne pas les abandonner. Je sautai donc du chevalet et courus, suivi par quelques compagnons de jeu, vers le théâtre du combat, dans l'intention, bien sûr, d'attraper Munk. Mais celui-ci, fort et courageux, m'échappa prudemment, sans doute suivant une tactique qu'il avait élaborée ; oui, il prit littéralement la fuite de sorte qu'il ne me resta qu'une chose à faire : empoigner l'autre garçon qui avait assisté à la scène et le jeter par terre. C'est alors qu'Erich Munk reparut et se jeta de toutes ses forces sur moi pour me faire lâcher son ami, ce qui échoua car cinq ou six garçons qui m'avaient suivi depuis la place de l'église le tirèrent par les bras et les jambes pour le faire lâcher prise. Ils réussirent à lui déchirer sa veste, ce qui fit encore monter la rage du garçon. Il tira de sa poche un clou rouillé, cassé au bout et déchiqueté en plusieurs pointes, le brandit pour chasser la petite meute puis, se précipitant de nouveau vers moi, il enfonça le clou dans la partie supérieure de mon bras. La cicatrice n'a jamais disparu. Je lâchai alors la victime couchée sous moi, je me mis à lutter avec Munk et finis par lui arracher le clou que je brandis en me tenant devant lui comme pour dire : « Je pourrais t'assassiner maintenant, mais je ne le veux pas. » Puis nous échangeâmes un rire méprisant et chacun partit de son côté. La victoire me revenait en fait, les deux ennemis avaient été jetés à terre et j'emportai le gros clou rouillé dont je n'étais pas peu fier, on me lava la plaie avec de l'arquebusade, ce qui me brûla très fort. Oui, j'avais été vainqueur. Mais je ne pus me réjouir de cette affaire, je sentais nettement que les jours de notre domination étaient comptés. J'avais vu juste, et les jours suivants montrèrent que nos adversaires avaient enfin décidé de nous faire sentir leur supériorité. On n'en vint pas à de véritables attaques mais quand nous les rencontrions, il y avait toujours parmi eux quelques grands qui avaient déjà navigué en mer et qui, au moment de nous croiser, retiraient leur casquette écossaise et nous saluaient bien bas. Il était clair qu'ils se moquaient de nous. Cela m'inspira de l'inquiétude et je songeai à désarmer. Mais comment faire ? Et si je désarmais, cela améliorerait-il la situation ?

DIX-HUITIÈME CHAPITRE

Le dernier semestre

Entre-temps l'automne était arrivé, sans que mon esprit se soit particulièrement calmé. Je connaissais certes des heures où je prenais les choses plus à la légère mais la peur revenait toujours et, comme il n'était pas indiqué de déposer les armes ni de commettre quelque lâcheté analogue, car cela n'aurait pas mis fin aux combats de rue, je me vis contraint bon gré mal gré d'envisager d'autres projets susceptibles de me venir en aide. Je retournai la question dans tous les sens et compris finalement à ma grande honte que, si je voulais maintenir ma domination, je serais contraint de chercher une aide en dehors de ma troupe, autrement dit, de suivre l'exemple de mes ennemis prolétariens qui avaient indubitablement entrepris de s'appuyer sur les jeunes matelots aux casquettes à galons rouges, blancs et bleus. Je m'abandonnai à cette réflexion pendant un long moment et comme un tel renfort ne pouvait venir du cercle de mes amis, je ne vis qu'une issue : recruter et former une armée de mercenaires. Pour cela il fallait naturellement de l'argent. Mais ce n'était pas cela qui m'effrayait ; la bonne Schröder, tout en désapprouvant cette « stupidité », m'aurait finalement ouvert sa bourse par pure bonté et, si mon projet resta lettre morte, c'est qu'au moment de le réaliser son exécution me parut tout de même aller trop à l'encontre de l'honneur militaire. Pendant de longues années je m'étais cru capable d'occuper une position de force, par mes propres moyens d'abord, à l'aide ensuite de toutes sortes de petites manœuvres auxquelles je donnais les noms les plus prestigieux. Cela me paraissait vraiment sortir du commun. Mais si cela devait m'être désormais refusé, le reste n'avait plus d'intérêt à mes yeux et, à la longue, s'avérerait inutile. Chaque verre de genièvre offert par l'autre camp pouvait aussitôt me mettre en infériorité et régler le problème une seconde fois à mon désavantage. Ne percevant qu'une faible lueur d'espoir, je laissai donc les choses suivre leur cours, jusqu'à ce qu'un événement sans importance vînt anéantir le dernier reste de confiance en moi.

Nous étions en novembre et la glace recouvrait déjà les petites mares autour d'un bosquet qu'on appelait la « plantation ». Tous les après-midi, à l'heure du coucher du soleil, nous allions patiner sur ces mares. Nous nous amusions merveilleusement, la glace étincelait et lorsque la lune tel un disque de cuivre, se levait et projetait sa lumière étrange à travers les aulnes et les joncs qui entouraient la mare, un mystérieux frisson s'emparait de moi. Je renonçais alors à tracer sur la glace des boucles et des lettres (toujours un « e » latin) et je regardais la lune. Un jour, alors que nous étions trois ou quatre à ce même endroit, nous rencontrâmes d'autres garçons, des mariniers un peu plus âgés que nous mais pas de beaucoup. Tous portaient de hautes bottes dans lesquelles ils avaient fourré leurs pantalons, de grosses vestes de frise et des bonnets de fourrure. Cette compagnie inattendue nous contraria beaucoup et, nous n'avions pas fini de fixer nos patins que tombaient déjà les premières remarques désobligeantes. Le chef de la troupe adverse était particulièrement hargneux, laid, le nez camus, et ses manières de butor me déplurent tellement que je me précipitai vers lui pour le pousser dans un buisson d'aulnes qui se dressait à côté de nous. Mais je manquai mon coup. Soit que j'eusse glissé soit qu'il fût plus fort que moi, bref, je tombai à ses pieds. Il ne me prêta pas la moindre attention, se contenta de me regarder de haut d'un air dédaigneux et continua à patiner tranquillement en restant à proximité. Je m'étais relevé d'un bond et mes « célestes légions » me conseillèrent de foncer une seconde fois et de prendre ma revanche, mais je n'en eus pas le courage — dans les roseaux, près du buisson d'aulnes où j'étais tombé, gisait la dépouille de ma fierté d'adolescent. Jusqu'alors, peut-être parce que j'avais intelligemment choisi mes adversaires, j'avais toujours remporté la victoire. Ici j'avais connu ma première défaite et elle fut telle, qu'il n'était plus question de reprendre le combat. Je détachai mes patins et quittai les lieux en silence, omettant même de lancer le regard vengeur qui met fin habituellement à cette sorte de rencontre.

Je rentrai à la maison le cœur lourd et me remis à envisager avec un regain d'ardeur l'abdication tant de fois évoquée et toujours rejetée. Mais, selon le plan que je conçus, tout devait se passer sans bruit, sans en parler et notamment sans qu'aucune pièce de mon armement ne soit détruite ; seules les toiles d'araignées viendraient tout recouvrir. Toute idée de reconquête du pouvoir fut abandonnée si totalement, que j'évitais autant que possible les rencontres et rasais les murs, plein d'anxiété. Terrible situation. Tout d'un coup, j'étais devenu tout petit et me sentais vraiment malheureux. Je revoyais toujours ce butor. Dans des conditions normales, je n'aurais pu supporter une vie aussi misérable. Mais par bonheur, les circonstances avaient changé et changeaient chaque jour. Exception faite pour Noël qui approchait et pouvait au moins momentanément m'apporter une diversion, tout commençait aussi à tourner autour de mon prochain départ, auquel je pensais maintenant avec impatience. Non que la vie à la maison me déplût, c'était presque le contraire, mes parents se montraient particulièrement attentionnés mais le sentiment qu'était passé le temps « *où les aveugles de Gênes me reconnaissaient à mon pas**[45] » m'avait peu à peu ôté toute aptitude à me sentir heureux, et je comptais les heures qui devaient m'éloigner du théâtre de mes combats qui, si je ne partais pas, deviendraient de plus en plus désespérés.

Mon anniversaire tombait le 30 décembre. Je reçus cette fois non seulement des cadeaux en grand nombre et de valeur, même compte tenu de la modestie de notre situation : le dictionnaire de Scheller, l'atlas de Schieler, l'Histoire universelle de Becker. Je les possède tous encore et j'en prends grand soin. Ma reconnaissance était grande et sincère ; mais le meilleur, ce fut tout de même les allocutions qui accompagnèrent ces cadeaux et qui évoquaient mon départ de la maison. « Nous te dotons de tout cela parce que tu nous quittes », voilà ce qu'en substance on me dit et au lieu de m'attrister, ces paroles me remplirent de joie.

***

Le lendemain était la Saint Sylvestre et jour du bal au Cercle et pendant qu'on dansait, je me grisais à l'idée qu'un jour ou l'autre je pourrais moi aussi danser avec de belles dames. Je vivais si totalement dans ma vision de l'avenir que même le gardien de nuit entrant à minuit avec son cor et son couplet désuet qui d'habitude m'amusait tant, ne réussit plus vraiment à m'impressionner. Et les semaines qui suivirent le Nouvel An firent encore moins d'impression sur moi. Je ne me rappelle bien que les jours précédant immédiatement mon départ, où l'on emballa mes affaires et où l'on prépara mon entrée à l'école.

Cette période aurait pu être émouvante malgré mon désir de « partir », mais ce fut plutôt le contraire et, de même que l'année écoulée sauf quelques journées exceptionnelles ne m'avait valu que des infortunes, des vexations et des défaites, de même s'acheva-t-elle par toutes sortes de dissensions et de contrariétés. Il faut dire que j'étais responsable de tout cela, mais le destin y mit lui aussi quelque malice.

« Tu vas aller faire des visites d'adieux chez un tel et un tel », dit mon père et il me remit un billet sur lequel étaient inscrits les noms en question. Le dernier était celui d'une demoiselle von Hochwächter qui habitait avec ma mère dans la maison du conseiller Königk. La demoiselle était une très belle femme, la fin de la trentaine, une véritable Brunhild avec un béret à la Rembrandt orné d'une plume d'autruche et, bien sûr, une remarquable cavalière. Je l'avais vue quelquefois mais je ne lui avais jamais parlé. C'est là donc que je devais aller faire mes adieux. Cela me déplaisait profondément et, bref, j'y renonçai et me contentai de dire à la maison que « j'y étais allé ». Je pensais en toute quiétude que cela ne se saurait qu'après mon départ. Si on venait à en parler alors, cela ne signifierait plus grand-chose. Mais cela se sut plus tôt et j'eus le déplaisir d'être démasqué comme menteur. J'étais honteux. Mais pas trop, à vrai dire.

La malice du destin m'avait passablement malmené à cette occasion sans pour autant s'épuiser. Le pire allait venir, il tomba la veille même de mon départ. Ma mère, avec une inexplicable incompréhension pour le caractère de mon père que d'habitude elle connaissait si bien, avait chargé celui-ci de me haranguer encore une fois et de me recommander de me bien conduire. Il n'y avait rien là à objecter, à vrai dire et si ma mère s'était elle-même chargée du sermon, il n'aurait pas été d'une grande portée, mais sur le moment il m'aurait confondu. Je lui aurais baisé les mains et promis en versant des larmes tout ce qu'on exigeait de moi. Mais au lieu d'elle ce fut mon père qui en fut chargé. C'était un homme qui avait de la prestance et sa belle barbe bleue lui donnait une magnifique allure, le type même de l'officier de cuirassiers français. Tout cela aurait dû en imposer à un garçon de douze ans qui, de plus, pouvait dire : « C'est mon père ». Mais ce ne fut pas le cas ou du moins ce ne le fut qu'à demi. Comme bien des hommes grands, dotés d'une bonhomie particulière, mon père arborait sur son visage un air d'ironie indélébile, quelque chose de très particulier qui, lorsqu'il voulait être le plus sérieux, semblait se moquer de ce sérieux, ce qui remettait en question tout le respect qu'inspirait par ailleurs son apparence. Cet air ironique qui faisait toute sa séduction me fut fatal en ce jour d'adieux car tout d'un coup, alors que je me tenais devant lui et écoutais les yeux baissés et sans vraiment comprendre les exhortations à me bien conduire, un lutin logé dans ma petite âme qui voulait à tout prix me faire rire, se mit à ricaner comme un diable. Et il parvint à son but.

Soudain quelque chose explosa en moi, je fus pris de tremblements et de convulsions, mais toujours accompagnés d'un petit rire.

« Petit, j'espère que tu ne ris pas…

— Non, absolument pas, papa…

— Bon, j'aurais bien voulu voir ça ! »

Il reprit son discours et — lui-même ne se sentant sans doute pas très à l'aise — il se hâta d'en finir. Une vraie chance. Car bien que luttant de toutes mes forces contre moi-même, je tremblais de peur et d'émotion. Et j'aurais sans doute été une seconde fois victime de mon lutin si le discours avait duré seulement une minute de plus.

« Tu peux partir et n'oublie pas cette heure. »

Et je ne l'ai pas oubliée. Mais seule m'est restée l'horreur de la scène, rien du contenu de son discours.

***

Le lendemain nous nous mîmes en route, ma mère et moi. On avait décidé de me faire entrer au lycée de Ruppin ; nous avions là des relations et de bons amis qui me prendraient en charge, en particulier au presbytère où je fus mis en pension.

En réalité, c'est mon père qui aurait dû m'accompagner plutôt que ma mère ; le voyage en coche durait trois jours et l'on passait une nuit à Anklam et l'autre à Neu-Brandenburg, où l'on dînait toujours merveilleusement, et mon père aurait beaucoup aimé cela ; mais il avait pesé tous les agréments et les désagréments et il avait conclu que le désagréable devoir de me laisser dans la maison d'un prédicateur, plus exactement d'un super-intendant, puis de me présenter au directeur du lycée pesait plus lourd que l'agrément d'un souper à Neu-Brandenburg.

Je partis donc dans le monde avec ma mère — qui, contrairement à son habitude, fut extrêmement douce et attentive à mon égard durant tous ces jours. Une nouvelle tranche de vie, la seconde, commençait pour moi et avant d'en faire le récit, si jamais j'entreprends de le faire, je jette encore un regard sur ce fragment de vie qui s'acheva le jour de mon départ.

Malgré les derniers six mois et leurs nombreuses contrariétés, l'époque avait été heureuse ; plus tard, à l'exception du soir de ma vie — je ne connus que ça et là des moments de bonheur. Mais à l'époque, tandis que je jouais dans la maison et dans la ferme et livrais mes batailles au dehors, à l'époque j'avais un cœur innocent et un esprit éveillé, plein d'élan et d'ardeur, un vrai garçon, l'enfant de gens de bien.

Tout était poésie. La prose ne tarda pas à suivre sous toutes les formes possibles, souvent par ma propre faute.

Le troisième jour de notre voyage nous arrivâmes à Ruppin et, avant qu'on me conduisît en pension, nous prîmes nos quartiers dans une maison située en face de notre ancienne pharmacie. « C'est là que tu es né », dit ma mère en désignant la jolie maison dont la porte d'entrée était surmontée d'un lion. Ses yeux se remplirent de larmes. Sans doute pensait-elle que tout aurait dû se passer autrement si « ceci ou cela » avait été différent. Et « ceci ou cela », c'était... lui. Elle avait quitté cet endroit à contrecœur et, à l'âge de cinquante ans, séparée de son mari, elle y est retournée afin de mourir là où elle avait été jeune et même, pendant un bref laps de temps, heureuse.

Le lendemain de notre arrivée fut une journée claire et ensoleillée, de mars plutôt que d'avril. Dans la matinée, nous nous rendîmes dans le grand bâtiment du lycée qui porte l'inscription : *Civibus aevi futuri*. Je devais moi aussi devenir un de ces *civis* et, arrivés devant le lycée, nous gravîmes l'escalier aux marches un peu usées qui conduisait chez le vieux Thormeyern. Il avait été précédemment directeur à Stendal et avait dû renoncer à ce poste parce qu'il avait « porté la main » sur un professeur. Je ne savais heureusement rien de cela à l'époque sinon j'aurais été à moitié mort de peur. Lorsque nous arrivâmes à l'étage, un vieux monsieur d'au moins six pieds de haut vint vers nous, bouffi, cramoisi jusqu'à la racine des cheveux, les yeux injectés de sang, l'image de l'apoplectique qui peut succomber d'une attaque d'un instant à l'autre.

« Alors, *mi fili,* voyons un peu… Je vous en prie, prenez place, chère madame. » Et il saisit un petit volume malpropre sur son bureau parsemé de restes de tabac : « Lis cela et traduit. »

C'étaient dix lignes marquées à gauche au crayon rouge, sans doute le passage le plus facile de tout le livre. Je fis exactement ce qu'il me demandait et cela coula comme de l'eau. « Très bien… il est mûr pour la quatrième. » Puis il nous congédia et le lundi suivant, jour de la rentrée, je m'installais dans la classe de quatrième.

Voici ce qu'était mon bagage en arrivant : je savais lire, écrire, calculer ; je connaissais l'histoire biblique, les empereurs romains et allemands ; la découverte de l'Amérique, Cortez, Pizarro, Napoléon et ses maréchaux ; la bataille de Navarin, le bombardement d'Alger, Grochow et Ostrolenka, « La pipe » de Pfeffel, « La nuit à la douzième heure », « Le chant du manteau » de Holtei et presque toutes les ballades de Schiller. C'était à peu près tout, avec encore quelques bribes de latin et, au fond, je n'ai guère dépassé ce niveau. Quelques lacunes furent comblées, il est vrai, mais tout resta contingent, sans ordre et la fameuse notion de « *fragment**» s'avéra très juste, appliquée littéralement et au plus haut degré à moi-même — tout au long de ma vie.

a. Pour une brève période seulement car la même année les fiançailles de Louise Rogée furent rompues parce que celle-ci avait rencontré entre-temps Karl von Holtei, qu'elle épousa, Avec son premier fiancé, qui ne sut pas lutter contre le charme évident de Holtei, elle aurait certainement connu des jours plus heureux ou, pourrait-on dire, moins malheureux, mais c'était là quelque chose qu'on ne pouvait prévoir et l'aurait-on pu, on n'en aurait sans doute pas tenu compte

b. Vouloir démontrer l'essentiel à l'aide d'une preuve contingente, voilà qui me permet de fournir ici un brillant exemple tiré de ma vie. Un de mes amis possédait une statuette de terre cuite d'environ un pied et demi de haut, un joli travail que quelques-uns tenaient pour le modèle du *Moïse* exécuté par Michel-Ange lui-même, alors que d'autres contestaient ce fait. Or, en un endroit, la figure portait très nettement une empreinte de doigt, si évidente que le sillon et les stries de la peau étaient parfaitement visibles. Lorsqu'il s'est agi de prouver l'authenticité de la statuette, mon ami dit : « Il ne peut y avoir de doute, on voit ici le doigt très nettement. » C'était effectivement exact ; on voyait le doigt mais rien ne permettait de dire que c'était le doigt de Michel-Ange. J'ai pourtant pu constater, chez moi-même et chez d'autres que cette preuve était considérée comme pleinement convaincante. Le propriétaire lui-même, lorsqu'il montra la première fois l'empreinte du doigt, était d'une totale bonne foi et ce n'est que plus tard qu'il continua par jeu à donner ce genre de preuve.

c. La manœuvre qui consiste à faire rouler des canons d'un bord à l'autre du bateau a été utilisée assez souvent pendant la guerre à des fins défensives ; mais cela arriva un jour en temps de paix et, comme ce n'était pas prévu, ce fut à l'origine d'une terrible catastrophe. C'était dans les années 70 ou 80 du siècle dernier. À cette époque, le « Royal George » mouillait dans la rade de Portmouth et l'amiral organisa à bord du vaisseau amiral un bal auquel furent invités, outre la société distinguée de Portmouth, les jeunes officiers de la flotte de la Manche. Mais soudain, alors qu'on allait commencer une nouvelle danse, c'est du moins ce que l'on suppose, le bateau s'inclina à babord, lentement d'abord et, avant même qu'on pût prendre pleinement conscience du danger, il chavira et sombra sans bruit. On avait en effet omis de fixer les canons alignés à tribord et, quand le vent s'était mis à souffler sur ce bord, ceux-ci roulèrent vers babord, au moment où le bateau penchait dans ce sens, provoquant ainsi l'accident.

d. Dans les véritables familles d'artistes, la transmission de leur activité principale, à savoir l'activité artistique, se fait couramment ; les Kean, les Kremble, les Devrient sont des acteurs, et toujours des acteurs, les Vernet, des peintres. Mais les Scherenberg, et c'est là leur trait particulier, commencèrent toujours dans le négoce ; ils ne furent pas initiés à l'art dès le berceau et ne purent y accéder qu'après toutes sortes de difficultés.

e. J'ai tenté dans ce qui précède d'expliquer mes sympathies contradictoires par un certain goût pour l'ordre, par des exigences envers le nombre, c.à.d. la supériorité en force. Et c'est effectivement le cas. Lorsque deux gamins se battent dans la rue et que le tout petit triomphe du très grand, nous nous réjouissons pour le petit mais nous sommes tellement irrités par le grand que cela compromet considérablement la joie qui s'adresse au petit.

Disons donc encore une fois que les relations de force nous inspirent des conclusions bien déterminées. Mais peut-être un autre élément, totalement indifférent du point de vue moral, intervient-il dans cette question, un élément dont il faut pourtant tenir compte ici : le pouvoir de l'apparence purement extérieure. Lorsqu'il s'est agi d'entrer dans Paris, Frédéric Guillaume III ne voulut pas autoriser la participation du corps de York qui avait pourtant fait le plus gros du travail, parce que les soldats avaient des culottes déchirées. Certains même n'avaient plus de culotte du tout et couvraient leur nudité de leur seul manteau. On a souvent critiqué le roi de ce fait mais moi je me suis toujours rangé de son côté. L'aspect esthétique n'a-t-il pas sa raison d'être lui aussi, et cela va souvent très loin, bien que je n'ignore pas qu'un roquet de village peut laisser passer un chenapan bien habillé et aboyer devant d'honnêtes gens vêtus de haillons qu'ils doivent à leur vertu même. S'il faut changer tout cela nous devrons être éduqués.

f. Wilhelm Krause pour qui on avait engagé le précepteur était un ravissant garçon, mais très délicat, avec ces joues rouges « comme peintes » qui ne promettent pas une longue vie. Lorsqu'il eut vingt ans, on l'envoya à Malaga dont on pensait que le climat serait bénéfique pour sa santé. Il était très musicien et emporta par le bateau son beau piano à queue Kisting. Or, à son arrivée à Malaga, on eut beaucoup de peine à monter le piano dans son appartement, les portes et escaliers étant trop étroits ; il resta une heure ou plus dans la rue, ce qui attira beaucoup de monde. Wilhelm dut expliquer à chacun ce qu'il en était de ce coffre et, en guise de réponse aux questions, il ouvrit le piano et se mit à jouer. Les gens étaient ravis si bien qu'on peut dire que ce hasard fit de lui, dès le début, un personnage populaire. Sa santé parut s'améliorer, il participait à tout et écrivait des lettres que publia Willibald Alexis, un ami de la maison Krause. Mais sa maladie était déjà trop avancée et il mourut durant l'été de 1842. Le jour de son enterrement, le prince Adalbert, en route pour le Brésil, avait fait une escale dans le port de Malaga et, en souvenir des jours passés dans la maison Krause il assista à la cérémonie.

NOTES DE LA TRADUCTRICE

1. Neu-Ruppin : Petite ville située à une soixantaine de kilomètres de Berlin, dans l'arrondissement de Potsdam
2. Auguste Wilhelmine Amalie Luise von Mecklenburg-Strelitz (1776-1810) a épousé en 1793 celui qui devint en 1797 Frédéric-Guillaume III (1770-1840), roi de Prusse.
3. J. G. Schadow (1764-1850), sculpteur. Il est l'auteur du quadrige qui surmonte la Porte de Brandebourg à Berlin.
4. Le Monastère Gris : Lycée berlinois d'excellente réputation.
5. L'appel du roi Frédéric-Guillaume III fut lancé le 17 mars 1813. Le roi de Prusse rompait ainsi sa solidarité avec Napoléon et incitait le peuple à se révolter et à s'engager dans le combat de libération.
6. Erreur de Fontane : il s'agit du 27 septembre 1798.
7. Josty : célèbre salon de thé de Berlin.
8. *Gerber* signifie tanneur.
9. Slaves de Lusace que les Allemands appelaient Wendes. Ils étaient établis dans une grande partie de l'Allemagne orientale.

10. Ce sont les premiers mots que prononce Faust, dans le drame de Goethe *Faust*, la nuit précédant le jour de Pâques.
11. H.J.von Zieten (1699-1786), général prussien que les charges de ses hussards avaient rendu célèbre. Fontane lui a effectivement consacré un poème : « De alte Zieten ».
12. Villes légendaires. Vineta, « ville des Wendes », aurait été engloutie par les flots.
13. L'Oderbruch : région de marais qui s'étend tout au long de la rive gauche de l'Oder.
14. Ferdinand von Schill (1796-1809), officier prussien et Adolf von Lutzow (1782-1834) participèrent aux guerres de libération contre Napoléon.
15. Le maréchal Illo incarne, dans la trilogie de F. Schiller, *Wallenstein,* le type du cynique autoritaire qui n'hésite pas à trahir son empereur, alors que Tiefenbach est un brave qui lui reste fidèle.
16. Ce « premier roi » était Frédéric Ier, roi de Prusse de 1701 à 1713, père de Frédéric-Guillaume Ier, le « Roi Sergent » qui régna de 1713 à 1740 et consolida les bases du royaume de Prusse.
17. C'est le 6 septembre 1813 que les Prussiens, sous le commandement de von Bulow, battirent le maréchal Ney.
18. Le prince Adalbert (1811-1873) était le neveu de Frédéric-Guillaume III et le fondateur de la marine de guerre prussienne.
19. P. K. Marheinke (1780-1846) : théologien protestant, auteur d'ouvrages théologiques et historiques assez importants.
20. J. F. Dieffenbach (1792-1847), chirurgien talentueux à l'hôpital de la Charité à Berlin.
21. Le « Golm » : monument érigé en 1821 par F. W. Krause, fils du « roi de Swinemünde », pour célé-

brer le millième anniversaire de l'unification de la Poméranie. C'était une colonne cannelée surmontée d'une boule de métal qui portait une croix de fer noire bordée de blanc.

22. *Le festin de Balthazar :* cf. Daniel chap. V et le poème de H. Heine « Balthazar ».

23. Le 30 mars 1848, les Prussiens furent refoulés par l'avance des révolutionnaires polonais sous le commandement de Louis Mierolawski (1814-1878). Plus tard, les insurgés furent vaincus.

24. Das Haff : Lagune à l'embouchure de l'Oder, séparée de la Baltique par les îles Usedom et Wollin.

25. Rahel Levin (1771-1833), épouse du diplomate et écrivain Varnhagen von Ense. Son salon fut au centre de la vie littérairede Berlin, les romantiques de la Jeune Allemagne s'y retrouvaient.

26. Citation de *Guillaume Tell,* de Friedrich Schiller (1759-1805).

27. Comme Dieffenbach (cf. note 20), B. von Langenbeck (1810-1887) fut un grand chirurgien.

28. Theodor von Bernardi (1802-1887) : diplomate et historien, auteur d'un *Journal* riche en renseignements pour l'histoire de l'époque. Bien que civil, il fut en 1886 ministre plénipotentiaire militaire en Italie.

29. Bataille de Grossbeeren près de Potsdam. Les troupes d'Oudinot furent battues par von Bulow le 23 août 1813.

30. *Pharmacopae borussia :* la pharmacopée prussienne.

31. F. D. E. Schleiermacher (1768-1834), théologien protestant et philosophe. Membre du groupe des romantiques berlinois.

32. *Le Divan oriental-occidental :* célèbre recueil de poèmes de J.W. Goethe (1749-1832), dont Suleika est l'héroïne, la femme aimée du poète.

33. Wittstock, comme Prignitz, dans l'arrondissement de Potsdam.
34. F. A. L. von der Marwitz (1777-1837), général et politicien prussien. Ses *Mémoires* ont beaucoup servi à Fontane pour son roman *Avant la tempête*.
35. *Farber* signifie teinturier.
36. H. H. von Katte (1704-1730), ami de jeunesse du prince héritier de Prusse, le futur Frédéric le Grand. Las de la sévérité de son père, celui-ci voulut s'enfuir en Angleterre, en compagnie de Katte. Ce dernier fut condamné à mort et décapité sous les fenêtres de son ami.
37. *Ehrlich* signifie honnête.
38. Friedrich-Karl (1828-1885), maréchal prussien, était un neveu de Frédéric-Guillaume III.
39. Les Hohenzollern : dynastie régnante de Prusse, l'expression signifie qu'il fait un temps royal.
40. Prince Wilhelm-Karl, frère de Frédéric-Guillaume III.
41. Michel Ney, duc d'Elchingen, prince de la Moskova, pair de France (1769-1815), maréchal d'Empire en 1804. Glorieux vainqueur de maintes batailles de Napoléon. Rallié aux Bourbons, il fut chargé d'arrêter Napoléon au retour de l'île d'Elbe, mais il se rallia à l'empereur. Condamné à mort après l'échec des Cents-Jours, il fut fusillé le 7 décembre 1815
42. Pelopidas (410-364 av. J.-C.) : général de Thèbes qui combattit les Spartiates qu'il chassa de Thèbes.
43. Klaus Störtebecker, chef pirate, qui fut exécuté en 1402.
44. C'est-à-dire la lettre E en écriture latine. L'écriture en usage à l'époque était l'écriture gothique.
45. Citation du drame de F. Schiller *La conjuration de Fiesque,* I,9.

TABLE DES MATIÈRES

Présentation de la traductrice.............................5
Préface de Fontane...9
Mes parents..11
La Gascogne et les Cévennes.
Les cousins français. Notre vie à Ruppin............22
Notre départ pour Swinemünde.
Arrivée sur les lieux.......................................38
Notre maison, telle que nous l'avons trouvée......45
Notre maison, telle que nous l'avons aménagée....55
La ville, ses habitants et ses notables................67
Les Schöneberg et les Scherenberg....................87
La famille Krause...93
La vie dans notre maison.
Jours d'été et jours d'automne.
La fête de l'abattage et de la pâtisserie.............104
Ce que nous vécûmes à la maison et en ville.......128
Ce que nous avons vécu dans le monde..............147
Notre vie à l'école et ce que nous y apprîmes......158
Ce que fut notre éducation.
Nos jeux à la maison et au dehors.....................179
Nos jeux en plein air, au bord du fleuve
et sur la place...191
Quarante ans plus tard.....................................203
Toutes sortes de nuages...................................218
Le dernier semestre..229
Notes de Fontane...239
Notes de la traductrice....................................242

Achevé d'imprimer
en juillet 1996
sur les presses de
l'Imprimerie A. Robert
116, bd de la Pomme
13011 Marseille

Dépôt légal : août 1996